NICHOLAS
SPARKS

Respirație în doi

Traducere din limba engleză și note
ADINA PANAIT și MAGDA CIUBĂNCAN

LITERA
București
2020

Every Breath
Nicholas Sparks

www.nicholassparks.com

LITERA®
Editura Litera
O.P. 53; C.P. 212, sector 4, București, România
tel.: 021 319 63 93; 0752 101 777

Ne puteți vizita pe
www.litera.ro

Respirație în doi
Nicholas Sparks

Editor: Vidrașcu și fiii
Redactor: Monica Grecu
Corector: Păunița Ana
Copertă: Faber Studio
Tehnoredactare și prepress: Anca Suciu

Seria de ficțiune a Editurii Litera este coordonată
de Cristina Vidrașcu Sturza.

Descrierea CIP a Bibliotecii Naționale a României
SPARKS, NICHOLAS
Respirație în doi / Nicholas Sparks; trad. din lb. engleză: Adina Panait
și Magda Ciubăncan – București: Litera, 2020

ISBN 978-606-33-6417-4

I. Panait, Adina (trad.)
II. Ciubăncan, Magda (trad.)

821.111

Pentru Victoria Vodar

Kindred Spirit

Există povești care se nasc din locuri misterioase și necunoscute și altele care sunt descoperite, ca un cadou de la altcineva. Această poveste este una dintre cele din urmă. Într-o zi răcoroasă și cu vânt puternic de la sfârșitului primăverii anului 2016, am condus către Sunset Beach, Carolina de Nord, una dintre multele insule mici situate între Wilmington și granița cu Carolina de Sud. Mi-am parcat camioneta lângă dig și am urcat pe plajă, îndreptându-mă spre Bird Island, o zonă protejată și nelocuită de pe coastă. Localnicii mi-au spus că era acolo ceva ce trebuia să văd; probabil, au sugerat ei, locul putea ajunge într-unul dintre romanele mele. Mi-au spus să fiu atent la un steag american; și, când îl observam în depărtare, însemna că mă apropiam.

Nu la mult timp după ce-a apărut steagul, am făcut ochii mari. Urma să caut o cutie poștală numită Kindred Spirit. Căsuța poștală – amplasată pe un par dintr-o bucată de buturugă veche de lângă o dună cu iarbă pestriță – era acolo de prin 1983 și aparținea tuturor și nimănui. Oricine poate lăsa o scrisoare sau o carte poștală; orice trecător poate citi orice a fost lăsat în interior. Mii de oameni fac acest lucru în fiecare an. De-a lungul timpului, Kindred Spirit a fost o colecție de speranțe și vise în formă scrisă… și, întotdeauna, există povești de dragoste ce pot fi găsite.

Plaja era pustie. În timp ce mă apropiam de căsuţa poştală izolată pe porţiunea ei de ţărm, puteam doar întrezări băncuţa de lemn de lângă ea. Era locul de odihnă perfect, un avanpost de reflecţie.

Întinzând mâna către interiorul ei, am găsit două cărţi poştale, mai multe scrisori ce fuseseră deschise înainte, o reţetă pentru tocăniţa Brunswick, un jurnal care părea să fi fost scris în germană şi un plic mare. Existau pixuri, o bucată de hârtie neutilizată şi plicuri – probabil pentru oricine se simţea inspirat să-şi adauge propria poveste la colecţie. Luând loc pe bancă, am examinat cu atenţie cărţile poştale şi reţeta, înainte să trec la scrisori. Aproape imediat, am observat că nimeni nu-şi folosise numele de familie. Unele dintre scrisori aveau prenumele, altele aveau doar iniţiale, iar multe altele erau complet anonime, ceea ce nu făcea decât să sporească nota de mister.

Dar anonimatul părea să permită o reflecţie foarte onestă. Am citit despre o femeie care, în urma luptei cu cancerul, l-a cunoscut pe bărbatul visurilor ei la o librărie creştină, dar îşi făcea griji că nu era suficient de bună pentru el. Am citit despre un copil care spera ca într-o bună zi să devină astronaut. Era şi o scrisoare a unui tânăr care plănuia să-şi ceară iubita în căsătorie într-un balon cu aer cald şi încă una de la un bărbat care-şi dorea să-şi invite vecina la o întâlnire, dar se temea să nu fie respins. Era o scrisoare de la cineva eliberat recent din închisoare, care nu voia altceva decât să-şi reînceapă viaţa. Ultima misivă era de la un bărbat al cărui câine, Teddy, fusese de curând eutanasiat. Bărbatul era încă îndurerat, iar după ce i-am terminat de citit scrisoarea, am studiat fotografia care fusese strecurată în plic: arăta un labrador retriever negru, cu ochi prietenoşi şi un botic încărunţit. Omul se semnase cu iniţialele A.K. şi m-am trezit sperând că va găsi o modalitate de a umple golul pe care absenţa lui Teddy îl lăsase în urmă.

Briza era deja puternică şi norii începuseră să întunece zarea. Venea o furtună. Am pus înapoi reţeta, cărţile poştale şi scrisorile şi m-am gândit dacă să deschid sau nu plicul. Grosimea lui indica un număr substanţial de pagini, iar ultimul lucru pe care mi-l doream era să fiu prins de ploaie în timp ce străbăteam înapoi drumul spre camioneta mea. Întorcând plicul pe partea cealaltă, am văzut că cineva scrisese cu litere de tipar pe spate mesajul „CEA MAI UIMITOARE POVESTE CARE A EXISTAT VREODATĂ!"

O pledoarie pentru recunoaștere? O provocare? Cine scrisese mesajul, autorul sau cineva care examinase conținutul? Nu eram sigur, dar cum aș fi putut rezista?

Am deschis plicul. Înăuntru se aflau vreo douăsprezece pagini, fotocopiile a trei scrisori și câteva desene fotocopiate reprezentând un bărbat și o femeie care păreau clar îndrăgostiți unul de celălalt. Le-am dat deoparte și am căutat povestea. Primul rând m-a pus pe gânduri:

Destinul care contează cel mai mult în viața oricui este cel legat de iubire.

Tonul era diferit de cel din scrisorile anterioare, promițând ceva ce părea să fie grandios. M-am așezat mai bine ca să pot citi. După o pagină sau cam așa ceva, curiozitatea mea a devenit interes; după alte câteva pagini, nu am mai putut pune povestea deoparte. În următoarea jumătate de oră, am râs până am simțit că mi se strânge gâtul; am ignorat ușoara creștere în intensitate a brizei și a norilor care se transformau în culoarea cărbunelui. Tunete și licăriri de fulgere ajungeau deja la marginea îndepărtată a insulei când am citit ultimele cuvinte cu un sentiment de uimire.

Ar fi trebuit să plec atunci. Puteam vedea ploaia adunându-se deasupra valurilor ce se îndreptau spre mine, dar, în schimb, am preferat să citesc povestea a doua oară. La acea lectură, am putut auzi vocile personajelor cu o claritate deplină. Până când am terminat de citit scrisorile și am examinat desenele, am putut simți că ideea prinde contur, că aș putea să găsesc scriitorul și să pun în discuție modalitatea de a transforma povestea într-o carte.

Dar găsirea acelei persoane n-ar fi fost ușoară. Majoritatea evenimentelor avuseseră loc cu mult timp înainte – mai bine de un sfert de secol – și, în loc de nume, existau doar inițiale. Chiar și în scrisori, numele originale fuseseră albite înainte de copierea paginilor. Nu era nimic care să indice cine a fost scriitorul sau artistul.

Rămăseseră totuşi câteva indicii. În partea din poveste care data din 1990, se menţiona un restaurant cu o punte în spate şi un şemineu interior, unde se presupune că o bilă de tun recuperată de pe una dintre navele lui Black Beard trona deasupra acestui şemineu. De asemenea, se făcea referire la o cabană de pe o insulă din largul coastei Carolinei de Nord, la câţiva paşi de restaurant. Şi, în ceea ce păreau a fi cele mai recent scrise pagini, scriitorul vorbea despre un proiect de construcţie în desfăşurare la o casă de pe plajă, dar pe o cu totul altă insulă. Habar n-aveam dacă proiectul era acum terminat, dar trebuia să încep de undeva. Deşi trecuseră ani, speram că desenele mă vor ajuta în cele din urmă să identific subiectele. Şi, desigur, mai era şi cutia poştală Kindred Spirit de pe plaja unde stătusem, care a jucat un rol esenţial în poveste.

Deja cerul devenise ameninţător şi ştiam că nu mai am timp. Am pus paginile înapoi în plic, l-am pus în cutia poştală şi m-am grăbit spre camioneta mea. Abia am reuşit să scap de ploaia torenţială. Dacă aş fi aşteptat câteva minute în plus, aş fi fost făcut leoarcă şi, în ciuda faptului că aveam ştergătoarele de parbriz la înălţime, abia puteam vedea prin parbriz. Am condus spre casă, mi-am gătit prânzul şi am privit pe fereastră continuând să mă gândesc la cuplul despre care citisem în acele pagini. Până seara ştiam că vreau să mă întorc la Kindred Spirit şi să studiez din nou povestea, dar vremea şi unele călătorii de afaceri m-au împiedicat să mă întorc acolo mai devreme de o săptămână.

Când în cele din urmă am ajuns înapoi, celelalte scrisori, reţeta şi jurnalul erau acolo, dar plicul nu mai era. M-am întrebat ce se întâmplase cu el. Eram curios dacă nu cumva un străin fusese la fel de mişcat de acele pagini ca şi mine şi le luase sau vreun îngrijitor curăţase cutia poştală. Mă întrebam mai ales dacă autorul se răzgândise asupra dezvăluirii poveştii sale şi venise să o recupereze el însuşi.

Această întâmplare m-a făcut şi mai mult să-mi doresc să vorbesc cu scriitorul, dar familia şi munca m-au ţinut ocupat încă o lună şi abia în iunie am găsit timp să-mi încep căutarea. N-am să vă plictisesc cu toate detaliile referitoare la căutarea mea – a durat aproape o săptămână, am dat nenumărate telefoane, am făcut vizite la diverse camere de comerț și birouri regionale unde au fost înregistrate autorizații de construire și am făcut sute de kilometri cu mașina. Fiindcă prima parte a poveștii avusese loc cu zeci de ani în urmă, unele dintre punctele de referință dispăruseră de mult. Am reușit să depistez restaurantul - acum era un bistro șic, cu fețe de masă albe, unde se serveau fructe de mare - și am folosit asta ca punct de plecare pentru excursiile mele de explorare, pentru a mă obișnui cu zona. După aceea, urmând firul autorizațiilor de construire, am vizitat insulă după insulă, iar într-una dintre numeroasele mele plimbări în susul și în josul plajei, am dat de sunet de ciocan și bormașină electrică - deloc neobișnuit pentru casele bătute de vreme care se aflau de-a lungul coastei. Când am văzut un bărbat mai în vârstă care lucra la o rampă ce ducea din vârful dunei până la plajă, am simțit o zvâcnire bruscă. Mi-am amintit desenele și, chiar de la distanță fiind, am bănuit că am găsit unul dintre personajele despre care citisem.

În timp ce mă îndreptam spre el, m-am prezentat, iar când m-am apropiat, am fost și mai sigur că el era acela. Am observat încordarea tăcută despre care citisem și aceiași ochi atenți, albaștri, la care se făcea referire într-una dintre scrisori. Făcând calculul, m-am gândit că era trecut de șaizeci de ani, ceea ce părea să fie vârsta potrivită. După o mică discuție, l-am întrebat direct dacă el a scris povestea care se terminase în Kindred Spirit. Drept răspuns, și-a îndreptat intenționat privirea spre ocean, fără să spună nimic preț de un minut. Când s-a întors cu fața către mine, mi-a spus că îmi va răspunde întrebărilor în după-amiaza următoare, dar numai dacă eram dispus să-i dau o mână de ajutor la construcție.

Dimineața următoare, devreme, m-am prezentat având la brâu o curea de scule, dar care s-au dovedit inutile. În schimb, m-a pus să car placaj, scândură, cherestea tratată sub presiune, din fața casei până în spate, pe deasupra dunei nisipoase către plajă. Teancul de cherestea era enorm, iar nisipul făcea ca fiecare încărcătură să pară de două ori mai grea. Mi-a luat o mare parte din zi și, în afară de a-mi spune unde să pun cheresteaua, nu mi-a vorbit deloc. Și-a petrecut ziua dând găuri, bătând cuie și lucrând sub un soare arzător de început de vară, mai interesat fiind de calitatea muncii sale decât de prezența mea.

La scurt timp după ce am terminat de transportat ultima încărcătură, m-a rugat să mă așez pe dună și a deschis un frigider. A umplut două căni de plastic dintr-un termos ce stătuse la rece, și mi-a întins o ceașcă de ceai.

– Da, a decis el în cele din urmă să vorbească. Eu am scris-o.

– Este adevărată?

Și-a mijit ochii, încercând parcă să mă evalueze.

– O parte din ea, a recunoscut el cu accentul pe care îl auzisem descris în acele pagini. Unii ar putea contesta faptele, dar amintirile nu sunt întotdeauna despre fapte.

I-am spus că eu cred că ar putea deveni o carte fascinantă și m-am aventurat într-o serie de argumente pasionale. M-a ascultat în tăcere, cu o expresie greu de interpretat. Dintr-un motiv sau altul, eram dornic, aproape disperat să-l conving. După o liniște stânjenitoare în timpul căreia a părut să-mi cântărească propunerea, în cele din urmă a vorbit: era dispus să discute ideea mai departe și poate chiar să fie de acord cu solicitarea mea, dar numai cu condiția ca el să fie primul care citește povestea. Și, dacă n-avea să-i placă, să dăm uitării acele pagini. M-am eschivat. Scrierea unei cărți durează luni, chiar ani de efort – dar s-a ținut ferm. Până la urmă, am fost de acord. Ca să fiu sincer, i-am înțeles raționamentul. Dacă rolurile noastre ar fi fost inversate, i-aș fi cerut același lucru.

Am mers apoi la cabană. Am pus întrebări și am primit răspunsuri. Mi-a oferit din nou un exemplar al poveștii și mi-a arătat desenele și scrisorile originale care însuflețeau și mai mult trecutul.

Conversația a curs mai departe. A povestit bine și a păstrat ce era mai bun la sfârșit. Odată cu căderea serii, mi-a arătat un obiect remarcabil – un produs al dragostei – care mi-a permis să vizualizez evenimentele în detaliu și cu claritate, ca și cum aș fi fost martor la toate cele întâmplate. De asemenea, am început să văd cum vor apărea cuvintele pe pagină, ca și cum povestea s-ar fi scris singură și rolul meu era ca pur și simplu să o transcriu.

Înainte de a pleca, mi-a cerut ca numele reale să nu fie folosite. Nu avea nici o dorință de faimă – se considera o persoană privată - dar mai mult decât atât, știa că povestea avea potențialul de a deschide răni vechi și noi. Până la urmă, evenimentele nu avuseseră loc rupte de lume. Erau oameni reali implicați, iar unii dintre ei puteau fi tulburați de dezvăluiri. I-am onorat cererea deoarece cred că povestea lui are atât o valoare, cât și o semnificație mai largă: puterea de a ne reaminti că sunt momente în care destinul și iubirea se ciocnesc.

Am început să lucrez la scrierea romanului la scurt timp după acea primă seară pe care am petrecut-o împreună. În anul următor, ori de câte ori aveam întrebări, îl sunam sau treceam pe la el. Am vizitat locațiile sau cel puțin pe cele care nu s-au pierdut în istorie. Am trecut prin arhivele ziarelor și am examinat fotografiile făcute cu mai mult de douăzeci și cinci de ani în urmă. Pentru a descoperi și mai multe detalii, am petrecut o săptămână la o pensiune într-un mic oraș de coastă din estul Carolinei de Nord și am călătorit până în Africa. Am avut noroc, deoarece timpul părea să se miște mai încet în ambele regiuni; au fost momente în care m-am simțit ca și cum aș fi călătorit mult în trecut.

Călătoria mea în Zimbabwe a fost deosebit de utilă. Nu fusesem niciodată în țara respectivă și am fost copleșit de fauna sălbatică spectaculoasă. Țara fusese numită odată „coșul de pâine al Africii", dar până la vizita mea, o mare parte din infrastructura agricolă se degradase și economia se prăbușise, în mare măsură din motive politice. M-am plimbat printre gospodării năruite și terenuri necultivate, imaginându-mi cât de verde trebuie să fi fost terenul când a început povestea. De asemenea, am petrecut trei săptămâni în diverse expediții safari, absorbind tot ceea ce mă înconjura. Am vorbit cu ghizi, cercetași și pândari, discutând despre pregătirea lor și viața lor de zi cu zi; am făcut presupuneri despre cât de dificil trebuie să fie pentru ei să-și întrețină familiile, pentru că își petrec cea mai mare parte a timpului în savană. Mărturisesc că am găsit o Africă extrem de seducătoare. Începând cu acele călătorii, am simțit deseori nevoia să mă întorc și știu că o voi face în scurtă vreme.

În ciuda întregii munci de documentare, există multe lucruri care rămân necunoscute. Douăzeci și șapte de ani este o perioadă lungă de timp, iar reconstituirea textuală a unei conversații vechi dintre două persoane este imposibilă. De asemenea, nu putem să ne reamintim cu exactitate fiecare pas pe care l-a făcut o persoană, poziția norilor pe cer, sau ritmul valurilor ce se rostogoleau pe mal. Ceea ce pot spune este că ceea ce urmează este cel mai bun lucru pe care îl pot face în ciuda constrângerilor existente. Întrucât am făcut și alte modificări în scopul confidențialității, consider că această carte este un roman și nu o operă de nonficțiune.

Geneza, cercetarea și crearea acestei cărți au făcut să fie una dintre cele mai memorabile experiențe ale vieții mele. Într-un fel, a transformat felul în care privesc dragostea. Bănuiesc că majoritatea oamenilor au un sentiment persistent de „ce s-ar fi întâmplat dacă mi-aș fi urmat inima"? Și nu există nici un mod de a afla vreodată răspunsul acesta. O viață este, până la urmă, pur și simplu o serie de vieți mai mici, fiecare dintre ele trăite zi după zi, și fiecare dintre acele zile vine cu alegeri și consecințe. Bucată cu bucată, acele decizii ajută la formarea oamenilor care ajungem să fim. Am prins laolaltă câteva fragmente cât am putut de bine, dar cine poate spune că imaginea pe care am pus-o cap la cap este un adevărat portret al cuplului așa cum a fost el cu adevărat?

Întotdeauna vor exista sceptici când vine vorba de iubire. Îndrăgostirea este partea ușoară; să faci ca dragostea să dăinuie pe fondul diferitelor provocări ale vieții este un vis iluzoriu pentru mulți. Dar dacă citiți această poveste cu același sentiment de uimire pe care l-am simțit eu când am scris cartea, atunci probabil credința voastră în forța stranie pe care iubirea o poate exercita în viața oamenilor va fi reînnoită. S-ar putea chiar să vă găsiți calea către Kindred Spirit într-o zi, cu o poveste proprie pe care să o spuneți... una care are puterea de a schimba viața cuiva în moduri pe care nu vi le-ați imagina vreodată ca fiind posibile.

Nicholas Sparks
2 Septembrie 2017

PARTEA I

TRU

În dimineața zilei de 9 septembrie 1990, Tru Walls ieși afară și cuprinse cu privirea cerul începutului de zi, care spre orizont se apropia de culoarea focului. Pământul de sub picioarele lui era crăpat, iar aerul era uscat; trecuseră deja două luni de la ultima ploaie. Praful i se lipea de ghete în timp ce se îndrepta spre camioneta pe care o avea de mai bine de douăzeci de ani. Camioneta, asemenea ghetelor, era acoperită cu praf, atât în interior, cât și în exterior. În spatele unui gard cu sârmă electrică pe marginea superioară, un elefant smulgea crengile unui copac care căzuse în acea dimineață. Tru nu îi o acordă o atenție deosebită. Făcea parte din peisajul pe care îl cunoscuse încă din primele secunde ale vieții sale – strămoșii lui emigraseră din Marea Britanie cu mai mult de un secol în urmă – și nu era deloc alarmat, cum nici un pescar nu ar fi fost alarmat la vederea unui rechin în timp ce-și scotea captura zilei. Era un bărbat suplu, cu păr negru și riduri în colțurile ochilor, riduri pe care le căpătase privind o viață întreagă cu ochii mijiți sub soare; la patruzeci și doi de ani se întreba uneori dacă el a ales să trăiască în savana uscată sau dacă savana l-a ales pe el.

În tabără era liniște; ceilalți ghizi – inclusiv Romy, cel mai bun prieten al lui – plecaseră mai devreme în acea zi către cabana principală, de unde urmau să aducă cu feribotul în savană oaspeți din toată lumea. Tru lucra la cabana din Parcul Național

Hwange de zece ani; înainte dusese o viață nomadă, schimbând cabanele la câțiva ani, pe măsură ce căpăta experiență. Ca o regulă personală, evita doar acele cabane unde vânatul era permis - ceea ce bunicului lui i se păruse de neînțeles. Bunicul lui - căruia i se spunea Colonelul, deși nu fusese niciodată în armată - susținea că ucisese mai bine de trei sute de lei și pantere de-a lungul vieții, în timp ce proteja animalele domestice de la ferma uriașă a familiei de lângă Harare, unde crescuse Tru. Tatăl vitreg și frații vitregi ai lui Tru se îndreptau încet spre același număr. Pe lângă vite, familia lui Tru se îngrijea de diverse culturi, iar ferma lor producea cele mai mari cantități de tutun și de roșii din țară. Și cafea, de asemenea. Străbunicul lui lucrase cu legendarul Cecil Rhodes - magnat al mineritului, politician și simbol al imperialismului britanic -, acumulând deja pământuri, bani și putere până la sfârșitul secolului al nouăsprezecelea, înainte ca ferma să fie preluată de bunicul lui Tru.

Așadar, afacerea era roditoare când bunicul lui Tru, Colonelul, o moștenise de la tatăl lui și, după cel de-al Doilea Război Mondial, întreaga afacere se extinsese exponențial, iar familia Walls devenise una dintre cele mai înstărite din țară. Colonelul nu a putut niciodată să înțeleagă dorința lui Tru de a fugi de ceea ce, în acel moment, se putea numi un adevărat imperiu economic și o viață trăită în lux. Înainte să moară - atunci când Tru avea douăzeci și șase de ani - a vizitat o dată rezervația unde lucra Tru în acel moment. Deși fusese cazat în cabana principală și nu în cea a ghizilor, bătrânul a fost șocat de spațiul în care locuia Tru. Ceea ce inspectase el probabil i se păruse, în esență, o cocioabă, fără izolație și fără telefon. Lumina era dată de o lampă cu kerosen, iar un mic generator comun punea în funcțiune un frigider în miniatură. Nu era nici pe departe casa în care fusese crescut Tru, dar Tru nu avea nevoie decât de acel peisaj auster, mai ales atunci când se lăsa seara și oceanul de stele își făcea apariția deasupra lui. De fapt, era chiar mai bine decât în alte locuri unde lucrase înainte; dormise chiar și în cort în alte două tabere. Aici, cel puțin, avea apă curentă și un duș, ceea ce i se părea a fi aproape un lux, deși împărțea baia cu alte persoane.

În dimineața aceea, Tru își luase cu el chitara, în husa ei ponosită; o cutie cu mâncare și un termos; câteva desene pe care le făcuse pentru fiul lui, Andrew; și un rucsac cu haine pentru câteva zile, cosmeticale, blocuri de desen, creioane colorate și cu cărbune și pașaportul. Deși urma să fie plecat cam o săptămână, i se părea că nu avea nevoie de altceva.

Camioneta lui era parcată sub un baobab. Câtorva dintre ceilalți ghizi le plăcea acel fruct uscat și cărnos. Obișnuiau să îl amestece în terciul de dimineață, dar Tru nu se acomodase cu gustul. Își aruncă rucsacul pe scaunul din față și verifică remorca pentru a se asigura că nu lăsase nimic din ce putea fi furat. Urma să-și lase camioneta la ferma familiei, acolo erau mai mult de trei sute de oameni care munceau pământul, și toți câștigau foarte puțin. Se întâmpla des ca sculele bune să dispară fără urmă, chiar și din fața ochilor vigilenți ai familiei.

Se strecură ușor la volan și își puse ochelarii de soare. Înainte să învârtă cheia, se asigură că nu uitase nimic. Nu avea foarte multe lucruri de luat; pe lângă rucsac și chitară, își luase cu el scrisoarea și fotografia pe care le primise din America, alături de biletele de avion și de portofel. Pe suportul din spatele lui era o pușcă încărcată, în caz că i se defecta camioneta și era nevoit să umble prin savană, care la urma urmei era unul dintre cele mai periculoase locuri din lume, în special noaptea, chiar și pentru cineva experimentat ca el. În torpedo avea o busolă și o lanternă. Se asigură că avea cortul sub scaun, din nou, în caz de urgență. Era suficient de compact încât să încapă între scaun și podea, și deși nu prea putea să țină prădătorii la distanță, era mai bine decât să doarmă pe pământ. Totul e în regulă, deci, își zise el. Mai pregătit decât atunci nu avea cum să fie.

Ziua deja devenea din ce în ce mai călduroasă, iar în interiorul camionetei era și mai cald. Soluția în acel caz era aerul condiționat de tip 2/32: mersul cu două ferestre deschise, la o viteză de 32 de kilometri pe oră. Nu era de foarte mare ajutor, dar se obișnuise de mult cu căldura. Își suflecă mânecile cămășii bej. Purta pantalonii obișnuiți de drumeții, care deveniseră mai moi și mai confortabili cu trecerea timpului. Probabil că oaspeții din jurul piscinei de la cabana principală purtau costume de baie și șlapi, dar el nu se simțise niciodată bine îmbrăcat așa. Ghetele și pantalonii de pânză îi salvaseră viața odată, când se intersectase cu un șarpe mamba negru nervos; dacă nu ar fi fost îmbrăcat potrivit în acel moment, veninul l-ar fi omorât în mai puțin de treizeci de minute.

Se uită la ceas. Abia trecuse de ora șapte, și avea în față câteva zile lungi. Porni motorul, merse puțin cu spatele și se îndreptă către poartă. Sări din mașină, trase de poartă ca să o deschidă, scoase camioneta și închise poarta în urma lui. Ultimul lucru de care ceilalți ghizi aveau nevoie era să se întoarcă la tabără și să-și dea seama că o haită de lei s-a stabilit acolo. N-ar fi fost prima dată – se mai întâmplase, la o altă tabără unde lucrase, în sud-estul țării. Ziua aceea chiar fusese haotică. Nimeni nu știa ce să facă în afară de a aștepta până când se hotărau leii să plece. Din fericire, leii au părăsit tabăra în acea după-amiază ca să iasă la vânătoare, dar din acel moment Tru verifica în mod special porțile, chiar dacă nu conducea el. Unii dintre ghizi erau noi, și nu voia să riște.

Acceleră și se așeză mai comod, încercând să-și facă drumul cât mai confortabil cu putință. Primii două sute de kilometri de drum erau de fapt trasee prin pietriș, ciuruite de gropi, la început în rezervație și apoi de-a lungul mai multor sate mici. Partea aceea avea să dureze până după-amiază devreme, dar era obișnuit cu drumul și își lăsă mintea să hoinărească în timp ce străbătea lumea pe care o numea „acasă".

Soarele sclipea printre norii răsfirați care se alungeau deasupra copacilor și lumină pentru o clipă o pasăre cu pieptul lila, o dumbrăveancă ce se desprinse de crengile din stânga lui. Doi mistreți de savană traversau drumul în fața lui, tropăind în spatele unei familii de babuini. Văzuse acele animale de mii de ori, dar încă se mira cum puteau supraviețui înconjurate de atâția prădători. Știa, totuși, că natura avea propria poliță de asigurare. Animalele care se aflau pe poziții inferioare în lanțul trofic făceau mai mulți pui; femelele de zebră, de exemplu, erau gestante tot timpul, cu excepția a nouă sau zece zile pe an. În același timp, se estima că leoaicele trebuiau să se împerecheze de mai mult de o mie de ori pentru fiecare pui care atingea vârsta de un an. Era o manifestare a echilibrului evoluționist prin excelență și, deși îi era martor în fiecare zi, nu înceta să i se pară extraordinar.

De multe ori, oaspeții îl întrebau despre cele mai interesante lucruri pe care le-a văzut în cariera lui de ghid. Povestea atunci cum era să fii în fața unui rinocer negru agresiv sau cum văzuse cândva o girafă care s-a zbătut cu sălbăticie până a născut un pui într-un mod atât de exploziv încât a rămas surprins de violența actului. Văzuse odată și un pui de ghepard cum trăgea, în timp ce urca în copac, un mistreț de savană de două ori mai mare ca el, în timp ce la doar câțiva centimetri în urmă mârâia o haită de hiene care simțiseră mirosul de sânge. O dată, urmărise un câine sălbatic care, după ce fusese abandonat de semenii lui, se alăturase unei haite de șacali - aceeași haită pe care înainte ar fi vânat-o. Poveștile erau nenumărate.

Era oare posibil, se întreba el, să experimentezi același safari de două ori? Răspunsul era și da, și nu. Puteai să mergi de două ori la aceeași cabană, să lucrezi cu același ghid, să pleci la aceeași oră și să parcurgi același traseu, vremea și anotimpul să fie aceleași, dar animalele nu ar fi fost niciodată în același loc și nu ar fi făcut același lucru. Animalele se plimbau între locurile de adăpare, cele de stat la pândă, locurile de mâncat și dormit și împerecheat, fiecare încercând de fapt să supraviețuiască încă o zi.

Într-o margine, văzu o turmă de impala. Ghizii spuneau în glumă că acel tip de antilopă erau un fel de McDonald's al savanei, fast-food din abundență. Făceau parte din dieta fiecărui prădător, iar oaspeții de obicei se plictiseau să le fotografieze după prima ieșire în sălbăticie. Spre deosebire de ei, Tru încetinea camioneta și privea cum, una după alta, făceau un salt imposibil de înalt și de grațios peste un copac căzut, ca și cum era totul parte dintr-o coregrafie. Erau în felul lor, se gândea el, la fel de speciale ca cele cinci mari atracții - leul, leopardul, rinocerul, elefantul și bivolul african - sau chiar „cele șapte mari atracții", incluzând ghepardii și hienele. Acelea erau animalele pe care oaspeții voiau cel mai des să le vadă în timpul unui safari, cele care trezeau cel mai mare entuziasm. Însă leii chiar nu erau așa greu de văzut, cel puțin atunci când era soare. Leii dorm între optsprezece și douăzeci de ore pe zi, așa că puteau fi zăriți des în timp ce se odihneau la umbră. Să vezi un leu în mișcare, pe de altă parte, era destul de rar, cu excepția vizitelor de noapte. În trecut, lucrase la cabane care ofereau tururi nocturne. Câteva dintre ele fuseseră înfiorătoare, iar multe fuseseră orbitoare din cauza prafului ridicat de 100 de bivoli sau antilope gnu sau zebre care fugeau disperate de lei. Atunci, nu puteai să vezi mai departe de câțiva centimetri, în nici o direcție, iar Tru fusese nevoit să oprească Jeepul. Își dăduse seama în două rânduri, cu nivelul de adrenalină crescut vertiginos, că se aflau chiar între haita de lei și prada lor, oricare ar fi fost aceea.

Drumul devenea din ce în ce mai accidentat, așa că Tru încetinea din ce în ce mai mult, alunecând dintr-o parte în alta. Se îndrepta către Bulawayo, al doilea oraș ca mărime din țară și locul unde stătea fosta lui soție, Kim, cu fiul lor, Andrew. Avea și el o casă pe care o cumpărase după divorț acolo. Privind în urmă, îi era clar că el și Kim nu erau potriviți unul pentru celălalt. Se întâlniseră cu zece ani în urmă într-un bar din Harare, când Tru se afla între două locuri de muncă. Mai târziu, Kim avea să-i spună că i se păruse o figură exotică, ceea ce, împreună cu numele lui de familie, fuseseră suficient de interesante ca să o atragă. Cât despre ea, era cu opt ani mai tânără și era frumoasă, cu un aer jovial, dar șarmant prin încrederea de sine pe care o emana. Un lucru duse la altul, și ajunseră să petreacă următoarele șase săptămâni împreună. În acel punct, Tru deja simțea chemarea savanei și se gândea să încheie relația; dar ea îi spusese că era însărcinată. S-au căsătorit, Tru și-a găsit o slujbă la Hwange pentru că era relativ aproape de Bulawayo, iar Andrew a venit și el pe lume la scurt timp.

Deși știa cu ce se ocupă Tru, Kim a presupus că, după ce se va naște copilul, el avea să-și găsească o slujbă care să nu îl țină departe de familie săptămâni întregi. Dar el și-a continuat meseria de ghid, iar căsnicia lor s-a sfârșit la mai puțin de cinci ani după ce începuse. Nici unul nu-i purta ranchiună celuilalt; ba chiar relația lor se îmbunătățise după divorț. De fiecare dată când venea să îl ia pe Andrew, petrecea o vreme și cu Kim și povesteau despre ce se mai întâmplase în viețile lor ca doi prieteni vechi ce erau de fapt. Ea se recăsătorise și avea o fiică cu cel de-al doilea soț, Ken;

ultima dată când Tru fusese în vizită, îi zisese că era însărcinată din nou. Ken lucra în departamentul de finanțe al companiei Air Zimbabwe. Se îmbrăca în costum la muncă și era acasă la cină în fiecare seară. Asta își dorea Kim, iar Tru se bucura pentru ea.

Cât despre Andrew...

Fiul lui avea zece ani acum și era singurul lucru bun care ieșise din căsnicia aceea. Soarta făcuse ca atunci când Andrew avea câteva luni, Tru să facă pojar și să devină steril, dar oricum nu își mai dorise să aibă alt copil. Pentru el, Andrew fusese mereu mai mult decât și-ar fi putut dori, și era tocmai motivul pentru care făcea un ocol prin Bulawayo în loc să meargă direct către fermă. Cu părul blond și ochii căprui, Andrew îi semăna mamei, iar Tru avea zeci de desene cu chipul lui prinse de pereții cabanei sale. Peste ani, adăugase și fotografii – Kim îi înmâna mereu un plic plin cu fotografii, aproape de fiecare dată când venea în vizită – combinând astfel diferite versiuni ale fiului său, care devenea o persoană cu totul nouă. Cel puțin o dată pe săptămână, Tru schița ceva ce văzuse în savană – de obicei un animal –, dar alteori se desena pe el împreună cu fiul lui, încercând să prindă o amintire din ultima vizită.

Fusese o provocare să pună în echilibru viața de familie și munca, în special după divorț. Timp de șase săptămâni, cât lucra el în tabără, Kim avea custodia copilului, iar Tru lipsea complet din viața fiului său: fără telefoane, fără vizite, fără să improvizeze meciuri de fotbal sau să dea fuga după vreo înghețată. Apoi, timp de două săptămâni, Tru primea custodia și juca rolul de tată non-stop. Andrew stătea cu el în casa lui din Bulawayo, Tru îl ducea cu feribotul la școală și înapoi, îi punea pachetul și pregătea cina, îl ajuta cu temele. În weekenduri, făceau tot ce își dorea Andrew, și în absolut fiecare moment Tru se întreba cum era posibil să-și iubească fiul atât de profund, chiar dacă nu se afla mereu în preajma lui pentru a-i demonstra asta.

La dreapta, zări doi șoricari dând târcoale. Căutau probabil ceva rămas de la masa hienelor de cu o seară în urmă, sau poate că se uitau după un animal care murise mai devreme în acea dimineață. În ultimul timp, multe animale se chinuiau să trăiască. Țara trecea din nou printr-o secetă, iar locurile de adăpat din acea parte a rezervației secaseră. Asta nu era deloc surprinzător; spre vest, nu prea departe, în Botswana, se întindea marele deșert Kalahari, unde locuia legendarul popor San. Se credea că limba lor, bazată în mare parte pe plescăituri și cloncănituri, era una dintre cele mai vechi, și le părea aproape ireală celor din afara comunității. În ciuda faptului că nu dețineau multe lucruri palpabile, glumeau și râdeau mai mult decât orice alt grup de oameni pe care îl întâlnise vreodată, dar se întreba cât timp vor mai reuși să-și păstreze nealterat modul acesta de viață. Epoca modernă se apropia cu pași mici și insidioși, și se auzea că guvernul din Botswana urma să impună ca toți copiii din țară să meargă la școală, inclusiv cei ai poporului San. În cele din urmă, presupunea el, asta ar fi dus la sfârșitul unei culturi care existase mii de ani.

Dar Africa era în continuă schimbare. El se născuse în Rhodesia, o colonie a imperiului britanic; văzuse cum țara fusese cuprinsă de conflicte civile, și era încă adolescent când țara fusese divizată, în cele din urmă, în națiunile Zimbabwe și Zambia. Ca și în Africa de Sud - care era privită ca o paria în mare parte din lumea civilizată din cauza apartheidului - și în Zimbabwe, cea mai mare parte din venituri era concentrată în rândul unui mic procentaj din populație, majoritatea albă. Tru nu credea că situația asta va mai continua mult timp, dar politica și lipsa egalității în societate erau subiecte pe care nu le mai discuta cu familia lui. Până la urmă, ei făceau parte dintr-un grup privilegiat și, ca toate grupurile privilegiate, credeau că meritau bogățiile și avantajele de care beneficiau, indiferent de cât de brutal ar fi fost modul în care averea și puterea fuseseră obținute inițial.

Tru ajunse într-un final la marginea rezervației și trecu apoi de primul sătuc, unde locuiau în jur de o sută de oameni. Ca și tabăra ghizilor, și satul era îngrădit pentru siguranța oamenilor și a animalelor deopotrivă. Întinse mâna spre termos și luă o gură, odihnindu-și cotul pe marginea ferestrei. Trecu pe lângă o femeie pe o bicicletă încărcată cu cutii cu legume, apoi pe lângă un om care mergea, îndreptându-se probabil către următorul sat, aflat la aproximativ nouă kilometri distanță. Tru încetini și opri mașina; omul se apropie agale de camionetă și urcă. Tru vorbea suficient de bine limba omului încât să poată susține o conversație; în total, vorbea relativ fluent șase limbi, două dintre ele tribale. Celelalte patru erau engleza, franceza, germana și spaniola. Era una dintre calitățile care îl făceau să fie căutat de cabanele din savană.

Mai târziu, îl lăsă pe pasager în punctul dorit și își continuă drumul, ajungând într-un final la un drum asfaltat. Se opri să ia prânzul imediat după aceea, parcă mașina pe marginea drumului și luă masa în remorca camionetei, la umbra unui salcâm. Soarele deja se afla în creștetul cerului la momentul acela, iar lumea din jurul lui era tăcută și nu se vedea nici un animal la orizont. Pornind înapoi la drum după ce luă prânzul, avansă mai repede. Satele deveniseră încet mici orașe, apoi orașe mai mari, apoi, la ultimele ore ale după-amiezii, ajunse la marginea orașului Bulawayo. Îi scrisese o scrisoare lui Kim ca să o anunțe când urma să ajungă, dar poșta din Zimbabwe nu era foarte previzibilă. Scrisorile ajungeau de obicei la destinație, dar nu te puteai baza pe faptul că vor ajunge la timp.

Intră pe strada ei și parcă mașina în spatele mașinii lui Kim, pe aleea din fața casei. Se apropie de ușă și bătu; în doar câteva secunde, ea deschise ușa, deci fără îndoială că îl aștepta. Când se îmbrățișau, Tru auzi vocea fiului său. Andrew sări pe scări și i se aruncă în brațe. Tru știa că va veni o vreme în care Andrew se va considera prea mare pentru astfel de manifestări de afecțiune, așa că îl strânse mai tare, întrebându-se dacă exista fericire mai mare decât aceea.

*

– Mami mi-a spus că te duci în America, îi zise Andrew în acea seară, mai târziu.

Stăteau în fața casei, pe un zid scund care servea drept gard între casa lui Kim și cea a vecinului.

– Da, mă duc. Dar nu stau mult. Mă întorc săptămâna viitoare.

– Aș vrea să nu trebuiască să pleci.

Tru își puse brațul în jurul lui Andrew.

– Știu. Și mie o să îmi fie dor de tine.

– Atunci de ce te duci?

Asta era adevărata întrebare, nu-i așa? De ce, după atâta timp, primise scrisoarea aceea? Alături de un bilet de avion?

– Mă duc să îl văd pe tatăl meu, îi răspunse Tru într-un final.

Andrew se uită la el cu o ușoară suspiciune, iar părul lui blond strălucea în lumina lunii.

– Adică bunicul Rodney?

– Nu, zise Tru. Mă duc să îl văd pe tatăl meu biologic. Nu ne-am întâlnit niciodată.

– Vrei să îl vezi?

„Da", se gândi Tru, iar apoi, „Nu, nu chiar".

– Nu știu, recunoscu până la urmă.

– Atunci de ce te duci?

– Pentru că, începu Tru, în scrisoarea pe care mi-a trimis-o, spunea că e pe moarte.

*

După ce își luă la revedere de la Andrew, Tru merse cu mașina la casa lui. Odată ajuns acolo, deschise ferestrele să aerisească, își scoase chitara din bagaj și cântă timp de o oră înainte să meargă la culcare.

În dimineața următoare, porni la drum devreme. Spre deosebire de cele din parcul național, drumurile către capitală erau relativ bine întreținute, dar chiar și așa petrecu cea mai mare parte din zi conducând. Tru ajunse după lăsarea întunericului și văzu luminile aprinse în casa impunătoare pe care Rodney, tatăl lui vitreg, o reconstruise după incendiu. În apropiere erau trei alte case – câte una pentru fiecare dintre cei doi frați vitregi și cea principală, și mai mare, în care locuise cândva Colonelul. Practic, casa principală era a lui Tru, dar se îndreptă către o căsuță de lângă gard. Mai demult, în căsuță locuiseră bucătarul și soția lui; Tru o renovase în primii ani ai adolescenței. Cât timp fusese în viață, Colonelul avuse grijă să fie curățată în mod aproape regulat, dar asta nu se mai întâmplase de mult. Era praf peste tot, iar Tru fu nevoit să scuture păianjenii și gândăceii de pe cearșaf înainte să se urce în pat. Nu prea îl interesa; dormise în condiții mai rele de nenumărate ori.

A doua zi, îi evită pe ceilalți membri ai familiei. Preferă să meargă cu Tengwe, șeful echipei de la fermă, cu mașina la aeroport. Tengwe era cărunt, vânjos și știa cum să scoată ce era mai bun din pământ chiar și în cele mai nefavorabile condiții posibile. Cei șase copii ai lui lucrau la fermă, iar soția lui, Anoona, pregătea masa pentru Rodney. După moartea mamei lui, Tru se apropiase de Tengwe și de Anoona mai tare chiar decât de Colonel, și cei doi erau singurele persoane de la fermă de care îi era dor vreodată.

Drumurile din Harare erau împânzite de mașini și camionete, căruțe, biciclete și pietoni; în aeroport era un haos și mai mare. După ce depuse bagajele de cală, Tru urcă la bordul avionului care urma să îl ducă întâi la Amsterdam, apoi la New York și Charlotte și, în cele din urmă, la Wilmington în Carolina de Nord.

Cu tot cu escale, era pe drum de aproape 21 de ore înainte să calce pe pământ american pentru prima dată în viața lui. Când ajunse la zona de ridicare a bagajelor în Wilmington, zări un om care ținea un afiș cu numele lui pe el, deasupra numelui unei companii de limuzine. Șoferul fu surprins să afle că nu avea bagaj de cală și se oferi să-i ducă atât chitara, cât și rucsacul. Tru dădu din cap în semn de refuz. Cu primii pași făcuți afară, începu să simtă cum i se lipește tricoul de spate din cauza aerului apăsător și a umidității, în timp ce mergeau cu greu spre mașină.

Pe drum nu se întâmplă nimic deosebit, dar lumea de după ferestrele mașinii îi era străină. Peisajul plan și luxuriant și de un verde proaspăt părea să se extindă în toate direcțiile; văzu palmieri amestecați cu stejari și pini, și iarbă de culoarea smaraldului. Wilmington era un oraș mic, situat la o altitudine joasă, care scotea la înaintare o combinație de lanțuri de magazine și afaceri locale ce, mai apoi, făceau loc unei zone istorice cu case care păreau vechi de cel puțin câteva sute de ani. Șoferul îi arătă râul Cape Fear, cu bărci de pescuit presărate pe apele sălcii. Pe străzi, văzu mașini și SUV-uri și camionete, dar nici una dintre ele nu trecea de pe o bandă pe alta încercând să evite căruțe sau animale. Nimeni nu mergea pe bicicletă sau pe jos, și aproape toți oamenii pe care îi văzu pe trotuare erau albi. Lumea pe care o lăsase în urmă părea un vis îndepărtat.

O oră mai târziu, Tru trecu peste un pod plutitor de pontoane și coborî lângă o casă de trei etaje de la baza unei dune joase într-un loc numit Sunset Beach, o insulă aproape de coastă lângă granița cu Carolina de Sud. Trecu o secundă până să-și dea seama că întregul etaj inferior era compus din garaje; întreaga structură părea aproape grotescă în comparație cu casa mult mai mică de alături, în fața căreia se vedea un semn pe care scria „De vânzare". Se întrebă dacă nu cumva șoferul greșise adresa, dar șoferul verifică din nou și îl asigură că era locul corect. Mașina o luă înapoi, iar el auzi pulsațiile profunde, ritmice ale valurilor oceanului care se loveau de mal. Încercă să-și aducă aminte când auzise ultima dată acel sunet. Cel puțin un deceniu, presupuse Tru în timp ce urca scările către al doilea etaj.

Șoferul îi dădu un plic cu cheia de la ușa de la intrare, așa că pătrunse înăuntru și, trecând de hol, păși într-o salon amplu cu podea din lemn de pin și tavan susținut de grinzi din lemn. Decorul specific unei case de pe plajă era pus la punct până la ultimul detaliu, ca și cum ar fi fost scos dintr-o revistă, iar fiecare pernă decorativă și pătură erau așezate cu precizie și rafinament. Prin ferestrele mari se vedea terasa din spatele casei, cu o plajă de iarbă și dune dincolo de ea, întinzându-se până la ocean. Zona spațioasă de luat masa venea în continuarea salonului, iar în bucătăria proiectată profesionist erau așezate cu măiestrie dulapuri personalizate, blatul de marmură și aparate electrocasnice de primă clasă.

Un bilet de pe tejghea îl informa că frigiderul și cămara fuseseră aprovizionate cu mâncare și băutură și că, dacă avea nevoie să meargă undeva, putea să sune compania de limuzine. Dacă era cumva interesat de activități legate de ocean, putea găsi o placă de surf și echipament de pescuit în garaj. Conform biletului, tatăl lui Tru spera să ajungă sâmbătă după-amiază. Își cerea scuze pentru că nu putea ajunge mai devreme, deși nu menționa nici un motiv pentru întârziere. Lăsând biletul la o parte, lui Tru îi veni ideea că poate tatăl lui era la fel de ambivalent în privința întâlnirii lor, cum era el însuși, ceea ce îl făcu să se întrebe de ce i-a mai trimis biletul de avion, dacă situația stătea astfel. În orice caz, urma să afle curând.

Era marți seara, deci Tru ar mai fi avut de petrecut câteva zile singur. Nu anticipase asta, dar deja era prea târziu pentru a schimba ceva. Petrecu următoarele câteva minute explorând casa, învățând cum erau dispuse camerele. Dormitorul principal se afla la capătul coridorului care ducea din bucătărie, și acolo își lăsă lucrurile. La etaj se aflau alte dormitoare și băi, toate într-o stare impecabilă, nefolosite. În dormitorul principal găsi prosoape curate, precum și săpun, șampon și balsam, așa că se răsfăță cu un duș foarte lung, bucurându-se timp îndelungat de jetul de apă.

Avea părul încă ud când ieși pe terasa din spatele casei. Aerul era în continuare cald, dar soarele cobora din ce în ce mai mult și cerul explodase într-un evantai cu mii de nuanțe de galben și portocaliu. Chinuindu-se să vadă în depărtare, abia reușea să distingă ceea ce părea a fi un grup de marsuini, delfini negri, care se jucau în spatele valurilor. După o poartă cu zăvor, un rând de scări cobora până la o pasarelă care trecea peste iarba de pe plajă; coborî scările și ajunse până la ultima dună de nisip, iar apoi alte câteva trepte ce duceau până la plajă. Erau puține persoane în jur. În zare, văzu o femeie urmată de un câine mic; în direcția opusă, câțiva surferi pluteau pe plăci lângă un debarcader care se extindea în ocean ca un deget întins. Începu să meargă către debarcader, pășind pe nisipul compact de la marginea apei, meditând la faptul că până în acel moment nici măcar nu auzise de Sunset Beach. Nici nu își amintea dacă se mai gândise vreodată la Carolina de Nord până atunci. Încercă să-și amintească dacă vreunul dintre oaspeții lui venise de aici, dar nu reuși. Probabil că nu ar fi schimbat nimic, oricum.

Ajuns la debarcader, urcă scările până sus și merse până în capăt. Cu mâinile pe balustradă, privi lung apa care se întindea până la orizont. Imaginea ei, imensitatea ei, îi păreau aproape de neconceput. Îi aminti că avea o lume întreagă de explorat, și se întrebă dacă va avea vreodată șansa să o facă. Poate când Andrew va fi mai mare, puteau să călătorească împreună o vreme...

Briza prindea viteză, iar luna urca încetișor până în vârful cerului indigo. Privi asta ca pe un semn că trebuia să se întoarcă. Își închipuia că proprietatea îi aparţinea tatălui lui. Poate că închiria casa în mod obişnuit, deşi mobilierul era prea scump ca să îl lase în grija unor străini. Şi, în plus, dacă era aşa, de ce nu îi găsise cazare la un hotel? Se întrebă din nou de ce întârzia până sâmbătă. De ce îi luase lui Tru un zbor care ajungea cu atât de mult timp înaintea lui? Tru presupunea că, dacă tatăl lui chiar era pe moarte, era vorba de o problemă medicală, deci nu avea nici o garanţie că putea să ajungă sâmbătă.

Dar ce avea să se întâmple când într-adevăr ajungea tatăl lui? Omul era un străin; o singură întâlnire nu putea să schimbe asta. În orice caz, Tru spera că va putea să găsească răspunsul la câteva dintre aceste întrebări, căci de fapt acesta era şi unicul motiv pentru care hotărâse să vină aici. Intră în casă şi luă o bucată de carne din frigider. Căută prin câteva dulapuri până reuşi să găsească o tigaie de fontă, dar aragazul, chiar dacă era de calitate superioară, funcţiona aproape la fel ca cele de acasă. Găsi şi diverse produse cumpărate dintr-un loc numit Magazinul de delicatese al lui Murray, aşa că îşi puse pe farfurie şi un fel de salată de varză, şi salată de cartofi. După masă, îşi spălă farfuria, paharul şi tacâmurile şi merse cu chitara pe terasa din spate. Cântă la chitară şi din voce, uşor, timp de o oră, în timp ce câte o stea căzătoare trecea ocazional pe deasupra lui. Se gândi la Andrew şi la Kim, la mama şi la bunicul lui, până deveni suficient de obosit ca să se ducă în pat.

Dimineaţă, făcu o sută de flotări şi o sută de abdomene înainte să încerce şi să eşueze să-şi facă o cafea. Nu reuşi să înţeleagă cum funcţiona aparatul. Prea multe butoane, prea multe opţiuni, şi nu avea idee unde să pună apa. Se hotărî până la urmă să meargă pe plajă în speranţa că va găsi un loc de unde să cumpere una.

Ca în seara anterioară, plaja îi aparţinea aproape în totalitate. I se părea foarte plăcut să poată face o plimbare oricând i se năzărea. În Hwange nu putea să facă asta, cel puţin nu fără o puşcă. Inspiră adânc atunci când ajunse la nisip, simţind gustul sărat al aerului şi simţindu-se ca un străin.

Își băgă mâinile în buzunare și se lăsă cuprins de senzația unei noi dimineți. După o plimbare de cincisprezece minute, zări o pisică ghemuită în vârful unei dune, lângă o terasă în construcție, ale cărei scări spre plajă erau neterminate. La fermă avuseseră pisici care își duceau traiul pe lângă grajduri, dar pisica asta arăta ca și cum ar fi stat în casă majoritatea timpului. Chiar în acel moment, un câine mic și alb trecu în goană pe lângă el și se rostogoli spre un stol de pescăruși care țâșni imediat în aer. Câinele se îndreptă apoi către duna de nisip, văzu pisica și porni ca o rachetă către ea. Pisica sări pe terasă în timp ce câinele se cățăra pe dună în urma ei, ca apoi să dispară amândoi fără urmă. Un minut mai târziu, i se păru că aude în depărtare scârțâitul roților unei mașini, urmat de schelălăitul unui câine.

Privi în urma lui; la jumătatea drumului, văzu o femeie, fără îndoială stăpâna câinelui, care stătea la marginea apei, fixând oceanul cu privirea. Presupuse că era aceeași femeie din seara trecută, dar distanța era prea mare ca să fi văzut sau auzit ce se întâmplase.

După o secundă de ezitare, Tru porni în direcția câinelui, alunecând pe nisip în timp ce încerca să escaladeze duna. Pășind pe terasă, merse pe pasarelă și ajunse la o altă scară, care ducea, într-un sens, la terasa casei și în celălalt sens către un nivel inferior. O luă spre nivelul inferior și ocoli două case care se asemănau ca stil cu cea în care stătea el. Trecu de un zid de sprijin și continuă drumul spre calea principală. Nu era nici o mașină în zare. De asemenea, nu era nici un om disperat sau vreun câine întins pe șosea. La prima vedere, asta părea a fi o veste bună. Știa din experiență că animalele rănite căutau adăpost dacă se puteau mișca, acesta fiind modul prin care natura le permite să se ascundă de prădători în timp ce se vindecă.

Merse pe marginea drumului, căutând prin tufișuri și în jurul copacilor. Nu văzu nimic. Pe cealaltă parte a drumului, repetă procesul și găsi într-un final câinele lângă un gard viu, scuturându-și piciorul din spate. Respira greu și tremura, dar Tru nu-și putea da seama dacă de durere sau de spaimă. Se gândea că ar trebui să se întoarcă pe plajă și să încerce să o găsească pe femeie, dar se temea în același timp că atunci câinele ar fi putut să dispară șchiopătând spre un loc necunoscut. Își scoase ochelarii de soare și se așeză pe vine cu mâna întinsă.

- Hei, salut, zise el, menținându-și vocea calmă și moderată, ești bine?

Câinele își inclină capul și Tru începu să se apropie încet de el, vorbindu-i pe un ton coborât și blând. Când Tru ajunse suficient de aproape, câinele se întinse și îi mirosi mâna înainte de a face câțiva pași temători spre el. Când păru convins de intențiile bune ale lui Tru, deveni mai încrezător. Tru îl mângâie pe cap și verifică dacă îi curgea sânge. Era în regulă. Pe zgardă era trecut numele Scottie.

- Salut, Scottie, zise el. Hai să mergem înapoi pe plajă, ce zici? Hai cu mine.

Insistă puțin, dar până la urmă Scottie îl urmă pe Tru până la duna de nisip. Șchiopăta, dar Tru considera că nu-și rupsese nici un os. Când Scottie se opri la zidul de sprijin, Tru ezită o secundă, dar îl ridică apoi în brațe. Îl duse așa printre case și pe scările spre pasarelă, apoi peste dună. Cercetând plaja cu privirea, o văzu pe femeie, care era mult mai aproape în acel moment.

Tru coborî încet duna și porni spre ea. Dimineața încă era însorită, dar femeia părea și mai luminoasă, întreaga aură fiindu-i amplificată de materialul galben ca razele soarelui al bluzei fără mâneci care-i flutura în vânt. Pe măsură ce se apropia, Tru vedea cum distanța dintre ei se micșora, și o studia pe femeie. În ciuda privirii confuze, era frumoasă, cu părul castaniu ciufulit și ochi de culoarea turcoazelor. Și aproape instantaneu, se porni ceva în interiorul lui, ceva ce îl făcea să se simtă agitat, așa cum se simțea mereu în prezența unei femei atrăgătoare.

Hope

Hope coborî de pe terasa din spatele casei pe pasarela care trecea peste duna de nisip, încercând în același timp să nu verse cafeaua. Scottie – terierul ei scoțian cu un nume perfect adecvat – trăgea de lesă cuprins de entuziasmul de a ajunge la plajă.

– Nu mai trage, zise ea.

Câinele o ignoră. Îl primise pe Scottie de la Josh, bărbatul care îi era iubit de 6 ani, și abia dacă asculta de ea în zilele cele mai bune. Dar de când ajunsese la căsuța de pe plajă cu o zi în urmă, fusese de necontrolat. Labele lui zgâriau nebunește treptele acoperite cu nisip în timp ce coborau spre plajă, iar Hope își aduse din nou aminte că trebuia să îl ducă la un curs din acela de weekend de dresaj și supunere – deși se îndoia de eficacitatea unui astfel de demers. Deja eșuase la primele două încercări. Scottie – cel mai dulce și mai simpatic câine din lume – părea să nu fie cel mai isteț, dragul de el. Dar, din nou, poate era doar greu de dresat.

Odată trecută Ziua Muncii, plaja era liniștită, iar cele mai multe dintre casele elegante erau pustii. Văzu pe cineva făcând jogging lângă debarcader; în direcția opusă, un cuplu se plimba relaxat pe lângă apă. Se aplecă și își așeză paharul în nisip cât timp îl eliberă pe Scottie din lesă, și apoi privi cum o luă la fugă. Nu credea că va deranja pe cineva. Noaptea trecută, văzuse alți doi câini care nu erau ţinuţi în lesă, şi, în plus, nu erau aşa mulţi oameni care ar fi putut să se plângă în jur.

Hope începu să se plimbe şi luă o gură de cafea. Nu dormise bine. De obicei, vuietul neîncetat al valurilor era ca un cântec de leagăn ce o adormea imediat, dar nu şi noaptea trecută. Se întorsese de pe o parte pe alta, se trezise în repetate rânduri şi renunţase complet la un moment dat, atunci când razele soarelui începuseră să se strecoare în cameră.

Cel puţin vremea era perfectă, cerul era albastru şi temperatura specifică mai degrabă unei toamne timpurii decât sfârşitului verii. La ştirile din seara trecută fuseseră prezise furtuni pe toată durata weekendului, iar prietena ei, Ellen, aproape îşi pierdea minţile de grijă. Nunta lui Ellen urma să aibă loc sâmbăta aceea, şi atât ceremonia, cât şi petrecerea trebuiau să se ţină în aer liber la clubul de golf din Wilmington, undeva aproape de gaura cu numărul 18. Hope îşi imagina că aveau un plan de rezervă - cu siguranţă puteau folosi terasa acoperită a clubului - dar când Ellen sunase cu o seară în urmă aproape izbucnise în plâns.

Hope încercase să empatizeze cu ea la telefon, dar nu fusese uşor. Ellen era aşa copleşită de propriile griji, încât nici nu o întrebă pe Hope cum se simţea la rândul ei. Într-un fel, ăsta era un lucru bun; problemele ei cu Josh erau ultimul lucru despre care Hope voia să discute. Cum ar fi putut să-i explice lui Ellen că Josh nu urma să vină la nuntă? Sau că - deşi precipitaţiile din ziua nunţii erau într-adevăr dezamăgitoare - existau, cu certitudine, lucruri mai rele?

În acel moment, Hope se simţea puţin depăşită de tot ce se întâmpla în viaţa ei, iar faptul că trebuia să petreacă o săptămână singură la casa de pe plajă nu era de mare ajutor. Nu doar pentru că Josh nu era cu ea, ci şi pentru că era probabil ultima săptămână pe care o petrecea acolo. Părinţii ei puseseră casa la vânzare la începutul verii, iar cu zece zile în urmă acceptaseră o ofertă. Înţelegea motivul pentru care voiau să vândă casa, dar urma să-i fie dor de acel loc. Îşi petrecuse majoritatea verilor şi vacanţelor acolo, de-a lungul copilăriei, şi avea amintiri legate de fiecare colțișor. Își amintea cum obișnuia să-și curețe tălpile de nisip cu furtunul de grădină, să privească furtunile de pe culcușul de lângă geamul din bucătărie, să simtă mirosul de pește sau friptură făcute pe grătarul de pe terasa din spate. Își aminti cum ea și sora ei își dezvăluiau secretele noaptea târziu în camera pe care o împărțeau; și acolo sărutase și primul băiat. Ea avea doisprezece ani, iar pe el îl chema Tony; familia lui locuise într-o cabană la trei case distanță ani întregi. Îl admirase toată vara, iar după ce împărțiseră un sendviș cu unt de arahide și jeleu, el o sărutase în bucătărie în timp ce mama ei uda plantele de pe terasă.

Încă zâmbea când își aducea aminte de acel moment, și se întrebă ce urmau să facă noii proprietari cu casa. Voia să creadă că nu vor schimba nimic, dar nu era naivă. Când era mică, căsuța era una dintr-o serie de case de aceleași dimensiuni care se întindeau pe porțiunea aceea de plajă; acum mai erau doar câteva. În ultimii ani, Sunset Beach fusese descoperită de cei bogați; și, mai mult ca sigur, urmau să o distrugă din temelii și să construiască în locul ei o casă nouă mult mai mare, ca monstruozitatea cu trei etaje de alături. Înțelegea că, în fond, așa mergeau lucrurile, dar simțea că și o parte din ființa ei își pierdea temeliile în același timp. Știa că exagera și că se victimiza puțin, și se apostrofa din cauza asta. Nu îi stătea în fire să joace rolul de martir; până de curând, se considerase mereu tipul de persoană care vedea partea plină a paharului, care își spunea că azi e o nouă zi. Și de ce nu ar fi fost? Viața ei chiar era binecuvântată în multe feluri. Avea părinți care o iubeau și două surori mai mari minunate; era mătușa a trei băieți și două fete care reprezentau o sursă nesecată de bucurie și încântare pentru ea. Rezultatele ei la școală fuseseră bune și îi făcea plăcere să lucreze ca asistentă în secția de urgență a spitalului din comitatul Wake. Deși voia să slăbească câteva kilograme, era sănătoasă. Josh – care era chirurg ortoped – era iubitul ei de când avea 30 de ani, și chiar îl iubea. Avea prieteni buni și își cumpărase un apartament al ei în Raleigh, nu foarte departe de părinți. Din exterior, situația părea roz.

Atunci de ce se simțea atât de înstrăinată acum?

Pentru că mai era un lucru ce o punea la încercare într-un an care deja fusese plin de încercări, cea mai mare fiind diagnosticul pus tatălui ei, acea veste devastatoare care îi rupsese sufletul în bucăți în aprilie. Tatăl ei era singurul care nu fusese surprins de vestea primită de la doctor. Știuse că ceva nu era în regulă când nu mai avusese energia să alerge în pădurea din spatele casei.

Tatăl ei obișnuia să se antreneze în acea pădure de când se știa ea; deși Raleigh era treptat cuprins de noi construcții, zona aceea fusese desemnată arie verde protejată, acesta fiind chiar unul dintre motivele pentru care părinții ei cumpăraseră o casă acolo. Cu timpul, diverși dezvoltatori imobiliari încercaseră să determine orașul să revoce acea decizie, promițând să aducă locuri de muncă și venituri fiscale; însă nu avuseseră succes, iar asta se datora într-o oarecare măsură faptului că tatăl ei se opusese propunerii la fiecare reuniune a consiliului orașului.

Tatăl ei adora pădurea. Nu doar că alerga acolo dimineața, dar, când își termina treaba la școală, venea înapoi spre casă pe același traseu pe care îl parcurgea dimineața. Când era mică, venea cu el după școală și fugea după fluturi sau arunca bețe, vâna raci în pârâul care se intersecta în anumite puncte cu cărarea. Tatăl ei, profesor de științe la liceu, știa numele fiecărui tufiș și copac pe lângă care treceau. Când îi arăta diferențele dintre un stejar roșu sudic și un stejar negru estic, i se păreau atât de evidente ca și cum i-ar fi spus că cerul este albastru. Totuși, dacă încerca să le repete singură, informațiile i se amestecau în minte. La fel se întâmpla și când priveau stelele împreună; el îi arăta constelațiile Hercule, Lira sau Vulturul, iar ea aproba uimită, dar când încerca să-și amintească singură după o săptămână, se uita confuză la cer fără să le poată distinge.

O perioadă lungă de timp, crezuse că tatăl ei era cel mai deștept om din lume. Când îi spunea și lui asta, el râdea și răspundea că, dacă într-adevăr era așa deștept, și-ar fi dat seama cum să câștige un milion de dolari. Mama ei era învățătoare, la clasa a doua, și abia după ce termină facultatea și începu să-și plătească singură facturile înțelese cât de greu trebuia să fi fost pentru cei doi să susțină o întreagă familie, chiar și cu veniturile lor adunate la un loc.

Tatăl ei fusese și antrenorul echipelor de cros și atletism ale liceului. Deși nu ridicase vocea niciodată, reușise să ducă echipele la numeroase etape din campionat. Împreună cu surorile ei, Hope participase la ambele sporturi în toți cei patru ani de liceu, și deși nici una dintre ele nu era vreo profesionistă, Hope încă făcea jogging câteva zile pe săptămână. Surorile ei mai mari alergau trei sau patru zile pe săptămână, iar în ultimii zece ani, Hope i se alăturase tatălui și surorilor ei în Cursa Anuală a Curcanului care avea loc în dimineața de Ziua Recunoștinței și în urma căreia toți își făceau poftă de mâncare înainte să se așeze la masa festivă. Cu doi ani în urmă, tatăl ei câștigase premiul pentru categoria lui de vârstă.

Dar acum, tatăl ei nu mai avea să alerge niciodată. Boala începuse cu niște tresăriri ocazionale și o oboseală ușoară – dar nu de ignorat. Nu putea spune cu certitudine cu cât timp în urmă debutase, dar estima că trecuseră deja câțiva ani. La douăsprezece luni după aceea, alergatul în pădure s-a transformat în jogging ușor, și în final în simple plimbări.

Din cauza vârstei, fusese explicația inițială a medicului lui internist, și chiar avea sens. La acel moment, tatăl ei deja se apropia de șaptezeci de ani – se pensionase cu patru ani în urmă – și avea artrită la șolduri și picioare. Deși făcuse sport toată viața, trebuia să ia medicamente pentru tensiunea ușor crescută. Apoi, în luna ianuarie a anului anterior, răcise. Era o răceală banală, dar după câteva săptămâni tatăl ei încă respira mai greu decât de obicei.

Hope îl însoți la medicul internist pentru o altă consultație. Trecu prin mai multe teste și analize de sânge. Merseră de la un doctor la altul. I se făcu o biopsie la mușchi, iar rezultatele arătară o posibilă problemă neurologică. În acel moment, Hope începu să se îngrijoreze.

Urmară mai multe teste, iar mai târziu Hope aștepta alături de restul familiei diagnosticul – li s-a spus că era vorba de scleroză laterală amiotrofică. Boala Lou Gehrig, aceeași boală care îl pusese pe Stephen Hawking în scaunul cu rotile, cauzează moartea neuronilor care controlează mușchii voluntari, ducând la pierderea mobilității și a abilității de a înghiți și de a vorbi. Iar, în final, la pierderea abilității de a respira. Nu se descoperise un tratament.

Și nu exista nici un mod de a prezice cât de repede urma să avanseze boala. În lunile de după diagnostic, tatăl ei nu păruse să se fi schimbat foarte mult din punct de vedere fizic. Încă ieșea la plimbare în pădure, își păstrase blândețea și credința de nestrămutat în Dumnezeu, și încă o ținea pe mama ei de mână când stăteau pe canapea și se uitau la televizor seara. Asta o făcea să spere că boala lui era dintre cele care avansează încet, dar, chiar și așa, era îngrijorată tot timpul. Cât timp se va mai putea mișca tatăl ei? Cât timp va mai putea mama ei să aibă grijă de el fără ajutor suplimentar? Ar trebui să instaleze rampe și să pună o bară de susținere în duș? Știind că erau liste de așteptare pentru cele mai bune locuri, trebuiau oare să înceapă să se documenteze despre aziluri? Dar de unde vor avea bani să plătească așa ceva? Părinții ei nu erau nici pe departe înstăriți. Aveau pensii și niște economii modeste, și aveau casa din oraș și căsuța de pe plajă, dar nimic mai mult. Oare era suficient, puteau să acopere atât îngrijirea pentru tatăl ei, cât și restul vieții mamei ei? Și, dacă nu era suficient, ce puteau să facă?

Prea multe întrebări și prea puține răspunsuri. Mama și tatăl ei păreau să accepte incertitudinea, așa cum făceau și surorile ei, dar Hope mereu fusese genul de persoană căreia îi plăcea să planifice totul. Era tipul de om care nu poate dormi noaptea pentru că anticipează diverse posibilități și ia decizii ipotetice în legătură cu aproape orice. Asta o făcea să simtă că era mai bine pregătită pentru orice ar fi urmat, dar problema era că, din cauza acestei predispoziții, risca să trăiască o stare perpetuă de îngrijorare. Și chiar asta se întâmpla când se gândea la tatăl ei.

Dar el se simțea bine, își spunea ea. Și putea să se simtă la fel de bine încă trei sau cinci sau chiar zece ani; dar nu avea de unde să știe exact. Cu două zile în urmă, înainte ca ea să vină la plajă, chiar ieșiseră la plimbare, așa cum făceau înainte. Da, adevărat, fusese o plimbare mai scurtă, iar ritmul fusese mai lent decât înainte, dar tatăl ei încă putea să numească toți copacii și toate tufișurile, și-și împărtăși toate cunoștințele cu ea încă o dată. În timp ce mergeau, se opri, se aplecă și ridică o frunză căzută care anunța venirea toamnei.

„Un motiv pentru care frunzele sunt minunate", îi spuse el, „este că îți amintesc să trăiești cât de bine poți, cât de mult timp poți, până când vine vremea să te desparți de tot și să te lași purtat de vânt cu grație."

*

Îi plăcu să audă asta. Într-un fel... Mai mult ca sigur, el privise frunza căzută ca pe o lecție de viață pe care i-o putea da fiicei lui, iar ea știa că ceea ce îi spusese era adevărat și semnificativ, dar oare chiar era posibil să înfrunți moartea fără nici un pic de frică? Să dispari cu grație, complet?

Dacă cineva chiar putea să facă asta, sigur acela era tatăl ei. Era probabil cel mai liniștit, echilibrat și pașnic om pe care îl cunoscuse vreodată, și probabil din acest motiv părinții ei fuseseră căsătoriți 50 de ani și încă le plăcea să se țină de mână și să se pupe când credeau că fetele nu îi văd. Se întreba des cum de puteau ei doi să facă iubirea să pară hotărâtă și naturală în același timp.

De asta se simțea ciudat. Bine, nu era într-atât vorba de părinții ei, ci mai mult de relația ei cu Josh. Deși îl iubea foarte mult, nu se putuse obișnui cu relația lor de tip „azi da, mâine nu". Acum erau în faza de „nu", și de asta Hope petrecea săptămâna aceea singură la căsuță - singură, cu excepția lui Scottie - și a unei programări la pedichiură și coafor înainte de cina la care avea loc repetiția pentru nuntă, vineri seara.

Josh trebuia să vină cu ea săptămâna asta, și cu cât ziua plecării se apropia, cu atât mai mult Hope credea că trebuiau să petreacă ceva timp împreună, doar ei. În ultimele nouă luni, cabinetul unde lucra Josh încercase să angajeze încă doi chirurgi ortopezi pentru a putea gestiona numărul din ce în ce mai mare de pacienți, dar fără rezultat. Ceea ce însemna că Josh lucra între 70 și 80 de ore pe săptămână și că era de gardă constant. În plus, și mai rău era faptul că zilele lui libere nu se sincronizau mereu cu ale ei, iar în ultimul timp el părea să aibă din ce în ce mai des nevoie să se detensioneze în felul lui caracteristic. În weekendurile libere, prefera în general să iasă cu prietenii lui, plimbându-se cu barca, făcând schi nautic sau rămânând până a doua zi în Charlotte după o noapte petrecută prin baruri, în loc să stea cu ea.

Nu era prima dată când Josh trecea printr-o astfel de fază, în care Hope se simțea uneori lăsată pe ultimul plan. Josh nu fusese niciodată genul de bărbat care trimitea flori, iar gesturile de tandrețe de zi cu zi ale părinților ei probabil i se păreau absolut străine. În astfel de momente, în special, Josh părea un fel de Peter Pan, ceea ce o făcea pe Hope să se întrebe dacă se va maturiza vreodată cu adevărat. Apartamentul lui, care era plin cu mobilă de la IKEA, steaguri ale unor echipe de baseball și postere cu filme părea potrivit pentru un proaspăt absolvent, ceea ce nu era foarte surprinzător, având în vedere că el nu se mutase de când începuse să practice medicina. Prietenii lui - pe care îi întâlnise, în cea mai mare parte, la sala de fitness - aveau douăzeci și ceva, poate treizeci de ani, erau singuri și erau la fel de arătoși ca Josh. Josh nu își arăta vârsta - urma să împlinească patruzeci de ani în câteva luni -, dar ea chiar nu înțelegea cum putea să-i placă să iasă cu prietenii lui în baruri, când ei cel mai probabil mergeau acolo ca să întâlnească femei. Dar ce putea să-i zică? „Nu ieși cu prietenii tăi"? Nu erau căsătoriți, nu erau nici măcar logodiți, iar el mereu îi spusese că își dorea o iubită care să nu încerce să îl schimbe. Voia să fie acceptat așa cum era.

Ea înțelegea asta. Și ea voia să fie acceptată așa cum era. Și ce dacă îi plăcea să iasă cu prietenii lui în baruri?

Pentru că, îi spunea vocea dinăuntrul ei, în acest moment practic nu suntem împreună, deci orice e posibil. Nu fusese tocmai fidel în alte perioade când am fost despărțiți, nu-i așa?

A, da. Perioada aceea. Se întâmplase la a doua și la a treia despărțire. Josh recunoscuse ambele dăți și îi spusese cum se întâmplase totul - era vorba de femei care nu însemnaseră nimic pentru el, doar niște greșeli groaznice – și jurase că nu avea să se mai repete. Reușiseră să treacă peste asta, credea ea, dar... acum că erau din nou despărțiți, simțea că o cuprinde aceeași frică. Mai rău era că Josh și prietenii lui se duseseră în Las Vegas și că probabil în acel moment se distrau fără griji și făceau orice ar fi făcut bărbații când se duc acolo. Nu știa exact ce implică un weekend în Las Vegas cu băieții, dar inevitabil se gândea la cluburi de striptease. Nu prea credea că erau la coadă la un spectacol cu Siegfried și Roy. Nu degeaba Las Vegas se numea „Orașul Păcatelor".

Întreaga situație încă o irita. Nu doar pentru că o abandonase săptămâna aceea, dar și pentru că despărțirea, chiar și temporară, fusese inutilă de la bun început. Cuplurile se mai ceartă. Asta fac cuplurile. Și, după aceea, discută despre situație, învață din propriile greșeli, încercau să se ierte și continuau din acel punct. Dar Josh nu părea să înțeleagă ideea asta, ceea ce o făcea să se întrebe dacă ei doi încă mai puteau avea un viitor împreună.

Uneori se întreba de ce îl voia în continuare în viața ei, dar, în adâncul sufletului, știa răspunsul. Deși era atât de furioasă pe el și o frustrau atât de mult unele dintre trăsăturile lui adânc înrădăcinate, era foarte isteț și arăta atât de bine încât simțea un nod în stomac când îl vedea. Chiar și după atâția ani, Hope încă se pierdea în ochii lui violet-închis. În ciuda weekendurilor cu băieții, știa că o iubește; cu câțiva ani în urmă, când Hope trecuse printr-un accident de mașină, Josh fugise imediat de la muncă și rămăsese în spital, lângă patul ei, două zile întregi. Când tatăl ei avusese nevoie de o trimitere la un medic neurolog, Josh se ocupase de situație de la început până la sfârșit, câștigând astfel recunoștința întregii ei familii. Avea grijă de ea în moduri mărunte, ducându-i mașina la schimbat uleiul sau anvelopele, și din când în când o surprindea cu o cină gătită de el. La întrunirile cu familia sau cu prietenii, Josh își amintea detalii din viața fiecăruia și avea darul de a-i face pe toți să se simtă în largul lor.

Pe lângă asta, aveau și aceleași pasiuni. Le plăcea amândurora să meargă în drumeții și la concerte și aveau aceleași gusturi în materie de muzică; în ultimii șase ani, fuseseră împreună în New

York, Chicago, Cancun și Bahamas, și fiecare dintre acele escapade îi reconfirmase motivele pentru care își dorea să fie cu el. Când viața alături de Josh era bună, îi părea că nu i-ar mai trebui nimic. Dar când nu era bună - trebuia să recunoască - situația era, de fapt, groaznică. Presupunea că era cumva dependentă de acele suișuri și coborâșuri dramatice, dar nu avea nici o certitudine. Știa doar că, deși viața cu el era uneori insuportabilă, nu își putea imagina viața fără el.

Înaintea ei, Scottie fugea și mirosea în jurul lui, alergând printre chirighițe și trimițându-le în apa mai adâncă. Schimbând direcția, porni în goană spre duna de nisip, aparent fără nici un motiv. Mai târziu, ajunși din nou în căsuță, probabil că Scottie urma să fie într-o stare de epuizare completă toată dimineața. Slavă cerului pentru micile minuni!

Luă încă o gură de cafea, dorindu-și ca lucrurile să fi fost altfel. Părinții ei făceau viața de cuplu să pară lipsită de orice efort; surorile ei erau din același material. Până și prietenii ei păreau să plutească liniștiți pe apele relațiilor lor, în timp ce ea și Josh erau când pe creasta unui val, când gata să se scufunde. Și de ce ultima ceartă cu Josh fusese cea mai rea dintre toate?

Privind în urmă, începu să creadă că era și ea la fel de vinovată ca el. El era stresat din cauza muncii, iar ea, trebuia să recunoască, era stresată din cauza... ei bine, din cauza viitorului lor, de fapt. Dar în loc să-și găsească liniștea unul în prezența celuilalt, lăsaseră stresul să se acumuleze încet-încet, de-a lungul mai multor luni, până când totul explodase. Nici nu își amintea cum începuse ultima ceartă; mai știa doar că menționase că urma nunta lui Ellen, iar Josh nu mai scosese nici un cuvânt. Era clar că îl supăra ceva, dar când Hope întrebase care era problema, Josh spusese că nu avea nimic.

Nimic.

Ura acel cuvânt. Era un mod de a încheia o conversație, nu de a o începe, și poate nu ar fi trebuit să îl forțeze să răspundă. Dar îl forțase, și, fără motiv, după ce a adus în discuție nunta, discuția calmă s-a transformat în țipete și urlete, și în câteva momente

Josh deja ieșea furtunos pe ușă ca să doarmă la fratele lui. În ziua următoare, îi spuse lui Hope că aveau nevoie de o pauză ca să evalueze situația, și, la câteva zile după asta, îi trimise un mesaj în care spunea că va fi cu băieții în Las Vegas în săptămâna cu nunta.

Asta se întâmplase cu aproape o lună în urmă. Mai vorbiseră la telefon de câteva ori de atunci, dar convorbirile acelea nu fuseseră deloc o alinare, iar el nu mai sunase deloc de aproape o săptămână. Își dorea să poată da timpul înapoi și să o ia de la capăt, dar și mai tare își dorea ca Josh să simtă același lucru. Și să-și ceară scuze. Reacția lui la cearta dintre ei fusese exagerată; de parcă nu fusese suficient să-i înfigă cuțitul în inimă; trebuia să îl și răsucească. Reacțiile de felul ăsta nu erau un semn bun pentru viitor, dar oare avea să se schimbe vreodată? Și, dacă nu, cum se răsfrângea asta asupra ei? Avea treizeci și șase de ani, era necăsătorită, și nu avea nici o dorință să reintre în cursa după un suflet pereche. Nici nu putea concepe asta. Ce era să facă – să iasă în baruri și să aștepte să fie abordată de bărbați ca Josh și prietenii lui? Nu, mulțumesc. În plus, dedicase șase ani relației cu Josh; nu voia să creadă că fusese o pierdere de timp. Deși o înnebunea uneori, Josh avea atâtea calități...

Își termină cafeaua. În față, văzu un om plimbându-se pe marginea apei. Scottie goni pe lângă el și prinse încă un stol de pescăruși în ambuscadă. Încercă să se cufunde în imaginea oceanului privind cum undele de la suprafața apei își schimbau culoarea din galben în auriu în lumina dimineții. Valurile erau slabe, iar marea era calmă; tatăl ei îi spunea că asta de obicei anunță o furtună, dar Hope alese să nu îi zică asta lui Ellen, în cazul în care o suna. Ellen n-ar fi vrut să audă asta.

Hope își trecu o mână prin păr, prinzând firele libere după ureche. La orizont se vedeau nori slab conturați, acel tip de nori care probabil se risipesc pe măsură ce ziua avansează. Părea să urmeze o după-amiază perfectă pentru un pahar de vin, poate un platou cu brânză și biscuiți sărați, sau chiar niște scoici crude. Dacă mai adaugi și niște lumânări și pui niște R&B senzual...

De ce se gândea la astfel de lucruri?

Cu un oftat, se concentră pe valuri, amintindu-şi cum, atunci când era mică, se juca ore întregi în apă. Uneori se urca pe o placă mică de surf, alteori se distra scufundându-se chiar când se spărgeau valurile. De cele mai multe ori, tatăl ei o urma şi el în apă pentru puţin timp, iar acum amintirile aduceau cu ele un val de tristeţe.

Curând, se gândea ea, tatăl ei nu va mai putea intra în ocean.

*

Uitându-se fix la apă, Hope se certă singură zicându-şi că se consuma pentru nişte probleme minore. Nu era ca şi cum grija ei era ce să mănânce în acea zi sau dacă avea un loc sigur unde să doarmă. Apa pe care o bea nu o expunea la holeră sau dizenterie; avea cu ce să se îmbrace şi avea o educaţie, iar lista putea continua la infinit.

Tatăl ei – cu povestea despre frunza căzută şi alte astfel de idei – n-ar fi vrut ca ea să se îngrijoreze în privinţa lui. Cât despre Josh, mai mult ca sigur, urma să revină la sentimente mai bune. Nici una dintre ultimele patru despărţiri nu durase mai mult de şase săptămâni, şi de fiecare dată Josh era cel care sugera că ar trebui să o ia de la capăt. Cât despre Hope, ea adera cu tărie la filosofia de tip *Dacă iubeşti pe cineva, lasă-l să plece, şi dacă se întoarce înseamnă că sentimentul e reciproc.* Experienţa îi spunea că să rogi pe cineva să rămână lângă tine este, în general, ca şi cum l-ai ruga să te iubească, iar ea era suficient de înţeleaptă încât să ştie că asta nu merge niciodată.

Întorcându-se cu spatele la ocean, începu să meargă şerpuit în josul plajei. Protejându-şi ochii de soare, se uită după Scottie în faţa ei, dar nu îl văzu. Căută cu privirea porţiunea de plajă din urma ei, întrebându-se cum reuşise să se strecoare pe lângă ea, dar Scottie nu era nici acolo. Nu mai era nimeni pe plajă, cu excepţia ei, şi astfel începu să simtă primul ghimpe de îngrijorare. În timpul altor plimbări, se mai întâmplase să dureze câteva secunde până să îl localizeze, dar nu era genul de câine care să dispară pur și simplu. Îi veni ideea că poate fugărise niște păsări înspre apă și fusese luat de curenți, dar Scottie nu înota niciodată în ocean. Și totuși, nu era de găsit. Chiar în acel moment zări pe cineva care mergea pe duna de nisip aproape de ea, în față. Tatăl ei ar fi făcut și în acel moment un comentariu despre cum dunele sunt nesigure, iar oamenii trebuie să folosească rutele publice de acces dacă nu erau scări care să ducă la plajă. Dar... în fine. Avea griji mult mai urgente acum...

Se uită scurt înainte și înapoi, întorcând privirea către acel om. Bărbatul ajunsese la plajă, așa că se gândi să îl întrebe dacă îl văzuse pe Scottie. Nu era cea mai sigură sursă, dar nu știa ce altceva să facă. Schimbând direcția, o luă spre el și observă, fără să acorde mare atenție, că părea să ducă ceva în brațe. Ceea ce ducea, orice ar fi fost, nu se distingea de cămașa albă pe care acesta o purta, așa că îi luă o secundă ca să-și dea seama că îl ținea chiar pe Scottie în brațe. Grăbi pasul.

Bărbatul mergea spre ea, mișcându-se cu o grație ce evoca imaginea unui animal sălbatic. Purta blugi decolorați și o cămașă albă cu mânecile suflecate până la coate. Pe măsură ce se apropia, Hope observă că ultimii nasturi ai cămășii erau desfăcuți, lăsând să se vadă pectoralii care denotau atât o rutină de exerciții fizice, cât și o viață activă. Avea ochi de un albastru-închis, precum cerul unei după-amiezi târzii, și un păr negru, de culoarea cărbunelui, care începuse să încărunțească pe lângă urechi. Când îi arătă un zâmbet sfios, Hope observă gropița din bărbie și un aer neașteptat de familiaritate în expresia feței lui, un aer care o făcea să se simtă, în mod ciudat, ca și cum l-ar fi cunoscut dintotdeauna.

Sunset Beach

Tru nu avea nici un indiciu în legătură cu gândurile care îi zburau prin minte lui Hope în timp ce se apropia, dar în acel moment era imposibil să fugă. Femeia purta blugi decoloraţi, sandale şi o bluză galbenă fără mâneci care forma un V adânc în faţă. Cu o piele fină, uşor bronzată, şi un păr castaniu care îi încadra pometii înalţi, îi atrăgea privirea cu o forţă irezistibilă. Ochii ei se măriră sub imperiul unei efuziuni de emoţie – ce emoţie să fi fost? Uşurare? Recunoştinţă? Uimire? – până când se opri cu respiraţia tăiată în faţa lui. Incapabil şi el să mai scoată vreun cuvânt, cei doi se priviră fără să vorbească, până când Tru îşi drese în final glasul.

– Presupun că ăsta este câinele tău? întrebă el, îndreptându-l pe Scottie spre ea.

Hope identificase un accent, ceva ce suna britanic sau australian, dar nu era sigură care dintre ele. Fusese suficient pentru a rupe vraja, aşa că întinse mâinile spre Scottie.

– De ce e Scottie la tine?

El îi explică ce se întâmplase în timp ce îi înmâna câinele şi privi cum Scottie îi lingea degetele stăpânei lui, scâncind de bucurie. Când termină de povestit, detectă o urmă de panică în tonul vocii ei.

– Vrei să spui că a fost lovit de maşină?

- Tot ce știu este ce am auzit. Evita să calce pe piciorul din spate și tremura când l-am găsit.

- Dar nu ai văzut nici o mașină?

- Nu.

- Ciudat.

- Poate doar a fost atins. Și, când a fugit, au crezut că nu a pățit nimic.

O privi cum îi strângea ușor picioarele lui Scottie, unul câte unul. Câinele nu scâncea; de fapt, începu să se gudure de încântare. Tru remarcă privirea ei preocupată când îl puse pe Scottie din nou pe picioarele lui. Privea cu atenție cum Scottie o luă grăbit înainte.

- Nu șchiopătează acum, remarcă ea.

Cu coada ochiului, văzu că și bărbatul îl urmărea pe Scottie.

- Da, nu pare.

- Crezi că ar trebui să îl duc la veterinar?

- Nu știu.

Scottie zări un alt stol de pescăruși. O luă la fugă fără impedimente și sări la unul dintre ei înainte să-și schimbe direcția. Apoi, adulmecând pământul, începu să se îndrepte spre căsuță.

- Pare să fie bine, murmură ea, mai mult pentru sine decât ca să audă Tru.

- Păi, e clar că are multă energie.

„Nici nu ai idee", gândi ea.

- Îți mulțumesc că ai verificat dacă e bine și că l-ai adus înapoi pe plajă.

- Mă bucur că am putut ajuta. Înainte să pleci, nu cumva știi un loc în apropiere de unde aș putea lua o cafea?

- Nu. Sunt doar case în direcția asta. Imediat ce treci de debarcader, este un loc numit Clancy's. Au restaurant și bar, dar nu cred că deschid până la prânz.

Îi înțelese expresia dezamăgită. Diminețile fără cafea erau groaznice și, dacă ar fi avut puteri magice, ar fi interzis și doar gândul la așa ceva. Între timp, Scottie se îndepărta din ce în ce mai mult, iar Hope arătă spre el.

– Ar trebui probabil să am grijă de câinele meu.

– Mergeam în aceeași direcție înainte să fiu distras, zise el. Te superi dacă merg cu tine?

Imediat ce auzi întrebarea, Hope simți un fior de... ceva. Privirea lui, cadența ritmică a vocii lui, maniera lui relaxată, dar grațioasă declanșă o vibrație în interiorul ei ca și când ar fi atins o coardă. Luată prin surprindere, primul ei instinct fu să refuze. Vechea Hope, Hope cea din totdeauna, ar fi făcut asta automat. Dar ceva o mișcă atunci, un instinct pe care nu îl recunoștea.

– Da, e în regulă, răspunse ea în loc de orice altceva.

Chiar și în acel moment îi fu neclar de ce acceptase. Nu înțelese nici după ani de zile care fusese motivul. Ar fi fost simplu să pună asta pe seama grijilor care o măcinau atunci, dar știa că nu ar fi fost complet adevărat. Ceea ce ajunse să creadă până la urmă era că, în ciuda faptului că abia se cunoscuseră, Tru trezise în ea ceva ce nu mai cunoscuse până atunci, un impuls deopotrivă primitiv și străin.

El reafirmă dând din cap. Când începură să meargă unul lângă celălalt, Hope nu-și putu da seama dacă fusese surprins de faptul că ea acceptase. Nu erau chiar unul lângă altul, ca senzația să fie incomodă, dar mergea suficient de aproape de el încât să observe felul cum vârfurile părului lui des și negru fluturau în vânt. Scottie continuă să exploreze în fața lor, iar Hope simțea cum scoicile minuscule de sub tălpile ei scrâșneau. Pe terasa din spatele unei case, un steag albastru deschis flutura în vânt. Lumina soarelui se revărsa peste plajă, fluidă și caldă. Pentru că erau singuri, faptul că mergeau împreună devenise un gest ciudat de intim, ca și cum s-ar fi aflat doar ei doi pe o scenă.

– A, chiar, numele meu este Tru Walls, zise el într-un final, ridicând vocea ca să acopere valurile care se spărgeau.

Ea se uită înspre el, observându-i ridurile de la cozile ochilor, de tipul celor care apar atunci când petreci mult timp în soare.

– Tru? Nu cred că am mai auzit numele ăsta până acum.

– Vine de la Truitt.

– Îmi pare bine, Tru. Eu sunt Hope Anderson.

– Cred că te-am văzut plimbându-te aseară.

– Probabil. De fiecare dată când vizitez locul ăsta, îl scot pe Scottie afară de câteva ori pe zi. Însă eu nu te-am văzut.

Tru își ridică bărbia în direcția debarcaderului.

– Am mers în cealaltă direcție. Aveam nevoie să-mi dezmorțesc picioarele. Am avut un zbor lung.

– De unde ai veni?

– Din Zimbabwe.

– Acolo locuiești?

Pe chipul ei se citea surprinderea.

– Acolo am locuit toată viața.

– Iartă-mi ignoranța, începu Hope, dar unde anume în Africa e Zimbabwe?

– În sud. La granița cu Africa de Sud, Botswana, Zambia și Mozambic.

Africa de Sud apărea mereu la știri, dar celelalte trei țări îi erau doar vag cunoscute.

– Ești departe de casă.

– Da, sunt.

– E prima dată când vii la Sunset Beach?

– E prima dată când vin în Statele Unite. E o lume diferită aici.

– Cum așa?

– Totul. Drumurile, infrastructura, Wilmington, traficul, oamenii... și nu pot să cred cât de verde e totul.

Hope nu avea un termen de comparație, așa că doar confirmă dând din cap. Privi cum Tru își băgă mâna în buzunar.

– Tu? întrebă el. Spuneai că ești în vizită?

Ea răspunse afirmativ.

– Locuiesc în Raleigh. Apoi, dându-și seama că el probabil nu avea idee unde era asta, adăugă: Este la câteva ore de mers spre nord-vest. Mai aproape de interiorul țării, mai mulți copaci, și mai departe de mare.

– Terenul este plat ca pe aici?

– Nu, sub nici o formă. Sunt dealuri. Și este un oraș destul de mare, cu mulți oameni și multe lucruri de făcut. După cum probabil ai observat, locul ăsta poate fi destul de tăcut.

– Aş fi crezut că va fi mai aglomerat la plajă.

– Poate fi, vara, şi probabil vor mai ieşi câţiva oameni după-amiază. Dar în perioada asta a anului nu e niciodată foarte aglomerat. Este mai mult un loc de vacanţă. Cei pe care îi vezi probabil locuiesc pe insulă.

Hope îşi strânse părul, încercând să îl ţină departe de faţă când bătea vântul, dar, neavând cu ce să-l prindă, era inutil. Aruncând o privire spre Tru, observă că purta o brăţară de piele. Era zgâriată şi uzată, iar cusăturile vagi formau un model pe care nu îl putea distinge. Dar, cumva, i se părea că i se potrivea.

– Nu cred că am mai cunoscut pe cineva din Zimbabwe până acum. Se uită cu ochii mijiţi la el. Ai venit în vacanţă?

Tru făcu câţiva paşi fără să răspundă, mergând în acelaşi mod graţios, chiar şi pe nisip.

– Am venit pentru că trebuie să mă întâlnesc cu cineva.

– Oh.

Răspunsul lui o făcu să creadă că era vorba de o femeie şi, deşi nu avea nici un motiv să fie deranjată de asta, fu străfulgerată de un sentiment de dezamăgire. „Ce ridicol", se mustră ea în timp ce alunga gândul acela.

– Dar tu? întrebă el ridicând din sprânceană. Ce te aduce aici?

– O prietenă bună de-a mea se mărită sâmbăta asta în Wilmington. Eu sunt una dintre domnişoarele de onoare.

– Pare că va fi un weekend drăguţ.

Cu excepţia faptului că Josh a preferat să meargă în Las Vegas, deci nu voi avea cu cine să dansez. Şi oamenii îmi vor pune un milion de întrebări despre el şi despre ce se întâmplă, iar eu nu vreau să răspund la întrebările astea, şi nici măcar nu am un răspuns.

– O zi festivă, cu siguranţă, aprobă ea. Apoi continuă: Pot să îţi pun o întrebare?

– Desigur.

– Cum e în Zimbabwe? Nu am fost niciodată în Africa.

– Depinde unde te afli, presupun.

– Deci e ca în America?

– Din ce am văzut până acum, absolut deloc.

Hope zâmbi. Bineînțeles că nu semăna.

– Poate că o să ți se pară naivă întrebarea mea, dar ai văzut vreodată un leu?

– Văd aproape în fiecare zi.

– Pur și simplu, în fața geamului tău? întrebă Hope cu ochii mari.

– Lucrez ca ghid la un parc de safari.

– Mereu am vrut să merg într-un safari...

– Multe dintre persoanele pe care le ghidez descriu experiența ca pe una dintre călătoriile vieții lor.

Hope încercă, dar nu reuși să-și imagineze. Dacă ar fi mers ea, animalele probabil s-ar fi ascuns, așa cum făceau atunci când era mică și se ducea la zoo.

– Dar ce trebuie să faci ca să ajungi să ai meseria asta?

– Există reglementări impuse de guvern. Ai cursuri, examene, ești ucenic și în final devii licențiat. Apoi, începi prin a urmări animalele, și după toți acești pași poți deveni ghid.

– Ce vrei să spui prin „a urmări"?

– Multe dintre animale sunt destul de pricepute la camuflaj, așa că uneori nu sunt ușor de găsit. Cel care urmărește le caută pentru ca ghidul să poată conduce oaspeții în siguranță și să poată răspunde la întrebări.

Hope dădu din cap, privindu-l cu o curiozitate din ce în ce mai mare.

– De cât timp faci asta?

– De mult timp, răspunse el. Apoi, zâmbind, adăugă: De mai mult de douăzeci de ani.

– În același loc?

– În mai multe tabere diferite.

– Nu sunt toate la fel?

– Fiecare tabără e altfel. Unele sunt scumpe, altele nu chiar. Sunt diverse concentrații de animale, în funcție de locul unde te afli în țară. Unele zone sunt mai umede, altele mai uscate, ceea ce influențează concentrațiile speciilor, și migrația, și mișcarea. Unele tabere se prezintă ca fiind tabere de lux și se laudă cu bucătari fantastici; altele oferă doar lucrurile de bază - corturi, paturi de campanie și mâncare împachetată în celofan. Iar unele tabere gestionează situația animalelor mai bine decât altele.

- Cum este tabăra unde lucrezi acum?

- E o tabără de lux. Cazare și mâncare excelente, gestionarea situației animalelor excelentă și o mare varietate de animale.

- Ai recomanda-o?

- Cu siguranță.

- Trebuie să fie incredibil să vezi animalele în fiecare zi. Dar bănuiesc că pentru tine e doar altă zi de muncă.

- Chiar deloc. Fiecare zi aduce ceva nou. Tru o studia cu ochii lui albaștri pătrunzători, și totuși calzi. Dar tu? Cu ce te ocupi?

Dintr-un motiv inexplicabil, Hope nu se aștepta să o întrebe la rândul lui.

- Sunt asistentă de traumatologie la secția de urgențe a unui spital.

- Traume precum... rănile prin împușcare?

- Uneori, zise ea. În general accidente de mașină.

În acel moment, deja se apropiau de casa unde stătea Tru, iar el începu să facă ușor un unghi, îndepărtându-se de nisipul compact.

- Eu stau la căsuța părinților mei, de acolo, zise Hope din proprie inițiativă, arătând spre casa de lângă a lui. Tu unde stai?

- Chiar în casa de alături. Casa mare cu trei etaje.

- Oh, zise ea.

- Ce este?

- E... mare.

- Da, este, râse el scurt. Dar nu e casa mea. Bărbatul cu care ar trebui să mă întâlnesc mă lasă să stau aici. Bănuiesc că el e proprietarul.

„Bărbatul cu care se întâlnește“, își sublinie ea în gând. Asta o făcea să se simtă mai bine, deși își spunea ferm că nu avea nici un motiv ca să-i pese dacă era bărbat sau femeie. Problema e că blochează într-o oarecare măsură lumina de la sfârșitul după-amiezii care cade pe terasa noastră din spate. Și tatălui meu nu prea i se pare plăcută la vedere.

– Îl cunoști pe proprietar?

– Nu l-am întâlnit niciodată, răspunse ea. De ce? Tu îl cunoști?

– Nu. Până acum câteva săptămâni, nici nu auzisem de el.

Voia să pună mai multe întrebări, dar presupunea că Tru era circumspect dintr-un motiv întemeiat. Cercetând plaja cu privirea, Hope îl zări pe Scottie adulmecând în jurul dunelor din fața lor, apropiindu-se de scările care duceau la pasarelă și la casă. Ca de obicei, era plin de nisip.

Tru încetini aproape complet atunci când ajunse la scările din dreptul casei lui.

– Bănuiesc că aici trebuie să ne despărțim.

– Îți mulțumesc din nou pentru că te-ai ocupat de Scottie. Sunt așa de ușurată că nu are nimic!

– Și eu. Dar încă sunt dezamăgit de lipsa cafelei din acest cartier, zise el schițând un zâmbet sarcastic.

Trecuse mult timp de la ultima ei conversație de acest fel – lejeră și naturală, fără așteptări deosebite, cu atât mai puțin cu un bărbat pe care abia îl întâlnise. Dându-și seama că nu vrea să se termine încă, arătă cu o mișcare din cap spre casa ei.

– Am făcut niște cafea înainte să plec, dimineață. Vrei și tu o ceașcă?

– N-aș vrea să te deranjez.

– Măcar atât pot să fac. Sunt doar eu în casă, așa că probabil aș arunca restul cafelei. În plus, mi-ai salvat câinele.

– În cazul ăsta, mi-ar plăcea o cafea.

– Atunci haide, zise ea.

Merse înaintea lui până la scări, apoi pe pasarelă, până la terasa din spatele casei. Scottie deja era la gard, dând din coadă, și țâșni ca o săgeată spre ușa din spate, imediat ce Hope deschise poarta. Tru trase cu ochiul la casa în care stătea el și se gândi că Hope avea dreptate. Chiar nu era deloc plăcută la vedere. Pe de altă parte, casa ei părea un loc unde te-ai simți acasă, vopsită în alb, cu obloane albastre și o jardinieră cu flori. În apropierea ușii din spate era o masă de lemn înconjurată de 5 scaune; în fața ferestrelor, două balansoare erau așezate de-o parte și de alta a unei măsuțe vizibil deteriorate de vreme. Deşi vântul şi ploaia şi aerul sărat îşi lăsaseră amprenta, terasa părea incredibil de confortabilă.

Hope merse până la uşă.

– Mă duc să îţi aduc cafeaua, dar Scottie trebuie să rămână puţin pe terasă. Trebuie să îl scutur cu un prosop, altfel va trebui să petrec toată după-amiaza măturând, zise ea peste umăr. Aşază-te, te rog! O să dureze doar un minut.

Uşa de plasă se trânti în urma ei, iar Tru se aşeză la masă. Dincolo de balustradă, oceanul era calm şi ademenitor. Poate că avea să înoate mai târziu în acea după-amiază.

Pe fereastră, putea să vadă în bucătărie cum Hope apăruse de după un colţ cu un prosop pe umăr, şi cum scotea două ceşti din dulap. Îi trezea interesul. În mod clar era frumoasă, dar nu era doar asta. În spatele zâmbetului ei se întrevedeau o anumită vulnerabilitate şi o singurătate, semn că se lupta cu ceva tulburător. Poate chiar cu mai multe lucruri.

Îşi schimbă poziţia pe scaun, amintindu-şi că asta nu îl privea pe el. Erau doi străini, iar el pleca înapoi la sfârşitul weekendului; în afară de faptul că-şi puteau face cu mâna de pe terasele caselor lor de-a lungul următoarelor zile, ziua aceea putea fi ultima dată când o vedea sau îi vorbea.

Auzi o bătaie la uşă; prin plasă, o văzu stând cu două ceşti în mână, aşteptând. Tru se ridică de pe scaun şi îi deschise uşa de plasă. Hope se strecură pe lângă el şi puse ceştile pe masă.

– Ai nevoie de lapte sau zahăr?

– Nu, mulţumesc, zise el.

– În regulă. Poftim. Mă duc să mă ocup de Scottie.

Dând jos prosopul de pe umăr, se aşeză pe vine lângă câine şi începu să îl frece viguros cu prosopul.

– Nu ţi-ar veni să crezi cât nisip poate ajunge pe blana lui, spuse ea. E ca un magnet pentru nisip.

– Pariez că e o companie bună.

– Este cea mai bună companie, zise ea, pupându-l pe Scottie cu afecţiune pe bot.

Scottie îi linse faţa cu bucurie la rândul lui.

– Câți ani are?

– Are patru ani. Iubitul meu, Josh, mi l-a cumpărat.

Tru dădu din cap. Își imaginase deja că avea un iubit. Se întinse după ceașcă, neștiind ce să mai spună, și decise să nu mai întrebe nimic altceva. Luă o gură, gândindu-se că acea cafea avea un gust diferit față de cafeaua crescută pe plantațiile de la ferma familiei. Era cumva mai puțin aromată. Dar era tare și fierbinte, exact ce îi trebuia.

Când Hope termină cu Scottie, întinse prosopul pe balustradă la uscat și se întoarse la masă. Când se așeză, fața îi era umbrită pe jumătate, ceea ce dădea o notă de mister trăsăturilor ei. Suflă delicat în cafea înainte să ia o gură, un gest care, într-un mod ciudat, era captivant.

– Spune-mi despre nuntă, decise el să întrerupă liniștea într-un final.

– Ah, Doamne! Nunta. E doar o nuntă.

– Spuneai că e a unei prietene bune?

– Eu și Ellen suntem prietene din facultate. Am fost în aceeași comunitate de fete – aveți astfel de frății în Zimbabwe? se opri ea din povestit. Văzându-i expresia nedumerită, Hope continuă. Comunitățile de fete sunt un fel de club pentru femei în facultăți și universități unde un grup de fete trăiește și socializează împreună. În orice caz, toate domnișoarele de onoare au fost în aceeași comunitate, deci va fi și o mică reuniune. În afară de asta, e doar o simplă nuntă. Fotografii, tort, o formație la petrecere, aruncatul jartierei și toate astea. Știi cum sunt nunțile.

– Cu excepția nunții mele, nu am fost la nici o altă nuntă.

– Oh, ești însurat?

– Divorțat. Dar nunta nu s-a asemănat deloc cu cele de aici, din State. Căsătoria a fost oficiată de un ofițer al stării civile, și de acolo am mers direct la aeroport. Ne-am petrecut luna de miere în Paris.

– Sună romantic.

– A fost.

Lui Hope îi plăcu răspunsul simplu și direct, îi plăcu faptul că nu simțise nevoia să elaboreze sau să-i creeze o aură romantică.

– Cum de știi despre nunțile americane, atunci?

– Am văzut câteva filme. Și mi-au povestit unii oaspeți. Safariurile sunt destinații populare pentru lunile de miere. În orice caz, nunțile par foarte complicate și stresante.

„Ellen sigur ar fi de acord cu asta", gândi Hope.

Schimbând direcția conversației, Hope întrebă:

– Cum e să crești în Zimbabwe?

– Pot vorbi doar din propria experiență. Zimbabwe este o țară mare. Experiența fiecăruia diferă de celelalte.

– Pentru tine cum a fost?

Nu știa exact ce și cât de mult să-i spună, așa că îi oferi o imagine de ansamblu.

– Familia mea deține o fermă lângă Harare. O avem de generații întregi. Așa că am crescut făcând diverse treburi la fermă. Bunicul meu credea că îmi face bine. Am muls vaci și am adunat ouă când eram mic. În adolescență, m-am apucat de muncă mai serioasă, cum ar fi reparațiile – garduri, acoperișuri, sistemul de irigație, pompe, motoare, tot ce se strica. Pe lângă mersul la școală.

– Cum ai ajuns să fii ghid?

Ridică din umeri.

– Mă simțeam liniștit când eram în natură. De fiecare dată când aveam timp liber, mă aventuram singur. Când am terminat școala, le-am spus alor mei că voi pleca. Și am plecat.

În timp ce răspundea, îi simțea privirea concentrată pe el. O urmă de scepticism se arătă pe fața ei când se întinse după ceașcă.

– De ce am senzația că asta nu e toată povestea?

– Pentru că povestea nu e niciodată completă.

Hope râse, un râset surprinzător de plin și de nonșalant.

– Adevărat. Spune-mi despre unele dintre cele mai interesante lucruri pe care le-ai văzut în safari.

Aflându-se pe teren cunoscut, Tru o încântă cu aceleași povești pe care le împărtășea oaspeților de fiecare dată când îi cereau asta. Din când în când, Hope avea întrebări, dar de cele mai multe ori se bucura doar să asculte. Până când terminase de povestit, se terminase și cafeaua, iar soarele îi ardea ceafa. Așeză ceașca goală înapoi pe masă.

– Mai vrei? Mai e puțină cafea în vas.

– O ceașcă e mai mult decât suficient, spuse el. Și deja ți-am ocupat prea mult din timp. Dar m-am bucurat de tot. Mulțumesc.

– Măcar atât puteam să fac, răspunse ea.

Hope se ridică și ea și îl conduse până la poartă. Tru o deschise, extrem de conștient de prezența ei. Începu să coboare scările, dar se întoarse spre ea înainte de pasarelă ca să-i facă rapid cu mâna.

– Încântată de cunoștință, Tru, strigă ea zâmbind.

Deși nu putea ști cu certitudine, se întreba dacă Hope continua să îl privească în timp ce se îndrepta pe drumul șerpuit spre plajă. Dintr-un motiv sau altul, îi veni foarte greu să se abțină să se întoarcă și să privească peste umăr ca să afle.

După-amiezi de toamnă

Odată ajuns înapoi acasă, Tru nu știa exact ce să facă. Dacă ar fi putut, l-ar fi sunat pe Andrew, dar nu îi surâdea ideea de a suna de la telefonul din casă. Costurile apelurilor internaționale erau substanțiale și, pe lângă asta, Andrew probabil că încă nu era acasă. După școală, juca fotbal la clubul lui de copii; lui Tru îi plăcea mereu să îl privească când se antrena. Andrew nu avea predispoziția atletică a celorlalți copii din echipă, dar era un lider relaxat și natural, ca mama lui.

Gândurile despre fiul lui îl făcură până la urmă să-și scoată materialele de desenat și să le ducă pe terasa din spate. Privind spre casa de alături, observă că Hope intrase, deși prosopul pe care îl folosise ca să îl curețe pe Scottie încă era întins pe balustradă. Așezându-se comod pe scaun, cântărea în minte ce ar fi vrut să schițeze. Andrew nu văzuse niciodată oceanul, nu cu propriii ochi, așa că Tru decise să surprindă enormitatea priveliștii din fața lui – presupunând că era posibil să facă asta.

Ca de obicei, începu cu un contur general și subtil al cadrului – o perspectivă pe diagonală care includea linia plajei, valuri spărgându-se, debarcaderul, și o mare care se întindea până la orizont. Desenatul fusese mereu o metodă de a-și relaxa mintea și, în timp ce schița, își lăsa frâu liber gândurilor. Se gândi la Hope și se întrebă ce anume îi trezise interesul. Era neobișnuit ca el să fie atras instantaneu de cineva, dar își spunea că nu conta atât de mult. Venise în Carolina de Nord din alte motive și curând se trezi gândindu-se la familia lui.

Nici pe tatăl lui vitreg, Rodney, nici pe frații lui vitregi, Allen și Alex, nu-i văzuse și nu-i auzise de aproape doi ani. Motivele erau deja parte din istorie, iar problema averii accentuase separarea și mai tare. Pe lângă numele de Walls, Tru moștenise de asemenea și o parte din imperiul agricol și din întreaga afacere. Profitul era substanțial, dar în viața lui de zi cu zi nu avea mare nevoie de bani. Ceea ce câștiga de pe urma fermei ajungea într-un cont de investiții din Elveția care fusese deschis de Colonel când Tru era încă un copilaș. Fondurile se adunaseră grămadă de mai mulți ani, dar Tru verifica suma foarte rar. Din acel cont, stabilise ca anumite sume de bani să ajungă în mod regulat la Kim și plătea pentru educația lui Andrew, dar nimic altceva în afară de a fi cumpărat integral casa din Bulawayo. Deja stabilise ca o mare parte din bani să-i fie transferați lui Andrew când acesta împlinea treizeci și cinci de ani. Își imagina că Andrew le va găsi o întrebuințare mai bună decât el.

Recent, frații lui vitregi începuseră să fie indignați de asta, dar relația dintre ei fusese mereu distantă, deci nu era o reacție complet neașteptată. Tru era cu nouă ani mai mare decât gemenii, iar atunci când ei crescuseră destul de mult ca să-și amintească de el, Tru își petrecea deja majoritatea timpului în sălbăticie, cât mai departe de fermă posibil. Plecase cu totul de acasă când avea optsprezece ani. În esență, erau și mereu fuseseră străini.

Cu Rodney, pe de altă parte, situația era mai complicată. Acțiunile lui Tru din afacerea familiei îi cauzaseră probleme cu Rodney de când murise Colonelul, cu treisprezece ani în urmă, dar de fapt relația lor se deteriorase cu mult timp înainte. După cum își amintea Tru, totul începuse odată cu incendiul, când Tru avea unsprezece ani. O mare parte din complexul de case al familiei fusese cuprins de flăcări în 1959. Tru abia reușise să scape, sărind de la etajul al doilea. Rodney îi scosese pe Allen și pe Alex în siguranță, dar mama lui Tru, Evelyn, nu reușise să iasă.

Rodney nu îi arătase fiului lui vitreg sprijin sau afecţiune niciodată, nici înainte de incendiu; în general, îl tolera şi atât. Dar, după incident, atenţia lui Rodney dispăru cu totul. Prins între a-şi controla suferinţa, a creşte copii de câţiva ani şi a gestiona ferma, era copleşit de întreaga situaţie. Privind în retrospectivă, Tru înţelegea asta. Dar în acele momente, nu fusese aşa de uşor să înţeleagă, şi nici Colonelul nu îl susţinuse prea mult în această privinţă. După moartea unicului său copil, se cufundă într-o depresie profundă care păru să îl ţină prizonier departe, într-o închisoare a tăcerii. Obişnuia să stea lângă ruinele înnegrite ale clădirilor şi să se uite fix la rămăşiţe; când rămăşiţele fură luate şi începură să construiască noile case, privea fix lucrarea de construcţie fără să scoată un cuvânt. Ocazional, Tru mergea să stea lângă el, dar Colonelul nu făcea decât să mormăie în semn de confirmare. La vremea aceea, se auzeau zvonuri - doar zvonuri, până la urmă - despre bunicul lui, despre afacere, şi despre adevărata cauză a incendiului. Tru nu ştia nimic despre ele; ştia doar că nimeni din familia lui nu părea dispus să-i vorbească sau să-i ofere măcar o îmbrăţişare. Dacă nu ar fi fost Tengwe şi Anoona, Tru nu credea că ar fi supravieţuit pierderii mamei lui. Tot ce îşi amintea din acea perioadă era cum adormea des plângând şi cum petrecea ore întregi hoinărind pe proprietatea întinsă, după şcoală şi după ce îşi îndeplinea sarcinile. Înţelegea în acel moment că aceia fuseseră primii lui paşi dintr-o călătorie care îl îndepărta de fermă şi îl duceau spre sălbăticie. Nu putea să-şi imagineze ce fel de persoană ar fi fost dacă mama lui ar fi supravieţuit.

Dar acesta nu fusese singurul lucru care se schimbase după moartea mamei lui. După dispariţia ei, Tru îl rugase pe Tengwe să-i cumpere nişte hârtie şi creioane pentru desenat. Pentru că îşi amintea că o văzuse pe mama lui făcând schiţe, începu şi el să facă acelaşi lucru. Nu avea nici un fel de pregătire şi avea un talent natural destul de modest; trecură luni bune până să poată recrea pe hârtie ceva atât de simplu precum un copac care să aibă o oarecare asemănare cu realitatea. Dar era totuşi un mod de a fugi de propriile sentimente și de disperarea tacită, dar mereu sesizabilă, de la fermă.

Avea o dorință puternică de a o desena pe mama lui, dar trăsăturile ei păreau să-i dispară din minte mai repede decât i se dezvoltau lui abilitățile. Tot ce desena i se părea greșit, într-un fel. Considera că nu semăna cu imaginea mamei pe care și-o amintea, deși Tengwe și Anoona susțineau opusul. Unele încercări erau mai apropiate de realitate decât altele, dar niciodată nu făcuse vreun desen care să-i pară că surprindea esența a ceea ce își amintea. În final, aruncă întregul teanc de schițe, resemnându-se cu ideea unei alte pierderi, ca orice altă pierdere din viața lui.

Așa cum fusese și cu tatăl lui.

În copilărie, Tru se simțea uneori de parcă omul nici nu ar fi existat. Mama lui îi spusese puține lucruri despre el, în ciuda insistențelor lui Tru; iar Colonelul refuza complet să vorbească despre el. Cu timpul, curiozitatea lui Tru scăzuse semnificativ, dispărând aproape cu totul. Puteau trece ani fără să se gândească sau să se întrebe ce se întâmplase cu tatăl lui. Apoi, din senin, cu câteva luni în urmă, primise o scrisoare la tabăra din Hwange. Fusese trimisă inițial la fermă; Tengwe o redirecționase, dar Tru nu se obosise să o citească imediat. Când o citi, până la urmă, primul lui instinct fu să o considere un fel de farsă, în ciuda biletelor de avion care o însoțeau. Doar în momentul în care studie cu atenție fotografia atașată înțelese că scrisoarea putea fi chiar autentică.

În fotografie era un bărbat tânăr și arătos, cu brațul în jurul unei versiuni mult mai tinere a unei femei care nu putea fi decât mama lui Tru. Evelyn era adolescentă în fotografie – avea nouăsprezece ani când îl născuse pe Tru – și i se păru aproape ireal faptul că bărbatul din fotografie era de două ori mai bătrân decât ea. Presupunând, desigur, că era într-adevăr ea.

Dar era. Inima lui îi spunea asta.

Nu știa cât timp petrecuse uitându-se la fotografie în seara când o primise, dar pe parcursul zilelor următoare se întorcea la ea periodic. Era singura fotografie cu mama lui pe care o avea. Toate celelalte se pierduseră în același incendiu în care o pierduse şi pe ea, iar imaginea ei, după atâţia ani, declanşă o avalanşă de amintiri din aceeaşi etapă: ea schiţând pe terasa din spate; chipul ei deasupra lui în timp ce îl aşeza în pat înainte de culcare; ea stând în bucătărie îmbrăcată cu o rochie verde; ea ţinându-l de mână când mergeau spre heleşteu. Încă nu era sigur dacă vreunul dintre acele evenimente se întâmplase cu adevărat sau dacă erau doar produsul imaginaţiei lui.

Apoi, desigur, era vorba şi de bărbatul din fotografie...

În scrisoare, se prezentase drept Harry Beckham, cetăţean american. Susţinea că se născuse în 1914 şi că o cunoscuse pe mama lui Tru în 1946. Fusese în al Doilea Război Mondial ca parte a Corpului Geniştilor şi se mutase după război în Rhodesia, unde lucrase la mina Bushtick din Matabeleland. O întâlnise pe mama lui Tru în Harare şi cei doi se îndrăgostiseră. Povestea mai apoi că nu ştiuse de sarcina mamei lui Tru când se mutase înapoi în America; dar Tru se îndoia de asta. Până la urmă, dacă nu ştia că mama lui era însărcinată, de ce ar mai fi căutat un copil de mult pierdut?

Îşi imagina că avea să afle în curând.

*

Tru continuă să lucreze la schiţă timp de câteva ore şi se opri doar când i se păru că avea ceva care să-i placă lui Andrew. Spera că va compensa pentru săptămâna în care erau despărţiţi.

Mergând înapoi înăuntru, cochetă cu ideea de a se duce la pescuit. Îi plăcea să pescuiască şi nu mai avusese prea mult timp pentru asta în ultimii câţiva ani, dar după ce petrecuse mare parte din acea după-amiază stând jos, simţi o nevoie puternică de a-şi pune sângele în mişcare. „Poate mâine“, gândi el, şi îmbrăcă singura pereche de pantaloni scurţi din garderoba lui. Găsi un dulap plin cu prosoape mari, luă unul şi merse la plajă. După ce lăsă prosopul pe nisipul uscat, la marginea apei, intră în ocean şi fu surprins de cât de caldă era apa. Trecu de primul rând moderat de sparge-valuri, apoi de următorul şi, după de ele, apa îi ajungea până la piept.

Împingându-se cu picioarele de fundul oceanului, începu să înoate, sperând să poată ajunge până la debarcader și înapoi.

Îi luă puțin timp să găsească ritmul potrivit, în ciuda suprafeței netulburate a oceanului. Pentru că nu mai înotase nici măcar pe distanțe scurte de câțiva ani, i se părea că avansa greu. Trecu cu greu de o casă, apoi de alta; până la a cincea casă mușchii lui începuseră să obosească. Când ajunse la debarcader, era epuizat, dar dacă ceva îl caracteriza aceea era perseverența. În loc să revină la mal, se întoarse și începu să înoate, avansând chiar mai încet decât înainte până la punctul de plecare.

Când ajunse în sfârșit la casa lui și se întoarse pe țărm, mușchii de la picioare îi tremurau și abia își putea mișca mâinile. Cu toate astea, se simțea satisfăcut. În tabără, trebuia să se limiteze la exerciții statice, cum ar fi sărituri înalte pe care le putea face în spații restrânse. Alerga cât de des putea - obișnuia să alerge în perimetrul circular al taberei ghizilor timp de jumătate de oră, de câteva ori pe săptămână, ceea ce i se părea cea mai plictisitoare rutină de pe planetă - dar, în majoritatea zilelor, avea șansa să meargă pe jos destul de mult. La tabăra unde lucra, un ghid îi putea lăsa pe oameni să iasă din jeep și să se aventureze în sălbăticie numai atât timp cât ghidul era înarmat. Uneori, ăsta era singurul mod în care puteau să se apropie suficient de tare încât să zărească animalele mai rare, precum rinocerii negri sau gheparzii. Pentru el, era un mod de a-și întinde picioarele; pentru oaspeți, era de obicei cea mai semnificativă parte a oricărei ieșiri în savană.

Odată ajuns înapoi acasă, făcu un duș lung, își clăti pantalonii scurți în chiuvetă și mâncă un sendviș la prânz. Ce avea să facă după aceea, nu știa exact. De mult nu mai avusese o după-amiază în care să nu aibă absolut nimic în program, iar asta îi dădea o stare de neliniște. Reveni la caietul lui cu schițe, examină desenul pe care îl făcuse pentru Andrew și observă niște schimbări pe care voia să le facă. Mereu făcea așa; Da Vinci spusese că o operă de artă nu e niciodată terminată, ci doar abandonată, iar Tru înțelegea perfect. Decise să lucreze din nou la schiță în ziua următoare.

Pentru moment, își luă chitara și merse pe terasa din spate. Soarele făcea ca nisipul să pară de un alb strălucitor, iar apa albastră care se întindea până la orizont era ciudat de calmă dincolo de valuri. Perfect. Dar, când își acordă chitara, își dădu seama că nu își dorea absolut deloc să-și petreacă restul zilei în casă. Putea să sune și să cheme o mașină, dar asta nu avea sens. Nu avea idee unde și-ar fi putut dori să meargă. Își aminti că Hope menționase un restaurant la mică distanță de debarcader și, până la urmă, hotărî să ia cina acolo în seara aceea.

Chitara era acordată și cântă puțin, trecând prin majoritatea cântecelor pe care le învățase vreodată. Ca și schițele pe care le făcea, cântatul la chitară îi dădea ocazia să-și lase imaginația să zboare, iar când privirea lui poposi în final pe casa de alături, gândurile lui iar se concentrau pe Hope. Se întreba de ce venise singură la Sunset Beach deși avea un iubit și în câteva zile urma să participe la nunta unei prietene apropiate.

*

Hope se trezi dorindu-și ca programările ei la coafor și la manichiură să fi fost în acea zi, nu în dimineața următoare, ca măcar să aibă un motiv să iasă din casă. Dar neavând altceva de făcut, își petrecu dimineața răscolind prin câteva dintre dulapurile de la cabană. Mama ei îi sugerase că putea să ia orice ar fi vrut, cu mențiunea tacită că ar trebui să încerce să anticipeze și dorințele surorilor ei. Atât Robin, cât și Joanna, urmau să vină la cabană în săptămânile următoare ca să ajute la sortarea lucrurilor, și toate trei fuseseră crescute într-un mod care nu lăsa loc egoismului. Întrucât spațiul pe care îl avea Hope la complexul ei de apartamente era limitat, nu o deranja dacă nu păstra aproape nimic.

Chiar și așa, dura mai mult decât anticipase să umble într-o cutie. După ce se debarasă de lucrurile nefolositoare (adică majoritatea), îi rămase una dintre perechile ei preferate de ochelari de înot, un volum zdrențuit din Regele tuturor sălbăticiunilor, un breloc cu Bugs Bunny, un Winnie the Pooh de pluș, trei cărți de colorat completate, cărți poștale din diverse locuri unde fuseseră în vacanță cu familia și un medalion cu poza mamei ei. Toate acele lucruri o făceau să zâmbească, dintr-un motiv sau altul, erau de păstrat, și bănuia că surorile ei vor fi de acord. Cel mai probabil, lucrurile păstrate aveau să fie depozitate într-o altă cutie și uitate undeva într-un pod. Ceea ce o făcea să se întrebe de ce se mai deranjau să caute peste tot. Dar, în adâncul sufletului, Hope deja știa de ce. Nu i se părea normal să arunce toate lucrurile. Dintr-un motiv absurd, o parte din ea voia să știe că lucrurile acestea încă existau undeva în apropiere.

Nu s-ar fi sfiit să recunoască faptul că gândurile ei nu erau tocmai clare în acea perioadă, începând de la ideea de a veni acolo înaintea nunții. În retrospectivă, părea să fi fost o idee proastă, dar deja ceruse și primise zilele de concediu, așa că ce alternativă avea? Să meargă în vizită la părinți și să se străduiască să nu se îngrijoreze pentru tatăl ei? Sau să stea în Raleigh, unde ar fi fost la fel de singură, dar înconjurată de elemente care îi aminteau constant de Josh? Se gândea că ar fi putut să aleagă o altă destinație de vacanță, dar unde ar fi mers? În Bahamas? În Key West? În Paris? Acolo ar fi fost la fel de singură, tatăl ei ar fi fost tot bolnav, Josh ar fi fost tot în Las Vegas, iar ea tot ar fi trebuit să meargă la nuntă în acel weekend.

Ah, da... nunta. Deși ura să recunoască asta, parcă n-ar fi vrut să meargă, și nu doar pentru că nu o încânta ideea de a explica de ce Josh o lăsase baltă. Nu era nici din cauza lui Ellen. Se bucura în mod sincer pentru Ellen, și în mod normal ar fi fost nespus de nerăbdătoare să-și vadă prietenele cele mai bune. Știau totul una despre cealaltă și ținuseră legătura cu regularitate după terminarea facultății. Toate fuseseră domnișoare de onoare, una la nunta celeilalte, începând cu Jeannie și Linda. Ambele se măritaseră la un an după facultate și, în total, aveau acum cinci copii. Sienna se măritase la câțiva ani după și acum avea patru copii. Angie își pusese pirostriile când avea treizeci de ani, și avea două fete gemene de trei ani. Susan se măritase cu doi ani în urmă. Iar acum, de sâmbătă, Ellen urma să intre și ea în rândul celor căsătorite.

Nu fusese surprinsă să afle, când o sunase cu puţin timp în urmă, că Susan era însărcinată în trei luni. Dar şi Ellen? Ellen, care îl întâlnise pe Colson pentru prima dată în decembrie, anul trecut? Ellen, care jurase cândva că nu se va mărita niciodată şi nu va avea copii? Ellen, cea care dusese o viaţă lipsită de reguli până aproape de treizeci de ani şi obişnuia să meargă în mod regulat în Atlantic City ca să-şi petreacă weekendul cu iubitul ei de atunci, un dealer de cocaină? Nu doar că îşi găsise pe cineva care să o ceară de nevastă - nici mai mult nici mai puţin decât un bancher de investiţii bisericos -, dar cu două săptămâni în urmă îi mărturisise lui Hope că, asemenea lui Susan, era însărcinată în douăsprezece săptămâni. Ellen şi Susan urmau să nască în aproape aceeaşi perioadă, iar când îşi dădu seama de asta, Hope începu deodată să se simtă ca un intrus în ceea ce înainte era cea mai strânsă prietenie. Celelalte prietene fie erau deja, fie intrau într-o nouă fază a vieţilor lor, iar Hope nu avea idee când, sau măcar dacă li se va alătura. În special când venea vorba despre copii.

Ideea asta o speria. Crezuse mult timp că întreaga idee despre „ceasul biologic" era un mit. Nu era vorba despre faptul că, odată cu înaintarea în vârstă, era din ce în ce mai greu să concepi un copil. Toate femeile ştiau asta. Dar nu era ceva ce i se păruse vreodată că ar caracteriza-o. Credea că a face copii era ceva ce venea în mod sigur de la sine şi că se întâmpla la momentul potrivit. Ăsta era modelul după care era croită şi aşa fusese de când ţinea ea minte; nu-şi putea imagina viitorul fără propriii copii şi abia în facultate aflase că nu toate femeile simţeau acelaşi lucru. Când Sandy, colega ei de cameră din primul an, îi spuse că pentru ea era invers - că îşi dorea o carieră - întreaga idee i se păruse lui Hope atât de străină încât crezuse iniţial că Sandy glumea. Nu mai vorbise cu Sandy de la terminarea facultăţii, dar cu câţiva ani în urmă se intersectaseră la mall, şi era însoţită de bebeluşul ei nou-născut. Hope îşi închipui că Sandy nu îşi amintea de conversaţia pe care o avuseseră în cămin în acea noapte şi nici nu îi aduse aminte de ea. Dar, odată ajunsă acasă, începu să plângă.

Cum era posibil ca Sandy să aibă un copil, iar ea nu? Și surorile ei, Robin și Joanna? Iar acum, toate prietenele ei apropiate erau deja în acel punct al vieții lor, sau se apropiau de el? Nu găsea nici o explicație. De când se știa, își imagina că era însărcinată, apoi că își ținea bebelușii nou-născuți în brațe, minunându-se de cât de repede creșteau și întrebându-se pe cine moșteniseră. Oare aveau nasul ei sau picioarele mari ale tatălui lor? Sau părul roșcat pe care Hope îl moștenise de la bunica ei? Îi părea scris în stele că va fi mamă.

Și totuși, Hope mereu fusese persoana care trebuia să planifice totul. La cincisprezece ani, își trasase deja întregul parcurs: să ia note mari, să termine facultatea, să devină asistentă medicală licențiată până la douăzeci și patru de ani, să lucreze din greu și să-și facă o carieră. Între timp, să se distreze puțin – avem doar o viață, nu-i așa? Să stea cu prietenele ei și să aibă câțiva iubiți, dar fără ca vreuna dintre relații să devină prea serioasă. Apoi, poate în jurul vârstei de treizeci de ani, să-și găsească alesul. Să fie într-o relație cu el, să se îndrăgostească și să se căsătorească. După un an sau doi, să înceapă să aibă copii. Doi copii era perfect, de preferință câte unul din fiecare sex. Deși nu ar fi fost foarte dezamăgită dacă partea aceasta din urmă nu se întâmpla. Atât timp cât avea cel puțin o fată, desigur.

Unul câte unul, tăiase de pe listă toate acele obiective. Iar Josh apăruse în viața ei exact la momentul potrivit. Nici cele mai aiuristice scenarii ale ei nu prevedeau ca, șase ani mai târziu, să fie încă singură și fără copii, și nu putea înțelege în ce punct planul ei o luase la vale. Josh îi spusese că își dorea să se căsătorească și că voia un copil de asemenea, așa că ce făcuseră în tot acest timp? Cum trecuseră acei șase ani? Un lucru știa cu siguranță: vârsta de treizeci și șase de ani era foarte diferită de cea de treizeci și cinci. Aflase asta la ultima ei zi de naștere, în aprilie. Familia ei era acolo, Josh era acolo, și ar fi trebuit să fie un eveniment fericit, dar aruncase o privire tortului și gândise: „Uau, câte lumânări!“ Păruse să dureze excesiv de mult să le stingă.

Nu vârsta era problema ei, de fapt. Nici faptul că se afla mai aproape de vârsta de patruzeci de ani decât de treizeci. Simțea că sufletul ei încă avea mai degrabă în jur de douăzeci și cinci. Dar în ziua următoare – ca și cum Dumnezeu ar fi vrut să o trezească la realitate într-o formă nu prea blândă – o gravidă de treizeci și șase de ani fusese adusă la secția de urgențe după ce își tăiase degetele în timp ce tăia o ceapă. Curgea mult sânge, i-au făcut un anestezic local și i-au pus niște copci.

Femeia glumise spunând că nu ar fi venit la spital dacă nu era nevoită fiindcă sarcina ei era considerată o sarcină geriatrică. Hope auzise termenul înainte, când făcea școala de asistente medicale, dar, ca asistentă de traumatologie în secția de urgențe, văzuse puține femei însărcinate și uitase de el.

– Urăsc faptul că se numește sarcină geriatrică, menționase Hope. Nu e ca și cum sunteți bătrână.

– Nu, dar crede-mă, e complet diferită de o sarcină la douăzeci de ani, spusese femeia zâmbind. Am trei băieți, dar voiam să încercăm să facem și o fată.

– Și?

Își dăduse ochii peste cap.

– E tot băiat. Câți copii aveți?

– Of, răspunsese Hope. Nu am nici unul. Nu sunt căsătorită.

– Nu vă îngrijorați. Mai e timp. Câți ani aveți? Douăzeci și opt?

Hope se chinuise să zâmbească, gândindu-se din nou la termenul de sarcină geriatrică.

– Pe-aproape, răspunsese ea.

*

Sătulă de gândurile ei – și foarte, foarte sătulă de a se plânge de viața ei –, Hope se gândi că i-ar trebui ceva să o distreze. Pentru că nu se obosise să cumpere nimic de mâncare pe drumul ei cu mașina și fiindcă avea nevoie să iasă din casă puțin, merse întâi la un stand cu legume de pe marginea drumului. Era chiar lângă insulă și fusese acolo de când își putea ea aminti. Umplu un coș de paie cu zucchini, dovleac, salată, roșii, ceapă și ardei, apoi merse cu mașina până la o insulă din vecinătate, de unde cumpără niște macrou spaniol. Totuși, până ajunse înapoi la casă, își dădu seama că nici nu îi era foame.

După ce deschise ferestrele, așeză mâncarea la locul ei, își turnă un pahar de vin și începu să sorteze din nou conținutul mai multor cutii. Încercă să fie selectivă (având totodată în vedere preferințele lui Robin și ale Joannei), și reduse totul la o grămadă mică de amintiri pe care le puse înapoi într-o singură cutie, depozitată la rândul ei în dulap. Duse restul de obiecte jos, la pubelele de gunoi, simțindu-se satisfăcută de munca din acea zi. Scottie o urmase afară, așa că Hope stătu cu el în fața casei, nemaidorindu-și să îl urmărească pe plajă din nou.

Uitându-se la ceas, încercă să-și reprime impulsul de a-l suna pe Josh. El stătea la Caesar's Palace, dar își spuse din nou că, dacă voia să o caute, știa numărul de telefon de la casă. În cazul ăsta, se gândi ea, de ce să nu îmi fac puțin timp pentru mine? Ceea ce îi trebuia cu adevărat în acel moment era un pui de somn – lipsa somnului din seara anterioară își spunea cuvântul. Se întinse pe canapeaua din sufragerie și...

Când deschise ochii, deja era mijlocul după-amiezii. Prin ferestrele deschise, auzi vag o persoană cântând la chitară și fredonând.

Trăgând cu ochiul pe geam, văzu o mică parte din silueta lui Tru printre barele balustradei. Ascultă muzica timp de câteva minute, trebăluind prin bucătărie, și în ciuda gândurilor sumbre de mai devreme, nu putu să nu zâmbească. Nici nu-și putea aminti când îi plăcuse de cineva instantaneu. Și îl și invitase să vină la o cafea. Încă nu putea să creadă că tocmai ea făcuse asta.

După ce șterse blatul din bucătărie, Hope decise că îi trebuia o baie lungă. Îi plăcea să facă baie cu spumă, dar dușurile erau mai compatibile cu graba din viața ei de zi cu zi, deci băile erau un fel de lux. După ce umplu cada, rămase în apă mult timp, simțind cum tensiunea i se scurgea din corp.

Apoi, se înveli într-un halat de baie și luă o carte de pe raft, un roman polițist vechi de Agatha Christie. Își aminti că-i adora cărțile în adolescență, așa că de ce nu? Se citeau ușor, dar enigma era la fel de ademenitoare ca tot ceea ce se difuza la televizor în acea perioadă, și ajunse la jumătatea cărții până se hotărî să o lase jos. În acel moment, soarele deja începea să coboare spre orizont, și simți că îi era foame. Nu mâncase nimic toată ziua, dar nu avea chef să gătească. Îmbrăcă o pereche de blugi, sandale și o bluză fără mâneci, se machie rapid și își strânse părul într-o coadă dezordonată. Îl hrăni pe Scottie și îl lăsă să iasă în curtea din față - Scottie era vizibil dezamăgit când își dădu seama că nu îl lua cu ea – și încuie ușa principală. Apoi, ieși din casă prin terasa din spate, merse pe pasarelă și coborî scările până la plajă. De fiecare dată când ea și familia ei veneau la Sunset Beach, mâncau la Clancy's cel puțin o dată, și Hope simțea că era potrivit să respecte tradiția într-o seara ca aceea.

Cina pe terasă

Clancy's era la câteva minute de mers de la debarcader, iar lui Tru îi plăcu locul chiar dinainte să urce de pe plajă spre terasa principală. Se auzeau secvențe muzicale amestecate cu frânturi de conversații și râsete. În capul scărilor era o arcadă de lemn decorată cu lumini albe de Crăciun și o inscripție decolorată a numelui restaurantului.

Terasa era luminată de torțe tiki din bambus grupate în buchete, cu flăcările tremurând la adierea brizei. Mesele de bar scorojite și scaunele desperecheate de lângă balustradă încadrau un grup de mese de lemn așezate în centru, dintre care jumătate erau neocupate. În interior erau mai multe locuri; bucătăria era în stânga, iar zona barului – puțin populată – includea un tonomat care îi trezi interesul lui Tru. Aveau și un șemineu, pe polița căruia se găsea o ghiulea, iar peretele din spatele lui era decorat cu obiecte maritime – cârma de lemn a unei corăbii, un tribut pentru Barbă Neagră și pavilioane navale. Cât Tru cerceta împrejurimile, o chelneriță de cincizeci și ceva de ani apăru din spatele unor uși batante ducând o tavă cu mâncare.

– Luați loc oriunde doriți, înăuntru sau afară, strigă ea spre el. Vă aduc imediat un meniu.

Noaptea aceea superbă nu putea fi pierdută stând înăuntru, așa că Tru alese un loc la una dintre mesele de bar de lângă balustradă, îndreptată cu fața spre ocean. Luna plutea chiar deasupra orizontului, făcând apa să sclipească, și fu din nou frapat de contrastul dintre acest loc și lumea pe care o cunoștea el, chiar dacă existau și asemănări la nivel fundamental. Noaptea, savana era întunecată și misterioasă, plină de pericole ascunse; iar marea îi părea, într-o oarecare măsură, la fel. Deși nu avea nici o problemă să înoate pe timpul zilei, frica de a înota noaptea o resimțea într-un mod primordial.

Chelnerița lăsă un meniu și își făcu loc grăbită înapoi spre bucătărie. O melodie pe care Tru nu o recunoștea porni la tonomat. Se obișnuise cu asta. De multe ori, când ghida oaspeții, îi auzea menționând filme și show-uri de televiziune de care nu auzise niciodată, și la fel se întâmpla cu trupe și melodii. Știa trupa Beatles – cine nu o știa? – și îi plăcea să cânte la chitară melodii de-ale lor, precum și de-ale lui Bob Dylan, Johnny Cash, Kris Kristofferson, Eagles și Elvis Presley, pe care le includea în programul lui muzical în funcție de stare. Melodia de la tonomat era ușor de reținut, deși se baza cam mult pe sintetizator pentru gustul lui.

Parcurse în grabă meniul și îl surprinse plăcut selecția de fructe de mare, pe lângă burgerii și cartofii prăjiți obișnuiți. Din nefericire, majoritatea fructelor de mare erau prăjite în baie de ulei. Își reduse alegerile la ton la grătar sau biban-de-mare prăjit în tigaie, apoi închise meniul și își întoarse atenția din nou la ocean. Câteva minute mai târziu, chelnerița ieși cu o tavă de băuturi, oprindu-se apoi la câteva mese alăturate înainte de a se retrage înăuntru fără ca măcar să fi aruncat o privire în direcția lui. Rămase oarecum nepăsător; nu avea nimic mai bun de făcut în acea seară. Detectând o mișcare lângă poartă, își ridică privirea și fu surprins să o vadă pe Hope pășind pe terasă. Probabil că fuseseră pe plajă în același timp, iar pentru o secundă se întrebă dacă nu cumva îl văzuse și îl urmărise. Își scoase ideea din minte rapid, întrebându-se de ce oare se gândise la așa ceva. Nevrând să îl vadă privind insistent, se întoarse cu fața înapoi spre apă, dar se surprinse retrăind întâlnirea lor de dimineață.

Zâmbetul ei, realiză el. Îi plăcuse mult felul în care zâmbea.

*

Hope fu uluită de cât de puțin părea să se fi schimbat locul. Acesta era unul dintre motivele pentru care tatălui ei îi plăcea Clancy's atât de mult – obișnuia să-i spună că, pe măsură ce lumea se schimba mai tare, Clancy's devenea mai confortabil –, dar știa că de fapt îi plăcea să vină pentru că acolo aveau cea mai bună tartă cu lămâie și bezea din lume. Se spunea că mama lui Clancy desăvârșise rețeta cu câteva decenii în urmă, că ar fi câștigat cocarde albastre la șase târguri de stat consecutive, și că ar fi fost o sursă de inspirație pentru rețeta de la Marie Callender, un lanț de restaurante din California. Indiferent care era adevărul, Hope trebuia să recunoască faptul că o felie din acea tartă era adesea cel mai bun mod de a încheia o seară pe plajă. Amestecul de dulce și acrișor pur și simplu nu putea da greș.

Se uită în jurul ei la terasă. În toți anii de când veneau acolo, nu mâncase niciodată înăuntru, și nici acum nu se gândi să o facă. Lângă balustrada din dreapta, trei dintre mesele de bar erau ocupate; în stânga, altele erau libere. Porni automat în acea direcție, oprindu-se subit când îl recunoscu pe Tru. Văzându-l singur la masă, își puse întrebări în legătură cu motivul pentru care venise la Sunset Beach. Tru menționase că nu îl cunoștea pe omul cu care trebuia să se întâlnească, iar drumul din Zimbabwe fusese lung, și până și ea știa că Sunset Beach nu era tocmai o destinație pentru turiști internaționali. Se întrebă cine era atât de important încât să îl facă să vină până aici.

Chiar atunci, Tru deschise brațele în semn de salut. Hope ezită. „Trebuie măcar să îl salut", se gândi, și merse spre masa lui. Pe măsură ce se apropia, îi observă din nou brățara de piele zgâriată și felul în care își ținea ultimii nasturi de la cămașa desfăcuți; îi fu ușor să și-l imagineze mergând în savană îmbrăcat astfel.

– Bună, Tru. Nu m-aș fi gândit că o să te întâlnesc aici.

– Nici eu pe tine.

Hope se aștepta ca el să zică mai mult de atât, dar nu o făcu. În loc de asta, ochii lui îi fixară pe ai ei timp de câteva secunde;

și totuși trecu atât de mult timp încât, subit, Hope se simți ușor agitată. În mod clar, el nu era așa deranjat de liniștea dintre ei cum era ea, așa că își aruncă părul prins în coadă peste umăr, încercând să emane un aer mai calm, în ciuda a ceea ce simțea.

– Cum a fost restul zilei tale? întrebă ea.

– Relativ lipsit de evenimente. Am fost să înot. Dar tu?

– Am cumpărat câte ceva de mâncare și am făcut diverse lucruri prin acasă. Cred că te-am auzit cântând la chitară mai devreme.

– Sper că nu te-am deranjat.

– Chiar deloc, zise ea. Mi-a plăcut să ascult ce cântai.

– Asta e bine, pentru că probabil vei auzi aceleași cântece iar și iar.

Hope cercetă cu privirea celelalte mese, apoi indică spre meniul lui cu o mișcare a capului.

– Aștepți de mult timp?

– Nu foarte mult. Chelnerița pare ocupată.

– Aici servirea mereu durează puțin mai mult. Sunt prietenoși, dar înceți. Ca toate lucrurile din partea asta a lumii.

– Probabil ăsta e farmecul locului. Făcu semn spre scaunul din fața lui. Ai vrea să mi te alături?

Imediat ce Tru puse întrebarea, lui Hope i se contură în minte însemnătatea acelui moment. Să-i oferi unui vecin o ceașcă de cafea după ce ți-a salvat câinele era un lucru; să luați cina împreună era cu totul altceva. Spontan sau nu, asta se transforma într-o întâlnire, și suspectă că Tru știa exact ce îi trecea prin minte. Dar nu îi răspunse imediat. Îl observă o clipă în lumina tremurândă. Își aminti plimbarea lor și conversația pe care o avuseră pe terasa casei; se gândi la Josh și la Las Vegas și la cearta în urma căreia ea ajunsese să fie singură la plajă.

– Mi-ar plăcea, zise ea într-un final, dându-și seama cât de sinceră era.

Tru rămase în picioare în timp ce ea își trase scaunul aproape, apoi o ajută să-i ajusteze poziția. Până când se întoarse la locul lui, Hope se simțea deja ca o persoană complet diferită. Gândul la ceea ce făcea o deconcertă o clipă, și întinse mâna spre meniu ca și când ar fi ajutat-o să se ancoreze în realitate.

- Pot?

- Te rog.

Hope deschise meniul, simțind privirea lui Tru asupra ei.

- Ce îți iei? îl întrebă, gândind că poate o discuție măruntă îi va calma fluturii din stomac.

- Fie ton, fie biban-de-mare. Voiam să o întreb pe chelnerița care e mai bun, dar poate știi tu?

- Tonul e mereu delicios. Asta comandă mama când vine aici. Au o înțelegere cu câțiva dintre pescarii de aici, deci este proaspăt în fiecare zi.

- Atunci ton rămâne, consimți el.

- Și eu ar trebui să iau același lucru. Tartele cu crab sunt delicioase de asemenea. Dar sunt prăjite.

- Și ce dacă?

- Nu sunt bune pentru mine. Sau pentru coapsele mele.

- Nu cred că trebuie să ai vreun motiv de îngrijorare. Arăți minunat.

Nu îi răspunse în nici un fel. Simți doar cum sângele i se adună în obraji, conștientă fiind de o altă barieră care fusese depășită. Deși era flatată, acum cina lor chiar părea a fi o întâlnire. Nu ar fi avut absolut nici un mod de a prezice cum va decurge totul. Încercă să se concentreze pe meniu, dar cuvintele săreau dintr-o parte în alta pe pagină. Îl lăsă jos într-un final.

- Presupun că ai decis să iei tartele cu crab? întrebă el.

- Cum ai ghicit?

- Obiceiurile și tradiția în general fac schimbarea să devină un element nedorit.

Răspunsul lui îi aduse în minte imaginea unui englez din clasa superioară, ascuns în biblioteca lambrisată cu lemn de la reședința lui din afara orașului - o imagine absolut incompatibilă cu bărbatul aflat de cealaltă parte a mesei.

- Fără îndoială, ai un mod unic de a vorbi.

- Da?

– Este clar că nu eşti american.

Ideea asta îl amuză pe Tru.

– Ce face Scottie? Încă explorează nestingherit?

– Este din nou la fel de neastâmpărat ca înainte. Dar cred că s-a supărat pe mine pentru că nu l-am adus din nou pe plajă. Sau cel puţin a fost dezamăgit.

– Într-adevăr, pare să-i placă să fugă după păsări.

– Atât timp cât nu le poate prinde. Dacă ar prinde una, probabil nu ar şti ce să facă.

Chelneriţa se apropia părând mai puţin preocupată decât înainte.

– Aţi decis ce aţi dori de băut? întrebă ea.

Tru se uită la Hope, iar ea confirmă dând din cap.

– Cred că suntem gata să comandăm, spuse el.

Îi transmise comanda chelneriţei şi o întrebă dacă restaurantul avea vreo bere locală la draft.

– Îmi pare rău, dragule, răspunse chelneriţa. Nu avem nimic sofisticat aici, şi nimic la draft. Doar Budweiser, Miller şi Coors, dar sticlele sunt reci ca gheaţa.

– Atunci voi încerca o Coors, zise el.

– Şi tu? întrebă chelneriţa, întorcându-se spre Hope.

Nu mai băuse o bere de ani întregi, dar, dintr-un anumit motiv, ideea i se părea neobişnuit de ispititoare în acel moment. Şi cu siguranţă avea nevoie de ceva care să o calmeze.

– Şi eu la fel, zise ea, iar chelneriţa încuviinţă şi îi lăsă singuri.

Hope se întinse ca să-şi ia şerveţelul şi îl puse în poală.

– De cât timp cânţi la chitară? întrebă ea.

– Am început când eram ucenic şi mă pregăteam să devin ghid. Unul dintre bărbaţii cu care lucram obişnuia să cânte noaptea, când eram în tabără. S-a oferit să-mi dea lecţii. Am continuat să învăţ de-a lungul anilor. Tu cânţi?

– Nu. Am luat câteva lecţii de pian când eram mică, dar atât. Sora mea, pe de altă parte, chiar cântă.

– Ai o soră?

– Două, zise ea. Robin şi Joanna.

- Vă vedeți des?

Hope dădu din cap că da.

- Încercăm. Întreaga familie locuiește în Raleigh, dar este greu zilele astea să-i aduni pe toți, cu excepția sărbătorilor sau a zilelor de naștere. Și Robin, și Joanna sunt căsătorite și lucrează, iar copiii lor le țin mereu ocupate.

- Așa este și fiul meu, Andrew.

Chelnerița lăsă cele două sticle de bere de pe o tavă plină cu băuturi. Hope înclină capul, exprimându-și surprinderea.

- Nu știam că ai un fiu.

- Are zece ani. Din cauza programului meu de muncă, acum locuiește cu mama lui în cea mai mare parte din timp.

- Programul tău de muncă?

- Lucrez șase săptămâni încontinuu, apoi mă duc acasă două săptămâni.

- Trebuie să fie dificil pentru amândoi.

- Uneori este, spuse el. În același timp, asta este singura viață pe care a cunoscut-o vreodată, așa că mă consolez cu gândul că s-a obișnuit. Și ne distrăm foarte tare când suntem împreună. Nu a fost foarte fericit să afle că voi fi aici o săptămână.

- Ai vorbit cu el de când ești aici?

- Nu, dar plănuiesc să îl sun mâine.

- Ce fel de copil este?

- Curios. Isteț. Chipeș. Bun. Dar sunt subiectiv, zâmbi el larg și luă o gură de bere.

- Așa și trebuie să fii. E fiul tău. Vrea și el să devină ghid?

- El spune că ar vrea, și pare să-i placă să petreacă timp în sălbăticie la fel de mult cum îmi place mie. Dar, din nou, el spune și că vrea să conducă mașini de curse. Și să fie veterinar. Și poate un om de știință nebun.

Hope zâmbi.

- Tu ce crezi?

- Va lua propriile decizii în final, așa cum facem cu toții. Viața de ghid este neconvențională și nu li se potrivește tuturor. Este și motivul pentru care căsnicia mea s-a terminat. Pur şi simplu nu eram acasă suficient de mult timp. Kim merita ceva mai bun.

– Pare că tu şi fosta vă înţelegeţi bine.

– Da, este o persoană cu care te poţi înţelege uşor şi o mamă extraordinară.

Hope se întinse după sticla de bere, impresionată de felul cum vorbea Tru despre fosta lui soţie şi gândindu-se că asta spunea multe atât despre ea, cât şi despre el.

– Când ai zborul de întoarcere?

– Luni dimineaţă. Tu când pleci?

– Duminică, la un moment dat. Trebuie să fiu la muncă luni. Când ai întâlnirea?

– Duminică după-amiază. Luă o gură de bere și lăsă încet sticla pe masă. Trebuie să mă întâlnesc cu tatăl meu.

– Vrei să spui că îl vizitezi?

– Nu, răspunse. Vreau să spun că ne întâlnim pentru prima dată. Conform scrisorii pe care am primit-o, s-a mutat din Zimbabwe înainte să mă nasc eu și-a aflat despre existența mea abia acum puţin timp.

Hope deschise gura pentru a zice ceva, dar se opri. După un moment, îndrăzni:

– Nu pot să-mi imaginez cum este să nu îţi cunoşti tatăl. Probabil că ai un milion de gânduri acum.

– Trebuie să recunosc că sunt nişte circumstanţe neobişnuite.

Hope scutură din cap, încercând în continuare să proceseze ceea ce tocmai îi spusese.

– Nu aş şti cum să iniţiez o astfel de conversaţie. Sau ce să-l întreb.

– Eu aş şti.

Pentru prima dată, Tru îşi mută privirea şi se uită într-o parte. Când începu să vorbească din nou, vocea lui era aproape înăbușită de sunetul valurilor:

– Aş vrea să îl întreb despre mama.

Hope nu se aşteptase să audă asta şi medită o secundă asupra vorbelor lui Tru. I se păru că expresia lui fusese traversată de o umbră de tristețe pentru o secundă, dar umbra dispăru când Tru o privi din nou.

– Se pare că pe amândoi ne așteaptă un sfârșit de săptămână memorabil, remarcă el.

Dorința lui de a schimba subiectul era evidentă, iar ea se conformă, în ciuda curiozității crescânde.

– Sper doar să nu plouă. Ellen probabil ar izbucni în plâns.

– Spuneai că vei fi domnișoară de onoare?

– Da. Și, din fericire, rochia chiar este făcută cu bun-gust.

– Rochia?

– Domnișoarele de onoare poartă rochii similare, alese de mireasă. Și uneori gusturile miresei sunt îndoielnice.

– Pare că vorbești din experiență.

– E a opta oară când sunt domnișoară de onoare, oftă Hope. Șase prietene și cele două surori. Dintre toate, mi-au plăcut vreo două rochii.

– Ce se întâmplă dacă nu îți place rochia?

– Nimic. Cu excepția faptului că probabil vei urî pozele pentru restul vieții. Dacă mă voi mărita vreodată, s-ar putea să aleg rochii urâte doar ca să mă răzbun pe unele dintre ele.

Tru râse, iar ea își dădu seama că îi plăcea sunetul acela, asemănător huruitului adânc din primele momente ale unui cutremur.

– Nu ai face asta.

– S-ar putea să o fac. Una dintre rochii a fost verde-lămâie. Cu mâneci bufante. Rochia aia a fost chiar pentru nunta surorii mele, Robin. Eu și Joanna încă glumim pe seama ei din cauza asta.

– De cât timp este căsătorită?

– Nouă ani, răspunse. Soțul ei, Mark, este agent de asigurări și e o persoană destul de tăcută, dar foarte de treabă. Și au trei băieți. Joanna e căsătorită cu Jim de șapte ani. El e avocat, și au două fetițe.

– Pare că sunteți o familie foarte legată.

– Da, suntem, zise ea. Și locuim și foarte aproape unii de ceilalți. Desigur, în funcție de trafic, poate dura și douăzeci de minute să ajungem unii la casele celorlalți. Probabil nu se compară cu locul de unde vii tu.

– Avem probleme cu traficul și noi în orașele mari ca Harare și Bulawayo. Ai fi chiar surprinsă.

Încercă să-și imagineze orașele, dar nu reuși.

– Îmi e rușine să recunosc, dar când mă gândesc la Zimbabwe am în minte doar emisiunile despre natură de la televizor. Elefanți, girafe, chestii de genul ăsta. Lucruri pe care le vezi în fiecare zi. Știu că sunt și orașe acolo, dar probabil tot ce îmi imaginez eu este departe de realitate.

– Sunt orașe ca toate orașele, presupun. Au cartiere prietenoase și cartiere în care probabil n-ar trebui să mergi.

– Trecerea de la sălbăticie la oraș îți provoacă un șoc cultural?

– De fiecare dată. Încă îmi ia o zi sau două să mă obișnuiesc cu zgomotul și traficul și numărul de oameni. Dar unul dintre motivele pentru care se întâmplă asta e faptul că am crescut la fermă.

– Mama ta avea o fermă?

– Bunicul.

– Cum ajunge un copil crescut la fermă să devină ghid?

– E o poveste lungă și complicată.

– Așa sunt toate poveștile interesante în general. Vrei să-mi spui povestea ta?

În timp ce formula întrebarea, chelnerița le aduse mâncarea. Tru își terminase berea și comandă o a doua; Hope făcu la fel. Mâncarea mirosea minunat, iar de data asta chelnerița fu mai promptă și aduse cele două beri înainte ca ei să fi apucat să guste. Tru ridică sticla, îndemnând-o pe Hope să facă același lucru.

– Pentru seri magice, zise el simplu înainte de a ciocni.

Poate că era vorba despre contrastul dintre formalitatea toastului și lipsa de formalitate a restaurantului, dar, ea își dădu seama la un moment dat că toată neliniștea i se disipase fără ca nici măcar să observe. Își imagina că era și felul autentic de a fi al lui Tru, iar asta îi întări părerea că prea mulți oameni își petreceau toată viața jucând un rol pe care credeau că trebuie să îl joace în loc să fie pur și simplu cine erau.

– Întorcându-ne la întrebarea ta. Nu mă deranjează să vorbesc despre asta, dar nu știu dacă e un subiect potrivit pentru cină. Poate mai târziu?

– Sigur. Ridică ea din umeri. Tăie o bucată de tartă cu crab și gustă. Era incredibilă, ca de obicei. Văzând că Tru încercase tonul, întrebă:

– Cum ți se pare?

– Este aromat, zise el. Mâncarea ta cum e?

– Va fi greu să mă abțin să nu le mănânc pe amândouă. Dar trebuie să încap în rochie weekendul ăsta.

– Și e una dintre rochiile cu bun-gust.

Era flatată de faptul că Tru părea să-și amintească tot ce îi spusese. În timpul cinei, începură o conversație cuprinzătoare, plină cu povești despre apropiații lor. Hope îi descrise câteva dintre aventurile din vremurile de rebeliune ale lui Ellen, având grijă să omită părțile cele mai rele ale trecutului prietenei ei, cum ar fi fostul iubit care vindea droguri. Le menționă și pe celelalte fete din comunitatea de la facultate, iar curând subiectul conversației deveni familia ei. Îi povesti cum era să fii copilul a doi profesori, ambii insistând ca odraslele lor să învețe să-și programeze și să-și facă temele singuri, fără ajutor suplimentar. Îi vorbi despre cum fusese în echipa de cros și de atletism, exprimându-și admirația față de modul abil în care tatăl ei era antrenorul cele trei fiice simultan. Povesti cu nostalgie despre cum făcea fursecuri cu mama ei. Vorbi și despre munca ei – despre atmosfera feroce din camera de primiri urgențe, despre pacienți și despre familiile care o mișcaseră profund. Deși îi apărură în minte imagini cu Josh pe parcursul serii, fură doar amintiri sporadice.

După ce luă farfuriile la sfârșitul felului principal, chelnerița veni cu două felii de tartă cu lămâie și bezea, și după o singură înghițitură, Tru înțelese că elogiul adus de Hope nu fusese o exagerare. Cât mâncau pe îndelete desertul, fu rândul lui să povestească. Îi vorbi lui Hope despre diferitele tabere la care lucrase și îi povesti despre prietenul lui, Romy, și felul cum Romy uneori îl ruga insistent să cânte la chitară după o zi lungă. Îi mai spuse câte ceva despre divorțul de Kim și vorbi mult timp despre Andrew. Hope își dădu seama după nostalgia din vocea lui Tru că deja îi era dor de Andrew, și o făcu să-și amintească de cât de mult voia un copil.

Observă că Tru atinsese un punct în care se simțea confortabil cu cine era și cu viața pe care o alesese, dar că era totodată dezechilibrat de o incertitudine reală legată de cât de bun era ca tată. Își imagina că astfel de gânduri erau des întâlnite la un părinte, dar simțea că onestitatea lui Tru cu privire la întreaga situație îi aducea la un nivel superior de intimitate. Nu era obișnuită cu așa ceva, în nici un caz cu un străin. De mai multe ori, se trezise aplecându-se involuntar peste masă și apropiindu-se ca să îl poată auzi mai bine – ca apoi să se retragă, dându-și seama de ceea ce făcea. Mai târziu, când Tru își aminti râzând despre teamă pe care o simțise când îl aduseseră pe Andrew acasă de la spital, Hope simți un val neașteptat de căldură și empatie față de el. Faptul că era arătos era deja clar, dar pentru o secundă i se păru chiar ușor să-și imagineze conversația lor din timpul cinei drept începutul unei vieți pline cu conversații interminabile. Gândul i se păru naiv, așa că îl alungă. Erau doar vecini, și asta temporar; nimic mai mult. Dar căldura aceea persista, iar ea era conștientă că se înroșea mai mult decât de obicei pe măsură ce seara continua.

Când veni nota de plată, Tru întinse mâna după ea în mod automat. Hope se oferi să o împartă, dar Tru refuză dând din cap și spuse simplu doar „Te rog. Lasă-mă pe mine". La momentul acela, un ghem de nori se formase în partea de est a cerului, eclipsând luna. Dar continuară să vorbească în timpul cât celelalte mese se eliberau. Când se ridicară într-un final de pe scaune, Hope aruncă o privire spre Tru, surprinsă de cât de relaxată se simțea. Își făcură drum până la poartă, iar Hope se uită cum Tru o deschidea pentru ea, convinsă fiind în acel moment că cina cu el fusese modul perfect de a încheia una dintre cele mai surprinzătoare zile din viața ei.

O plimbare pe întuneric

După ce interacționase cu mii de oaspeți de-a lungul anilor, Tru se pricepea foarte bine la a citi oamenii. Când Hope ajunse la plajă și se întoarse spre el, observă o aură de mulțumire care nu fusese prezentă când se văzuseră inițial în restaurant. Atunci, detectase prudență și incertitudine, poate chiar îngrijorare și, deși i-ar fi fost ușor să pună capăt politețurilor inițiale fără să cauzeze vreo tensiune între ei, nu o făcu. Dintr-un motiv sau altul, se gândi că cina de una singură nu ar fi ajutat-o să învingă demonii cu care părea să se lupte.

– La ce te gândești? întrebă ea lungind cuvintele într-un mod pe care Tru îl găsi melodios. Ai părut absent pentru o secundă.

– Mă gândeam la conversația noastră.

– Probabil că am vorbit eu prea mult.

– Nu, sub nici o formă. Reluând plimbarea de dimineață, mergeau unul lângă altul într-un ritm chiar mai lent de data asta. Mi-a plăcut să aflu despre viața ta.

– Nu știu de ce. Nu e chiar atât de interesantă.

„Pentru că mă interesezi tu", se gândi el, dar fără să verbalizeze. Alese să se concentreze pe ceea ce Hope nu menționase deloc toată seara.

– Ce fel de om e iubitul tău?

După expresia ei, văzu că întrebarea o luă pe nepregătite.

– De unde știi că am un iubit?

– Ai menționat că ți l-a făcut cadou pe Scottie.

– A, da... ai dreptate. Chiar am zis asta, nu-i așa? Strânse buzele un moment. Ce vrei să știi?

– Orice ai vrea să-mi spui.

Își lăsă sandalele să se scufunde în nisip.

– Numele lui e Josh și e chirurg ortoped. E isteț și are succes și... e un băiat bun.

– De cât timp sunteți împreună?

– Șase ani.

– Pare serios.

– Mda, consimți ea, deși lui îi sună aproape de parcă încerca să se convingă singură.

– Presupun că vine la nuntă?

Hope făcu câțiva pași înainte să răspundă.

– De fapt, nu vine. Trebuia, dar în schimb a decis să meargă în Las Vegas cu niște prieteni. Schiță un zâmbet forțat care îi trădă nefericirea. În momentul ăsta, suntem într-un fel certați, dar ne vom împăca, sunt sigură.

Ceea ce explica de ce nu spusese nimic despre el toată seara. Totuși...

– Îmi pare rău să aud asta. Și pentru că l-am adus în discuție.

Hope dădu din cap, iar Tru observă ceva mișcându-se repede prin nisip, chiar în fața lui.

– Ce a fost asta? întrebă el.

– Un crab-fantomă, zise ea, părând ușurată de faptul că atenția le fusese distrasă către altceva. Ies noaptea din ascunzișurile lor din nisip. Sunt inofensivi.

– Sunt mulți pe aici?

– De aici până la casă, nu m-ar surprinde dacă am vedea vreo sută.

– Bine de știut.

În fața lor se întindea debarcaderul, părând singuratic și dat uitării în întuneric. În larg, Tru observă niște lumini ce veneau de la un trauler de pescuit îndepărtat, separat de plajă de o întindere neagră de ape.

– Pot să îți pun o întrebare personală acum?

– Sigur, răspunse el.

– De ce vrei să îl întrebi pe tatăl tău despre mama ta? Are ceva de-a face cu motivul pentru care ai devenit ghid?

Perspicacitatea ei îl făcu să zâmbească.

– Adevărul este că da, are. Își băgă o mână în buzunar, întrebându-se cu ce să înceapă, și decise să-i zică totul direct. Vreau să îl întreb despre mama pentru că îmi dau seama că nu am știut niciodată cine a fost ea cu adevărat. Ce îi plăcea, ce o făcea fericită sau tristă, la ce visa. Aveam doar unsprezece ani când a murit.

– Asta e groaznic, murmură ea. Erai atât de mic.

– Și ea era foarte tânără, replică el. Era adolescentă când m-a avut pe mine. Dacă ar fi rămas însărcinată la aceeași vârstă, câțiva ani mai târziu, probabil ar fi fost mai scandalos. Dar abia trecuseră câțiva ani de la război, și nu era singura fată care s-a îndrăgostit de un fost soldat după sfârșitul războiului. În plus, eram destul de izolați de restul civilizației din cauza locului unde trăiam, deci, teoretic, nimeni în afară de câțiva muncitori de la fermă nu a știu despre mine pentru mult timp. Bunicul meu a preferat să nu vorbească despre asta. Oamenii au aflat până la urmă, dar la acel moment deja nu mai era nimic nou. Pe lângă asta, mama încă era tânără și frumoasă și, fiind fata unui tip înstărit, încă prezenta destul de mult interes. Dar, cum spuneam, simt că nu am cunoscut-o cu adevărat. Numele ei era Evelyn, dar pe ei nu i-am auzit niciodată vorbind despre ea, sau măcar să-i rostească numele după ce a murit.

– Ei?

– Bunicul meu. Și Rodney, tatăl meu vitreg.

– De ce nu?

Tru privi cum un alt crab-fantomă se strecură rapid pe lângă ei.

– Păi... Va trebui să îți prezint puțin contextul și evenimentele anterioare ca să îți pot da un răspuns adecvat.

Oftă, iar Hope se uită la el așteptând continuarea.

– Când eram mic, la marginea fermei noastre era o altă fermă cu mult teren bun și fertil și acces la apă. La acea vreme, tutunul devenea rapid cea mai profitabilă cultură de crescut, iar bunicul meu era hotărât să controleze cât de mult putea din producție. Era fără milă când venea vorba de afaceri. Vecinul a aflat cât de nemilos era atunci când a refuzat să-i vândă ferma, iar bunicul a redirecționat o mare parte din apa care ajungea la ferma vecină către ferma lui.

– Cred că asta e ilegal.

– Probabil că era, dar bunicul meu cunoștea anumiți oameni din guvern, așa că nu i-au pus întrebări. Și, deși strategia asta îl punea într-o situație foarte dificilă pe vecin, administratorul proprietății acestuia era un fel de geniu. Și se știa și că era interesat de mama. Așa că, în final, bunicul i-a făcut administratorului o ofertă pe care nu o putea refuza – i-a propus să ia o parte din ferma noastră oferindu-i astfel posibilitatea de a fi în preajma mamei zilnic – așa că a venit să lucreze la noi. Numele lui era Rodney.

– Bărbatul care a devenit tatăl tău vitreg.

Tru confirmă.

– După ce a venit el, producția noastră de tutun s-a dublat aproape imediat. În același timp, când ferma vecinului a început să se prăbușească, bunicul i-a dat un împrumut atunci când nimeni altcineva nu accepta. Asta doar a amânat inevitabilul, și în final bunicul i-a executat ipoteca, adică a primit toată proprietatea la un preț derizoriu. Apoi a direcționat apa pe cursul inițial, ceea ce l-a făcut și mai bogat decât era deja. Tot procesul a durat câțiva ani, iar, între timp, mama s-a lăsat vrăjită de Rodney. S-au căsătorit și au avut gemeni – pe Allen și Alex, frații mei vitregi. Totul a decurs așa cum au planificat bunicul și Rodney, dar, la scurt timp, complexul de case al familiei noastre a luat foc. Eu am sărit de pe geamul de la etajul al doilea, iar Rodney i-a salvat pe gemeni, dar mama nu a reușit să iasă.

O auzi pe Hope inspirând profund.

– Mama ta a murit într-un incendiu?

– Anchetatorii suspectau că ar fi fost vorba de incendiere intenționată.

– Vecinul, zise ea.

– Așa se zvonea. Eu nu am auzit ipoteza asta decât după câțiva ani, dar cred că bunicul și Rodney știau și se simțeau vinovați pentru ce s-a întâmplat. Până la urmă, e posibil să fi fost, indirect, responsabili pentru moartea mamei. După asta, amintirea ei parcă a devenit un subiect interzis, și nici Rodney, nici bunicul nu păreau să mă vrea în viețile lor, așa că am pornit pe drumul meu.

– Nu-mi pot închipui cât de greu ți-a fost. Trebuie să fi fost o perioadă incredibil de tristă și de singuratică pentru tine.

– Da, a fost.

– Și vecinul a scăpat nepedepsit?

Tru se oprise ca să ridice o scoică spiralată care era spartă pe jumătate și pe care o inspectă scurt înainte să o arunce.

– Casa vecinului a luat foc la un an după moartea mamei, iar el a murit în incendiu. La acea vreme, locuia într-o cocioabă în Harare, rămas fără nici un ban. Dar eu am aflat despre asta doar după câțiva ani. Bunicul a menționat ceva în trecere într-o seară, după ce băuse. A zis că omul a primit ce merita. Atunci eu deja lucram ca ghid.

Se uită la Hope și o privi cum procesa informația.

– L-a suspectat cineva pe bunicul tău?

– Sunt sigur că da. Dar dacă erai alb și bogat în Rhodesia, dreptatea putea fi cumpărată. Poate în zilele noastre nu mai e chiar așa, dar atunci se putea. Bunicul meu a murit în libertate. Acum, Rodney și frații mei vitregi gestionează ferma, iar eu păstrez distanța față de ei cât de mult pot.

Privi cum Hope dădea din cap încercând să absoarbă toată informația.

– Uau, spuse ea. Nu cred că am mai auzit o poveste ca asta vreodată... Înțeleg de ce ai plecat. Și de ce nu mi-ai spus mai devreme. E o poveste foarte complicată.

– Da, este, aprobă el.

– Ești sigur că omul cu care trebuie să te întâlnești weekendul ăsta chiar e tatăl tău?

– Nu, dar cred că șansele sunt destul de mari.

Îi spuse despre scrisoare și despre fotografia pe care o primise alături de biletele de avion.

– Persoana din fotografie seamănă cu mama ta?

– Din ce îmi amintesc, da, dar... bănuiesc că nu pot fi sută la sută sigur. Toate fotografiile cu ea au fost distruse de incendiu, și nu am vrut să îl întreb pe Rodney.

Hope îl contemplă pe Tru cu grijă, cu un sentiment profund de respect.

– Viața ta a fost deja destul de grea.

– Din anumite puncte de vedere, da, ridică el din umeri. Dar măcar acum îl am pe Andrew.

– Te-ai gândit vreodată să mai faci un copil? Când erai căsătorit?

– Kim își mai dorea copii, dar eu am făcut pojar și am rămas steril, deci nu am putut.

– Asta a contribuit la divorț?

Tru clătină din cap.

– Eram doar foarte diferiți ca persoană. Probabil că nu ar fi trebuit să ne căsătorim de la bun început, dar ea era însărcinată, iar eu știam cum e să crești fără tată. Și nu voiam ca asta să i se întâmple și lui Andrew.

– Ai spus că nu îți amintești foarte multe despre mama ta, dar e ceva de care îți amintești?

– Îmi amintesc că obișnuia să stea pe terasa din spatele casei și să deseneze. Dar singurul motiv pentru care îmi amintesc asta este că am început și eu să desenez la scurt timp după ce a murit.

– Desenezi?

– Atunci când nu cânt la chitară.

– Te pricepi?

– Lui Andrew îi plac desenele mele.

– Ai vreunul aici?

– Am început unul azi-dimineață. Mai am și altele în caietul de schițe.

– Mi-ar plăcea să le văd. Dacă nu te deranjează.

La acel moment, trecuseră de mult de debarcader și se apropiau de căsuța lui Hope și de casa unde stătea el. Hope mergea tăcută alături de el și Tru își dădea seama că în acel timp procesa tot ce îi povestise el. Nu îi stătea în fire să împărtășească atât de multe despre trecutul lui, și se întrebă cum de seara aceea îl făcuse atât de volubil.

Dar, în adâncul lui, știa deja că reacția lui se datora întru totul femeii de lângă el. Apropiindu-se de scările care urcau spre pasarela din fața casei, își dădu seama că voia ca ea să știe cine era el cu adevărat, pentru că și el simțea că deja o cunoștea.

*

După tot ce îi povestise despre copilăria lui, părea nefiresc să încheie conversația atât de abrupt. Hope făcu semn spre casă.

– Ai vrea să vii la mine să bem un pahar de vin? E o seară atât de frumoasă, așa că mă gândeam să mai stau puțin pe terasă.

– Un pahar de vin sună bine, zise el.

Hope îl conduse pe drumul spre casă, iar când ajunseră la terasa din spate, arătă spre cele două balansoare de lângă fereastră.

– Chardonnay e în regulă? Am deschis o sticlă azi, mai devreme.

– Nu am o preferință anume.

– Mă întorc într-un minut, zise ea.

„Ce tot fac?“ se întrebă în timp ce intra în casă și lăsă ușa întredeschisă. Nu mai invitase niciodată la ea un bărbat oarecare ca să bea un pahar la sfârșitul serii și spera că nu îi transmitea mesaje contradictorii sau semnale care să-i creeze o impresie greșită. O amețea și doar gândul la ce idee și-ar fi putut face el.

Scottie o urmase în casă și dădea din coadă, bucuros să o vadă. Se aplecă să îl mângâie.

– Nu e așa mare chestie, nu-i așa? șopti ea. Știe că mă port doar ca o vecină drăguță, nu? Nu e ca și cum l-am invitat în casă.

Scottie o privea cu ochi somnoroşi.

– Nu eşti de mare ajutor.

Scoase două pahare cu picior din dulap şi turnă vin în ele, umplându-le pe jumătate. Se gândi să aprindă becurile de afară, dar renunţă, gândindu-se că ar face prea multă lumină. Nişte lumânări ar fi fost perfecte, dar asta clar ar fi transmis un mesaj nepotrivit. Decise atunci să aprindă becul din bucătărie; lumina lui difuză se răsfrângea şi pe terasă. Aşa era mai bine.

Cu paharele în mână, împinse uşa cu piciorul. Scottie fugi afară înaintea ei şi se opri la poartă, gata să meargă pe plajă.

– Nu acum, Scottie. Mergem mâine. Bine?

Scottie o ignoră ca de obicei, în timp ce Hope se îndrepta către balansoare. Îi întinse paharul lui Tru, iar la contactul dintre degetele lor un şoc electric îi străbătu mâna.

– Mulţumesc, zise el.

– Cu plăcere, murmură Hope, încă sub efectul atingerii lui.

Scottie stătea în continuare lângă poartă cât ea se aşeză, ca şi cum voia să-i amintească de adevăratul ei scop în viaţă. Hope se bucură că-i distrase atenţia.

– Ţi-am zis că mergem mâine. De ce nu te aşezi?

Scottie se uită fix la ea neafectat de propunere, dând din coadă nerăbdător.

– Nu cred că înţelege, îi spuse lui Tru. Ori asta, ori încearcă să mă convingă.

Tru zâmbi.

– E un câine simpatic.

– Cu excepţia momentelor când fuge de lângă mine şi e lovit de vreo maşină. Nu-i aşa, Scottie?

Auzindu-şi numele, căţelul începu să dea mai tare din coadă.

– Am avut şi eu un câine cândva, începu Tru. Nu pentru mult timp, dar a fost o companie plăcută în acea perioadă.

– Ce s-a întâmplat cu el?

– Nu cred că vrei să ştii.

– Hai, spune-mi.

– A fost ucis și mâncat de un leopard. Am găsit ce a mai rămas din el într-un copac.

Hope îl privi fix.

– Ai dreptate. Mai bine n-aș fi aflat.

– Lumi diferite.

– Zău ca da, răspunse ea scuturând amuzată din cap.

O perioadă destul de lungă de timp continuară să bea din paharele de vin fără să spună nimic. O molie începu să danseze lângă fereastra din dreptul bucătăriei; o pală de vânt flutura în bătaia ușoară a brizei. Valurile se loveau de mal, producând un sunet ca zăngănitul unui borcan cu pietricele. Deși Tru avea privirea îndreptată spre ocean, Hope simțea că o privea și pe ea. I se părea că ochii lui observau totul.

– O să îți fie dor de locul ăsta? întrebă el în cele din urmă.

– Ce vrei să spui?

– După ce părinții tăi vând casa. Am văzut pancarta din fața casei când ne-am despărțit ieri.

Bineînțeles că a văzut-o.

– Da, o să îmi fie dor. Cred că tuturor ne va fi dor să putem veni aici. Casa asta a fost a familiei noastre mult timp și nu mi-am imaginat niciodată că s-ar putea să nu o mai avem.

– De ce vor părinții tăi să o vândă?

Imediat ce auzi întrebarea, o cuprinseră grijile din nou.

– Tatăl meu e bolnav, zise ea. Are scleroză laterală amiotrofică. Știi despre boala asta? Când Tru dădu din cap că nu, Hope îi explică și adăugă că, deși guvernul și asigurarea acopereau o parte din cheltuieli, nu era suficient. Acum vând tot ce pot vinde ca să aibă bani să-și modifice casa sau să angajeze pe cineva care să aibă grijă de el acasă. Învârti paharul în mână înainte să continue. Incertitudinea e cel mai rău lucru... Mă tem pentru mama. Nu știu ce va face fără el. Acum, se preface într-un fel că tata nu are absolut nimic, dar mi-e frică să nu îi fie mai rău pe parcurs. Tata, pe de altă parte, pare să fie împăcat cu diagnosticul, dar poate doar se preface și el ca să ne fie nouă bine. Uneori simt că sunt singura care își face prea multe griji.

Tru nu spuse nimic. Doar se întinse pe spătarul balansoarului și o examină.

- Te gândești la ce am spus, ghici Hope.

- Da, recunoscu el.

- Și?

Îi răspunse cu o voce scăzută.

- Știu că e greu, dar dacă îți faci griji nu îi ajută nici pe ei și nici pe tine. Winston Churchill a descris cândva grija ca pe un pârâu îngust care curge prin minte și care, dacă este alimentat, sapă un canal unde se scurg toate celelalte gânduri.

Hope rămase impresionată.

- Churchill?

- Unul dintre eroii bunicului meu. Obișnuia să îl citeze mereu. Dar Churchill chiar avea dreptate.

- Așa ești și tu cu Andrew? Nu-ți faci griji?

- Până acum ți-ai dat seama, cred, că îmi fac griji.

Fără să vrea, Hope râse.

- Măcar ești sincer.

- Uneori e mai ușor să fii sincer cu străinii.

Hope știa că asta i se potrivea și ei în aceeași măsură în care i se potrivea lui. Privind în josul plajei din spatele lui, observă că lumina era stinsă la toate celelalte case, ca și cum Sunset Beach ar fi fost un oraș fantomă. Luă o gură de vin și se simți invadată de o senzație de pace care îi traversa membrele și radia în afară ca lumina unei lămpi.

- Înțeleg de ce îți va fi dor de locul ăsta, se auzi vocea lui în liniștea totală. E chiar pașnic.

Hope simțea cum mintea i se cufunda în trecut.

- Obișnuiam să petrec aproape toate verile aici cu familia. Când eram mici, eu și surorile mele stăteam aproape tot timpul în apă. Am învățat să fac surf acolo, lângă debarcader. Nu am devenit vreo expertă, dar mă descurcam destul de bine. Am plutit pe apă acolo ore întregi, așteptând să se intensifice valurile. Și am văzut niște lucruri incredibile - rechini, delfini, chiar și câteva balene. Nu erau niciodată foarte aproape de mine, dar odată, când aveam în jur de doisprezece ani, mi s-a părut că văd o bucată de lemn care plutea. Când a apărut la suprafață la câțiva metri de mine, i-am văzut capul și mustățile și am înghețat cu totul. Eram atât de speriată că nu puteam nici să țip pentru că nu știam de când era acolo și nici ce era. Arăta ca un hipopotam, sau poate o morsă. Dar când mi-am dat seama că nu vrea să îmi facă rău, am stat să-l privesc, pur și simplu... Chiar am vâslit ca să țin pasul cu el. Cred că am stat acolo câteva ore până la urmă. Încă mi se pare unul dintre cele mai incredibile lucruri care mi s-au întâmplat.

– Ce animal era?

– Un lamantin. Sunt mult mai des întâlniți în Florida. Din când în când, mai apar și pe coasta asta, dar acela a fost singurul pe care l-am văzut vreodată. Sora mea, Robin, încă nu mă crede. Spune că am inventat povestea ca să atrag atenția asupra mea.

Tru zâmbi.

– Eu te cred. Și îmi place povestea.

– Mă gândeam că îți va plăcea. Având în vedere că era vorbă despre un animal. Dar mai e un lucru interesant pe care ar trebui să-l vezi cât ești aici. Înainte să înceapă să plouă.

– Ce anume?

– Ar trebui să vizitezi Kindred Spirit mâine. Se află dincolo de debarcader, pe cealaltă insulă, dar poți merge pe jos la reflux. Când vezi steagul american, mergi în diagonală spre dunele de nisip. Nu ai cum să o ratezi.

– Încă nu știu despre ce vorbim.

– E și mai bine dacă rămâne o surpriză. O să știi ce să faci.

– Nu înțeleg.

– O să înțelegi.

După expresia lui, Hope își dădu seama că îi trezise curiozitatea.

– Aveam în plan să merg la pescuit mâine. Dacă găsesc momeală, bineînțeles.

– Au momeală la magazinul de la debarcader, dar le poți face pe amândouă, îl asigură ea. Cred că refluxul are loc în jur de ora patru după-amiaza.

– O să mă gândesc. Ce planuri ai mâine?

– Să îmi fac părul și unghiile pentru nuntă. Și să găsesc o pereche nouă de pantofi. Chestii de fete.

Tru dădu din cap și luă o gură de vin, iar o senzație de calm îl cuprinse. Se legănară într-o mișcare sincronizată pentru puțin timp, admirând cerul glorios al nopții. Dar când se surprinse că trebuie să-și înăbușe un căscat, Hope simți că venise timpul ca Tru să plece. Paharul lui de vin se terminase, și, din nou, știu exact ce gânduri îi treceau lui Hope prin minte.

– Ar trebui să merg acasă, zise el. A fost o zi lungă. Mulțumesc pentru paharul de vin.

Hope știa că era cel mai bine, dar, chiar și așa, fu străpunsă de o ușoară dezamăgire.

– Mulțumesc pentru cină.

Tru îi dădu paharul și apoi porni spre poartă. Hope lăsă paharele pe masă și merse în urma lui. La poartă, Tru se opri și se întoarse spre ea. Hope aproape că putea simți energia pe care o emana, și totuși vocea lui era blândă.

– Ești o femeie incredibilă, Hope, zise el. Și am încredere că tu și Josh veți reuși să vă rezolvați problemele. E un bărbat norocos.

Vorbele lui o luară prin surprindere, dar știu că avea intenții bune și că nu o judeca și nici nu avea așteptări deosebite.

– O să ne împăcăm, sunt sigură, zise ea, atât pentru el, cât și ca un mesaj pentru ea însăși.

Tru deschise poarta și începu să coboare scările. Hope îl urmă și se opri la jumătatea drumului. Își încrucișă brațele și îl privi mergând spre pasarelă, apoi spre plajă. Când parcurse un sfert din drum, Tru se întoarse și îi făcu cu mâna. Hope îi făcu cu mâna la rândul ei, iar când Tru se îndepărtă și mai mult, reluă drumul înapoi spre terasă. Luă paharele și le duse în chiuvetă înainte de a păși încet spre dormitor. Se dezbrăcă și se privi în oglindă. Primul ei gând fu că trebuia neapărat să slăbească câteva kilograme, dar, în ansamblu, era mulțumită de aspectul ei. Sigur, ar fi fost perfect să aibă un corp zvelt ca acelea care ornau coperțile revistelor, dar pur și simplu nu era, și nu fusese niciodată construită așa.

Și atunci când era adolescentă își dorea să fie puțin mai înaltă sau la fel de înaltă ca surorile ei.

Și totuși, privindu-și reflexia, se gândi la felul în care Tru se uitase la ea, interesul lui pentru tot ce spunea și complimentele pe care i le făcuse în legătură cu înfățișarea ei. Îi era dor să se desfete cu atracția vizibilă a unui bărbat față de ea, fără a vedea în asta doar un preludiu la sex. Chiar dacă încerca să supună aceste sentimente rațiunii, știa că gândirea acesta era periculoasă.

Întorcându-se cu spatele la oglindă, merse la baie și se spălă pe față. După ce își dădu jos elasticul cu care își prinsese coada, își perie părul ca să nu fie încurcat dimineață. Trecând apoi la valiză, scoase o pereche de pijamale, dar după o scurtă ezitare renunță. Aruncă pijamalele înapoi în geantă, merse la dulap și extrase o pătură suplimentară.

Ura să-i fie frig noaptea, și, alunecând dezbrăcată sub cuvertură, închise ochii, simțindu-se senzuală și ciudat de împăcată.

Răsărituri și surprize

Tru trecu agale de casa lui Hope în dimineața următoare, cărând cutia cu instrumente și o undiță de pescuit pe umăr. Se uită încă o dată și observă că o mare parte din vopseaua de pe margini se cojea, iar unele dintre barele balustradei fuseseră cuprinse de rugină; dar i se păru din nou mai potrivită pentru el decât casa în care stătea. Casa tatălui său era prea mare și, în mod cert, prea modernă, și încă nu reușise să-i dea de cap aparatului de cafea. Chiar și o singură ceașcă i-ar fi ajuns, dar se gândi că probabil nu fusese menit să se întâmple.

Trecuse deja o oră de la răsărit, și se întreba dacă Hope era trează. Din cauza reflexiei cerului în ferestre, nu putea să-și dea seama dacă era vreo lumină aprinsă, dar nici un semn nu indica faptul că ar fi pe terasă. Se gândi la iubitul ei și scutură din cap, întrebându-se ce putea fi în mintea omului ăluia. Deși își trăise mare parte din viață în sălbăticie, până și Tru știa că la nunta unei prietene apropiate prezența iubitului este, practic, obligatorie. Nu conta dacă se înțelegeau bine sau nu, sau dacă erau certați, cum spusese Hope. Fără să vrea, se trezi gândindu-se la cum arăta ea dimineața, înainte de a se fi pregătit pentru o nouă zi. Chiar și cu părul dezordonat și ochii umflați, tot ar fi fost frumoasă. Unele lucruri pur și simplu nu puteau fi ascunse. Când zâmbea, emana o lumină caldă, și îți era foarte ușor să te pierzi în accentul ei.

Avea ceva suav și fluid, ca un cântec de leagăn, și când îi povestise despre Ellen sau despre lamantin, simțise că ar fi putut să o asculte pentru totdeauna.

În ciuda cerului înnorat, dimineața era mai caldă decât în ziua anterioară, iar umiditatea crescuse. Și briza se întețise, toate astea demonstrând că Hope avusese dreptate în legătură cu o posibilă furtună în acel weekend. În zilele care anticipau ploaia în Zimbabwe, se simțea în aer o încărcătură similară.

Când se apropie de scările dinspre debarcader, erau deja șase oameni care pescuiau acolo, și privi cum unul dintre ei începu să ridice un pește. Era prea departe ca să distingă detaliile, dar o luă ca pe un semn bun. Se îndoia că va păstra ce urma să prindă; avea deja prea multă mâncare în frigider. Nici nu avea dispoziția necesară pentru a curăța peștele, iar cuțitul din trusa de scule părea tocit. Dar mereu îl antrena ideea de a prinde ceva.

În magazin, văzu rafturi cu gustări și băuturi îngrămădite pe raionul din centru; pe peretele din spate era un grill de unde puteai cumpăra mâncare caldă. Instrumente de pescuit de toate felurile erau așezate pe suporturi și agățate de cârlige; lângă ușă era un frigider cu un semn care făcea reclamă la momeală. Tru extrase câteva recipiente cu creveți și le duse la casa de marcat. Plăti și o taxă pentru pescuit pe debarcader, și după ce primi restul ieși fără grabă pe ușă, trecu de un telefon public și o luă în josul debarcaderului. Soarele pătrunse printre nori pentru un moment și lumina lui se reflectă puternic pe suprafața apei. Majoritatea oamenilor se adunaseră aproape de capăt și, presupunând că știau mai multe decât el, își alese un loc în apropierea lor. Spre deosebire de cutia de scule, undița era în stare perfectă, și după ce atașă momeala și plumbul, o aruncă.

Într-un colț al debarcaderului, se auzea o melodie la radio, ceva country. În mod neobișnuit, Andrew era fan al lui Garth Brooks și George Strait, deși Tru nu avea nici o idee unde auzise melodiile lor. Când Andrew menționase numele lor cu câteva luni în urmă, Tru îl privise confuz, iar Andrew îl rugă insistent să asculte

Friends in Low Places. „Te prinde repede", recunoscu Tru, dar nimic nu se putea apropia de loialitatea lui față de Beatles.

În mod conștient sau subconștient, Tru alesese partea debarcaderului care îl lăsa să vadă casa lui Hope în depărtare. Se gândi la cină și la plimbarea lor, dându-și seama că îl făcuse să se simtă în largul lui întreaga seară. Deși atracția dintre el și Kim fusese năucitoare, cu ea nu simțise așa ceva; de prea multe ori, simțea de fapt că o dezamăgea. Și, deși acum erau prieteni, erau și momente când avea aceeași senzație, în special atunci când venea vorba despre timpul pe care îl petrecea cu Andrew.

Fusese impresionat și de felul în care Hope vorbise despre prietenii și familia ei. Era clar că ținea la ei toți cu adevărat. Avea o empatie naturală, nu era pură simpatie, iar oamenii de felul acesta i se păruseră mereu o raritate. Simțise asta chiar și când vorbiseră despre Andrew.

Gândindu-se la fiul lui, își dorea acum să fi amânat plecarea în călătorie, știind că urma să îl vadă pe tatăl lui abia sâmbătă după-amiază. Era ciudat că omul nici măcar nu sunase ca să-i explice, dar pe Tru îl irita numai problema pe care i-o cauzase cu Andrew. Îi fusese dor de Andrew de când se trezise în acea dimineață, și hotărî să îl sune de la telefonul public pe lângă care trecuse. Va da un telefon cu taxă inversă, costul va substanțial, dar Kim avea să-i permită să plătească la întoarcere. Datorită diferenței de fus orar, și având în vedere că Andrew era la școală și apoi avea teme, Tru își dădu seama că mai avea câteva ore. Deja aștepta cu nerăbdare zborul lui spre casă de luni.

Cu excepția...

Ridică privirea spre casa lui Hope din nou și zâmbi când o văzu în urma lui Scottie, care traversă rapid pasarela și coborî scările. Ajunși pe plajă, Hope se aplecă, îl eliberă pe Scottie din lesă, iar câinele o luă la fugă. Nu erau pescăruși în apropiere, dar avea să-i găsească el cumva; Tru nu avea nici o îndoială în această privință. Privindu-i, se întreba dacă Hope se gândea la el și spera ca și ea să se fi simțit la fel de bine ca el seara trecută.

Cu fiecare pas, se îndepărta din ce în ce mai mult de debarcader, iar figura ei se micșora în depărtare. Tru o privea oricum, până când detectă o mișcare subtilă a undiței. Când simți că ceva trăgea, trase și el de capătul undiței, coborî cârligul și, imediat, greutatea și tensiunea de la capătul firului crescură. Lăsă undița în jos și începu să ruleze firul, lăsându-l exact atât de întins cât trebuia, și îl frapă din nou cât de puternici erau peștii, indiferent de mărime. Erau făcuți numai din mușchi. Dar intră în jocul lui, știind că peștele avea să obosească în cele din urmă.

Rulând în continuare firul, privi cum o vietate cu un aspect ciudat apăru la capătul firului. O balansă până la platforma debarcaderului, neavând idee la ce se uita. Era plată și ovală, cu doi ochi pe față. Cu vârful ghetei o ținu ca să nu se zbată, scoase o mănușă și un clește din trusă și încercă să extragă cârligul fără să-i rănească gura. În timp ce se chinuia să facă asta, auzi o voce din spate.

– Oho, ce cambulă mare! E de păstrat.

Tru se uită în sus și văzu un bătrân cu o șapcă de baseball care purta haine cu câteva mărimi mai mari. Îi lipseau dinții din față, iar accentul lui, mult mai pronunțat decât al lui Hope, era greu de înțeles.

– Așa se numește?

– Nu-mi spune că n-ai mai văzut o cambulă.

– Asta e prima dată.

Omul se uită cu neîncredere la el.

– De unde ești?

Neștiind dacă omul mai auzise de Zimbabwe, zise doar „Africa".

La acel moment, Tru deja scosese cârligul și, lăsând cleștele deoparte, apucă peștele și era gata să îl arunce în apă când îl auzi pe bărbat strigând.

– Ce ai de gând să faci?

– Voiam să-i dau drumul.

– Nu mi-l dai mie? Nu prea am avut noroc ieri sau de dimineață. N-ar strica niște pește la cină.

Tru se gândi de două ori și ridică din umeri.

– Sigur.

Bărbatul se întinse şi luă peştele, trecu pe cealaltă parte a debarcaderului, iar peştele fu ascuns de ochii lumii într-o cutie frigorifică mică.

– Mulţumesc! strigă omul.

– Cu plăcere.

Tru îşi pregăti undiţa din nou şi o aruncă în apă. Hope deja se transformase într-o mică pată văzută la orizont.

O recunoscu oricum, şi pentru mult timp nu putu să-şi ia ochii de la ea.

*

Hope stătea cu ochii pe Scottie şi îl chema la ea de fiecare dată când se apropia de duna de nisip, nu că ar fi ascultat-o vreodată. Speranţa ca Scottie să înceapă să fie mai ascultător era deşartă. Desigur, totul se potrivea perfect cu felul cum începuse dimineaţa ei.

Imediat după ce se trezi, auzi telefonul sunând în bucătărie. Hope îşi înfăşură pătura în jurul ei şi se lovi cu degetul de la picior de un colţ când se grăbi să răspundă. Se gândi că poate era Josh, dar îşi aminti de diferenţa de fus orar imediat ce o auzi pe Ellen plângând la celălalt capăt al firului. În hohote, chiar – la început, Hope nici nu pricepea ce încerca să-i spună. Ellen nu reuşea decât să scoată câteva vorbe chinuite din când în când. Hope crezu iniţial că fusese anulată nunta, şi dură puţin până reuşi să descifreze faptul că Ellen plângea din cauza vremii. Între plânsete, Ellen îi transmise lui Hope că se anunţase ploaie la sfârşitul acelei zile şi că era practic sigur că vor fi furtuni pe timpul weekendului. Lui Hope i se păru puţin exagerat, dar Ellen era de neconsolat, indiferent de ce îi spunea. Nu că Hope ar fi avut vreo şansă să scoată un cuvânt. Convorbirea fusese mai de grabă un monolog plângăcios pe tema nedreptăţii vieţii. Cât prietena ei vorbea fără oprire, Hope se sprijini de un dulap, cu picioarele încrucişate şi cu degetul inflamat, întrebându-se absentă dacă Ellen şi-ar da seama dacă lăsa telefonul jos și mergea la baie. Avea mare nevoie să facă pipi, și când reuși să scape de Ellen, aruncă pătura și șchiopătă cât de repede putu spre baie.

Apoi, ca și cum vreo zeitate voia să se răzbune atât pe Tru, cât și pe ea, i se strică aparatul de cafea. Luminița se aprinse, dar apa nu se încălzea, iar Hope își puse problema dacă ar trebui să fiarbă ea apa și să o verse peste cafeaua măcinată. Atunci, însă, Scottie deja era la ușă, și știa că dacă nu îl scoate suficient de repede, urma să aibă o grămadă de curățat. Așa că își puse niște haine la întâmplare și își duse câinele pe plajă, sperând să salveze ce mai putea din acea dimineață cu o plimbare relaxantă. Dar Scottie făcea ca asta să fie imposibil. În două rânduri, alergă până în vârful dunei și de-a lungul pasarelei spre casa cuiva – fie în încercarea de a găsi acea pisică din nou, fie vrând doar să-i cauzeze un infarct lui Hope – așa că fu nevoită să se cațăre după el. Probabil putea să-i pună iar lesa, dar Scottie ori ar fi încercat să-i tragă mâna mergând înaintea ei, ori s-ar fi bosumflat, și Hope nu avea chef de nici una dintre ele.

Și totuși...

Cât vorbea la telefon, îl văzu pe Tru trecând pe lângă casa ei pe drumul spre debarcader, cu echipamentul de pescuit, și nu putu să nu zâmbească. Încă nu-i venea să creadă că luase cina cu el. Gândurile ei se întorceau la conversația lor... era surprinsă de cât de plăcută fusese seara lor și de cât de naturală fusese conexiunea dintre ei.

Se întrebă dacă avea să-i urmeze sfatul și să viziteze Kindred Spirit după pescuit. Ținând cont că se apropiau furtunile, ziua următoare ar fi fost prea târziu, dar asta o viza și pe ea. După programările din acea zi, Hope se gândi că ar mai fi avut puțin timp să treacă pe la cutia poștală, și cât se plimba pe plajă decise să facă chiar asta.

Dar trebuia să se grăbească, sau urma să întârzie. Avea programare la coafor în Wilmington la nouă și la pedichiură la unsprezece. Voia să vadă și dacă putea să găsească niște pantofi potriviți pentru nuntă – pantofii vișinii cu toc pe care Ellen îi alesese pentru domnişoarele de onoare o strângeau groaznic de tare, aşa că se hotărâse că nu putea să fie în agonie toată noaptea. Traficul probabil că urma să fie îngreunat, aşa că scurtă plimbarea, îl chemă pe Scottie la ea şi se întoarse. La scurt timp, Scottie trecu ca un glonţ pe lângă ea, cu limba pe jumătate afară. Îl privi cum aleargă şi se uită scurt spre debarcader. Văzu un grup de oameni, dar nu păreau altceva decât umbre, şi se întrebă dacă Tru avea noroc la pescuit.

Înapoi în casă, îl uscă pe Scottie cu un prosop, apoi făcu un duş scurt. Mai târziu, îşi puse o pereche de blugi, o bluză şi sandale. Purtase aproximativ aceeaşi ţinută în ziua anterioară, dar când se uită în oglindă nu putu să nu observe că ceva era schimbat – părea mai drăguţă sau poate chiar mai atrăgătoare – şi înţelese că se vedea prin ochii unui străin. Aşa cum o văzuse Tru în noaptea trecută când stăteau de o parte şi de alta a mesei.

Odată cu revelaţia aceasta veni şi o altă decizie. Hope răscoli sertarul de sub telefon şi găsi ce îi trebuia. Scrise biletul, ieşi prin uşa din spate şi coborî spre plajă. Urcă scările, traversă pasarela casei de lângă şi lipi biletul lângă zăvorul porţii, unde Tru nu putea să nu îl vadă.

Se întoarse pe acelaşi drum şi îşi luă geanta înainte să iasă pe uşă. Când urcă în maşină, inspiră adânc întrebându-se cum aveau să decurgă lucrurile.

*

Tru nu era sigur de ce făcuse Hope. O văzuse ieşind pe terasa din spate, la aproximativ patruzeci de minute după ce terminase plimbarea cu Scottie, şi apoi mergând spre casa unde stătea el. Dezamăgirea de a nu fi fost acolo dacă Hope îl căutase pe el îl înţepa ca un ghimpe, dar văzu că se oprise la poartă. Presupuse că nu ştia dacă să îndrăznească să meargă mai departe, dar după câteva secunde o văzu întorcându-se şi dispărând în casa părinţilor ei. Nu o mai văzu de atunci.

Ciudat.

Se gândea în continuare la ea. Ar fi fost ușor să pună acele gânduri pe seama unei atracții trecătoare, sau chiar a disperării. Fără îndoială, Kim ar fi fost de acord. De la divorț, fosta lui soție îl întreba ocazional dacă a mai întâlnit pe cineva. Când îi răspundea că nu, ea spunea în glumă că era atât de lipsit de antrenament încât s-ar fi îndrăgostit de prima femeie care îi acorda cea mai mică atenție.

Dar nu asta se întâmpla acum. Nu era o atracție trecătoare și nici nu era disperat, dar recunoscu faptul că Hope îi părea captivantă. În mod ironic, avea de-a face și cu Kim. De la începuturile relației lor, Kim știuse cât de atrăgătoare era, și toată viața studiase cum să-și folosească în scop personal calitățile. Hope părea chiar opusul, deși era la fel de frumoasă, iar asta îi transmitea un semnal în același mod intuitiv în care, atunci când termina un desen, se gândea: „Exact așa ar trebui să fie".

Știa că astfel de gânduri nu erau cuvenite și că poate nimic bun nu avea să iasă din asta. Nu doar că pleca luni, dar și Hope trebuia să se întoarcă la viața ei duminică, o viață care includea bărbatul cu care credea că se va căsători, chiar dacă în prezent aveau probleme. Și, după toate evenimentele din acel weekend, nu avea nici o certitudine că se vor mai vedea vreodată.

Simțind din nou că firul undiței se întindea, intră în joc, alese momentul potrivit și aruncă cârligul. După o altă confruntare surprinzătoare, ridică un pește diferit de primul, dar pe care tot nu îl recunoștea. Bătrânul cu șapca de baseball se îndreptă din nou către el și privi cum Tru încerca să scoată cârligul.

– O, ăsta da, merlan! zise omul.

– Merlan?

– Merlan englezesc. Bacaliar. Tot de păstrat. Ar fi numai bun de gătit. Dacă te gândeai cumva să îl arunci înapoi, vreau să zic.

Tru îi dădu peștele și privi cum și acesta dispăru în cutia frigorifică.

Nu mai avu la fel de mult noroc în restul dimineții, dar curând veni vremea să îl sune pe Andrew. Își strânse lucrurile, merse până la magazin, luă niște monede, apoi merse la cabina telefonică.

Îi luă o jumătate de minut și multe monede până reuși să facă un apel internațional, dar în final auzi sunetul cunoscut al unui apel în desfășurare.

Când răspunse Kim, acceptă costul suplimentar, și Andrew se auzi de cealaltă parte. Fiul lui avea tot felul de întrebări despre America, majoritatea legate de filme pe care le văzuse. Păru dezamăgit să afle că pe străzi nu se trăgeau focuri constant și că nu se găseau oameni cu pălării de cowboy și vedete la orice colț de stradă. După aceste întrebări, conversația continuă cu subiecte mai comune, iar Tru îl ascultă pe Andrew povestindu-i despre ce făcuse în ultimele zile. Simți o durere surdă auzindu-i vocea și gândindu-se că îi desparte jumătate de lume. La rândul lui, Tru îi povesti lui Andrew despre plajă și îi descrise cei doi pești pe care îi prinsese; îi spuse de asemenea despre Scottie și cum îl căutase ca să îl ajute. Vorbi cu fiul lui mai mult timp decât își imaginase – aproape douăzeci de minute –, apoi o auzi pe Kim spunându-i că încă mai avea teme de făcut. Luă receptorul după ce Andrew încheie.

– Îi e dor de tine, zise ea.

– Știu. Și mie îmi e dor de el.

– Te-ai întâlnit cu tatăl tău?

– Nu, răspunse Tru.

Îi zise despre întâlnirea stabilită pentru duminică după-amiază. Când termină de vorbit, Kim își drese vocea.

– Ce i-ai zis de câine? A fost lovit de mașină?

– Nu a fost nimic grav, îi răspunse Tru înainte de a repeta povestea.

Făcu greșeala de a-i menționa numele lui Hope, și Kim reacționă imediat.

– Hope?

– Da.

– O femeie?

– Evident.

– Bănuiesc că v-ați înțeles bine din prima.

– Ce te face să crezi asta?

– Pentru că știi cum o cheamă, ceea ce înseamnă că ați petrecut ceva timp discutând. Iar tu nu mai faci asta în ultimul timp. Spune-mi despre ea.

– Nu sunt multe de zis.

– Ați ieșit împreună?

– De ce ar conta asta?

În loc să dea un răspuns, Kim râse.

– Nu pot să cred! Ai cunoscut în sfârșit o femeie, și tocmai în America! A fost vreodată în Zimbabwe?

– Nu...

– Spune-mi totul despre ea. Ca răsplată, nu o să te pun să-mi dai banii pe apel.

Kim rămase la telefon zece minute, și deși Tru încercă din răsputeri să nu dezvăluie tot ce simțea pentru Hope, aproape că o auzea pe Kim zâmbind de cealaltă parte. Până la finalul conversației, devenise neliniștit, așa că merse mai încet înapoi pe plajă. Sub un cordon de nori plumburii care se apropiau progresiv, se întrebă cum de Kim putuse să deducă atât de multe într-un timp atât de scurt. Chiar dacă accepta ideea că îl cunoștea mai bine decât oricine altcineva, îi păru de-a dreptul straniu.

Femeile chiar erau sexul misterios.

Puțin mai târziu, în timp ce urca treptele spre terasa din spate, fu surprins să vadă o bucată albă de hârtie lipită lângă zăvor. Hope probabil că îi lăsase acel bilet – și de aceea trecuse pe acolo. Dezlipi biletul și îl citi:

Salut! Mă duc la Kindred Spirit azi. Dacă vrei să vii, ne vedem pe plajă la trei.

Ridică din sprânceană. Clar femeile erau sexul misterios.

Găsi un pix în casă și îi răspunse în scris. Amintindu-și că îi vorbise despre niște programări, ieși pe ușa din față, merse până la casa ei și lăsă biletul între ușă și ramă, lângă mânerul de la ușa principală. Observă că mașina ei nu era pe alee.

Înapoi în casă, făcu puțină gimnastică și mâncă ceva. Așezat la masă, privi pe fereastră la cerul care devenea din ce în ce mai amenințător, sperând ca ploaia să nu înceapă, măcar până seara.

*

Ellen îi recomandase nu doar salonul din Wilmington, ci și pe Claire, stilista. În timp ce se așeza, Hope văzu că era vorba de o femeie cu mulți cercei în urechi, o zgardă de câine neagră cu ținte și păr negru cu șuvițe mov. Purta pantaloni negri strâmți, iar ansamblul era completat de o bluză neagră fără mâneci. Se întrebă atunci la ce se gândise Ellen când venise cu sugestia. Află apoi că Ellen fusese o clientă fidelă a lui Claire, care lucrase în Raleigh înainte de a se muta în Wilmington în acel an. Hope încă nu se simțea sigură, dar se rugă să iasă totul bine și se lipi de spătarul scaunului. După ce o întrebă despre lungimea și felul în care voia să-i taie părul, Claire continuă cu un val constant de pălăvrăgeală. Când Hope rămase fără aer văzând cei aproape opt centimetri de păr care aveau să fie tăiați, Claire îi promise că va fi încântată la final, și continuă să vorbească despre subiectul anterior, oricare o fi fost acela.

Hope fu agitată pe tot parcursul transformării, dar după șuvițe, uscat și coafat, talentul lui Claire deveni de necontestat. Părul castaniu natural al lui Hope avea acum niște nuanțe mai deschise, ca și cum ar fi petrecut toată vara la soare, iar tunsoarea în sine părea să-i încadreze fața într-un mod pe care Hope nici nu și-l imaginase. Îi lăsă lui Claire un bacșiș foarte generos la plecare, trecu strada pentru a merge la salonul de manichiură și deschise ușa chiar la ora la care era programată. Manichiurista, o vietnameză de vârstă mijlocie, vorbea engleza foarte puțin, așa că Hope îi arătă culoarea vișiniu-roșiatic care se potrivea cu rochia de domnișoară de onoare și citi o revistă cât îi erau făcute unghiile.

Apoi, Hope trecu pe la Wal-Mart ca să cumpere un aparat de cafea nou. Alese modelul cel mai puțin costisitor. Părea inutil, ținând cont că urmau să vândă casa, dar o ceașcă de cafea era parte din rutina de dimineață a lui Hope, și se gândi să îl împacheteze duminică și să i-l dea lui Ellen drept cadou de nuntă, cu un bilet în care să menționeze că fusese folosit puțin... „Glumesc." Dar gândul o făcu să chicotească. Petrecu apoi puțin timp căutând prin magazinele din apropiere și fu încântată să găsească o pereche de sandale confortabile care se potriveau cu rochia ei. Deși erau cam scumpe, se simți norocoasă să găsească o pereche potrivită, mai ales în ultimul moment. Cheltui apoi o sumă generoasă pe o pereche de sandale albe cu mărgele care să le înlocuiască pe cele uzate pe care le purta atunci. Intră și în buticul de haine de alături și căută printre rândurile de haine. Puțină terapie prin cumpărături n-a făcut rău nimănui, până la urmă, și alese în final o rochie de vară cu flori, care se întâmplase să fie și la reducere. Era ușor decoltată în față, cambrată pe talie, și se termina chiar deasupra genunchilor. Nu era genul de rochie pe care o cumpăra de obicei - de fapt, sincer, cumpăra rar rochii -, dar era interesantă și feminină, și nu putu să zică nu, chiar dacă nu avea idee unde o să o poarte.

Drumul de întoarcere fu mai ușor de parcurs, cu mai puțin trafic și cu un noroc aparent interminabil în privința semafoarelor. Pe autostradă, trecu printre câmpiile care se aflau sub nivelul mării înainte să ajungă la drumul spre ieșire care ducea la Sunset Beach. Câteva minute mai târziu, intră pe alee. Adunându-și cumpărăturile, urcă scările până la ușa din față și văzu o bucată de hârtie lângă mâner. O scoase și recunoscu biletul pe care i-l scrisese lui Tru mai devreme. Primul ei gând fu că i-l înapoiase fără să adauge nici un comentariu, ceea ce o derută, și abia după ce îl întoarse văzu că scrisese ceva la rândul lui.

Voi fi pe plajă la trei. Aștept cu interes conversațiile afectuoase și mai multe informații despre misterul de la Kindred Spirit; anticipez o serie de surprize cu tine ca ghid.

Hope clipi, gândindu-se că omul ăsta chiar știa cum să scrie un bilet. Formularea era vag romantică, ceea ce nu făcea decât să intensifice căldura creată de simplul fapt că acceptase să i se alăture.

Când deschise ușa, Scottie începu să o înconjoare dând din coadă. Hope strânse vechiul aparat de cafea și îl aruncă în coșul de gunoi de afară în timp ce Scottie își făcu treaba, apoi făcu loc aparatului nou de cafea. Puse celelalte sacoșe în dormitor și, uitându-se la ceas, văzu că mai avea o oră să se pregătească. Cum părul îi era deja aranjat, pregătirea se rezumă doar la a lua o jachetă subțire din valiză și a o lăsa la îndemână până era gata de plecare.

Ceea ce însemna că nu mai avea nimic altceva de făcut în afară de a alterna între încercarea de a se relaxa pe canapea și ridicatul în mod regulat ca să verifice în oglindă cum arată, fiind totodată pe deplin conștientă de cât de greu părea să treacă timpul.

O scrisoare de dragoste

La ora trei fără zece minute, Tru ieşi din casă şi porni pe pasarelă spre plajă, remarcând că temperatura scăzuse considerabil faţă de dimineaţă. Cerul era cenuşiu şi briza constantă tulbura oceanul. Spuma se răspândea pe plajă, rostogolindu-se ca buruienile uscate prin filmele western pe care le văzuse uneori la televizor în copilărie.

O auzi pe Hope înainte să o vadă. Striga la Scottie să nu mai tragă aşa tare de lesă. Pe măsură ce cobora pe plajă, observă că îşi pusese o jachetă subţire şi că părul ei castaniu era nu doar mai scurt, dar şi mai deschis la culoare pe alocuri. Privi cum Scottie o trăgea spre el.

– Salut, zise ea când se apropie. Cum a fost ziua ta?

– Liniştită, răspunse Tru, gândindu-se la felul cum ochii ei de obicei turcoaz reflectau acum cerul gri, căpătând un aspect aproape diafan. Am fost la pescuit mai devreme.

– Ştiu. Te-am văzut mergând în acea direcţie dimineaţă. Ai avut noroc?

– Puţin, spuse el. Tu? Ai reuşit să faci tot ce ţi-ai propus?

– Da, dar alerg de când m-am trezit.

– Chiar, părul tău arată foarte bine.

– Mulţumesc. Coafeza mi-a tăiat mai mult decât aş fi vrut, dar mă bucur că încă mă recunoşti. Trase fermoarul jachetei şi se aplecă pentru a-i da drumul lui Scottie din lesă. Crezi că vei avea nevoie de o haină? E destul de răcoare acolo și vom merge puțin pe jos.

– N-o să am probleme.

– Probabil e sângele zimbabwean care îți curge prin vene.

Imediat ce scăpă de lesă, Scottie o luă la fugă, răscolind nisipul în urma lui. Cei doi îl urmară.

– Probabil crezi că l-am scăpat de sub control, știu, zise ea, dar l-am dus la lecții de dresaj. E prea încăpățânat ca să învețe ceva.

– Dacă așa spui tu.

– Nu mă crezi?

– De ce nu te-aș crede?

– Nu sunt sigură. Mă gândesc că probabil mă consideri slabă din fire când vine vorba de câinele meu.

– Nu știu dacă e sigur pentru mine să răspund la această afirmație.

Hope râse.

– Probabil că nu e. Ai reușit să vorbești cu Andrew?

– Da. Dar sunt destul de sigur că mie îmi e mai dor de el decât îi este lui.

– Cred că așa se întâmplă cu copiii, nu? De fiecare dată când mergeam în tabără, mă distram atât de tare încât nici nu aveam timp să mă gândesc la ai mei.

– E bine de știut, zise el. Se uită scurt la ea. Te-ai gândit vreodată să faci un copil?

– Mereu, recunoscu ea. Nu-mi pot imagina să nu am copii.

– Serios?

– Bănuiesc că eu chiar sunt atrasă de ideea de căsătorie și familie. Adică da, îmi place slujba mea, dar pentru mine viața nu se rezumă la asta. Îmi amintesc când s-a născut primul copil al surorii mele și m-a lăsat să-l țin, iar eu pur și simplu m-am topit... Ca și cum mi-am dat seama de scopul meu în viață. Dar, de fapt, asta mi-am dorit mereu. Ochii îi străluceau. Când eram mică, obișnuiam să merg prin casă cu o pernă sub bluză, prefăcându-mă că sunt însărcinată. Râse de această amintire. Mereu mi-am imaginat că voi fi mamă... cumva, ideea de a purta o persoană înăuntrul tău, de a o aduce pe lume și de a o iubi cu o intensitate aproape primitivă îmi pare... profundă. Nu mă duc atât de des la biserică, dar sentimentele mele cu privire la asta sunt, aș zice, cea mai spirituală latură a mea.

Tru o privi cum își ascunse o șuviță de păr după ureche încercând parcă să camufleze un adevăr dureros, iar vulnerabilitatea ei îl făcu să vrea să o îmbrățișeze.

– Dar, bănuiesc, lucrurile nu ies mereu așa cum ne imaginăm, nu-i așa?

Întrebarea era retorică, așa că Tru nu răspunse. După câțiva pași, Hope continuă:

– Știu că viața e nedreaptă, și am auzit și vorba aceea veche despre cum omul își face planuri, iar Dumnezeu râde, dar nu mă așteptam să fiu singură la vârsta mea. E ca și cum viața mea e suspendată, într-un fel. Părea că tot ce îmi doream era la locul potrivit. Cunoscusem un bărbat minunat, ne făceam idei de viitor, iar apoi... nimic. Suntem exact acolo unde eram acum șase ani. Nu locuim împreună, nu suntem căsătoriți și nici măcar logodiți. Suntem doar iubiți. Scutură din cap. Îmi pare rău. Probabil nu te interesează toate astea.

– Nu e adevărat.

– De ce ți-ar păsa?

„Pentru că îmi pasă de tine“, se gândi el. Dar, în loc, zise:

– Pentru că, uneori, singurul lucru de care cineva are nevoie este o altă persoană care să îl asculte.

Hope păru să contemple ideea aceea cât mergeau prin nisip. Scottie era cu mult înaintea lor, deja mai departe de debarcader, urmărind stoluri de păsări, unul după altul, la fel de energic ca de obicei.

– Probabil că nu ar fi trebuit să zic nimic, completă ea ridicând din umeri cu o expresie tristă. Sunt doar dezamăgită de Josh acum și mă gândesc la ce ne prevede viitorul. Sau dacă măcar avem un viitor. Dar vorbește mai mult furia din mine. Dacă m-ai fi întrebat despre el când ne înțelegeam bine, nu m-aș mai fi oprit din a spune ce bărbat minunat e.

Când i se stinse vocea, Tru se uită la ea.

– Știi dacă vrea să se căsătorească? Sau să aibă copii?

– Asta e problema... spune că vrea. Sau, cel puțin, asta spunea. Nu prea am mai vorbit despre asta recent, și când am încercat să aduc subiectul ăsta în discuție, totul a degenerat foarte repede. De asta nu e aici în acest moment. Pentru că ne-am certat foarte tare, iar acum, în loc să vină cu mine la nuntă, e în Las Vegas cu băieții.

Tru se strâmbă subtil. Chiar și în Zimbabwe, oamenii știau de Las Vegas. Între timp, Hope continuă:

– Nu știu. Poate sunt eu de vină. Probabil aș fi putut să gestionez situația mai bine, și știu că îl fac să pară complet egoist. Dar nu e. Doar că, uneori, cred că încă nu s-a maturizat.

– Câți ani are?

– Aproape patruzeci. Chiar, tu câți ani ai?

– Patruzeci și doi.

– Când te-ai simțit ca un adult, pe deplin?

– La optsprezece ani, când am plecat de la fermă.

– Asta nu mă surprinde. Cu toate lucrurile prin care ai trecut, nu ai avut de ales decât să te maturizezi.

La acel moment, ajunseră la debarcader, iar Tru observă că multe dintre picioarele acestuia nu mai erau acoperite de apă. Era refluxul, așa cum îi spusese ea.

– Ce intenționezi să faci? o întrebă el.

– Nu știu, zise ea. Acum, bănuiesc că, până la urma urmei, ne vom împăca și vom continua de unde am rămas.

– Asta îți dorești?

– Îl iubesc, recunoscu ea. Iar el mă iubește pe mine. Știu că acum pare a fi un ticălos, dar, în general, e chiar... minunat.

Deși Tru se așteptase să audă acele cuvinte, o parte din el își dorea ca ea să nu le fi spus.

– De asta nu mă pot îndoi.

– De ce spui asta?

– Pentru că, răspunse el, ai ales să rămâi cu el timp de șase ani. Și, din câte am aflat despre tine, nu ai fi făcut asta dacă nu avea o suită de trăsături admirabile.

Hope se opri să ridice o scoică colorată, dar văzu că era spartă.

– Îmi plac cuvintele pe care le folosești. De multe ori pari a fi britanic. Nu am mai auzit pe nimeni să zică „o suită de trăsături admirabile".

– Păcat.

Aruncă scoica și râse.

– Vrei să știi ce cred?

– Ce crezi?

– Cred că a fost o mare greșeală din partea lui Kim să te lase să-i scapi.

– E frumos din partea ta că spui asta. Dar nu a fost. Nu sunt sigur că sunt făcut să fiu soțul cuiva.

– Asta înseamnă că nu te vei mai căsători?

– Nu m-am mai gândit la posibilitatea asta. Între muncă și timpul petrecut cu Andrew, să întâlnesc pe cineva se situează destul de jos pe lista mea de priorități.

– Cum sunt femeile în Zimbabwe?

– În lumea mea, vrei să spui? Femeile singure?

– Da, sigur.

– Greu de găsit. Majoritatea femeilor pe care le întâlnesc sunt deja căsătorite și sunt la casa lor cu soții lor.

– Poate ar trebui să te muți în altă țară.

– Zimbabwe e casa mea. Și Andrew e acolo. Nu l-aș lăsa niciodată.

– Nu, zise ea. Nu ai putea.

– Dar tu? Te-ai gândit vreodată să te muți din Statele Unite?

– Niciodată, zise ea. Și cu siguranță nu e posibil acum, având în vedere că tata e bolnav. Dar nici în viitor nu știu dacă aș putea. Familia mea e aici, prietenii mei sunt aici. Totuși, sper să ajung în Africa cândva. Și să merg în safari.

– Dacă vii, să ai grijă la ghizi. Unii dintre ei pot fi foarte cuceritori.

– Da, știu, îl împinse ea cu umărul în joacă. Ești gata pentru Kindred Spirit?

– Încă nu știu ce e asta.

– E o cutie poștală de pe plajă, spuse ea.

– Cui îi aparține?

Hope ridică din umeri.

- Oricărei persoane, bănuiesc. Şi tuturor.

- Ar trebui să scriu o scrisoare?

- Dacă vrei, zise ea. Prima dată când am fost, eu am scris.

- Când s-a întâmplat asta?

Medită asupra întrebării.

- Cam acum cinci ani?

- Aş fi crezut că mergi acolo de când erai mai mică.

- Nu e acolo de atâta timp. Cred că tata mi-a spus că au pus-o în 1983, dar e posibil să greşesc. Am fost doar de câteva ori. Inclusiv anul trecut, în ziua de după Crăciun, şi a fost o nebunie.

- De ce?

- Pentru că erau patruzeci de centimetri de zăpadă. E singura dată când am văzut zăpadă pe plajă. Când ne-am întors, am construit un om de zăpadă lângă scări. Cred că am o poză cu el prin casă.

- Eu nu am văzut zăpada.

- Niciodată?

- În Zimbabwe nu ninge, şi în Europa am fost doar vara.

- În Raleigh ninge rar, dar părinţii mei obişnuiau să ne ducă iarna la schi la Snowshoes, în Virginia de Vest.

- Te pricepi la schi?

- Mă descurc. Nu mi-a plăcut niciodată să merg prea repede. Nu sunt aşa aventuroasă. Doar îmi place să mă distrez.

În depărtare, Tru văzu norii scânteind la orizont.

- Astea sunt fulgere?

- Probabil.

- Asta înseamnă că ar trebui să ne întoarcem?

- Sunt deasupra mării, zise ea. Furtuna va veni din nord-vest.

- Eşti sigură?

- Destul de sigură, răspunse ea. Sunt dispusă să îmi asum riscul, dacă eşti şi tu.

- Bine, atunci, aprobă el din cap, şi continuară drumul, debarcaderul devenind din ce în ce mai mic în urma lor.

Sunset Beach se termină într-un final, iar direct în faţa lor se întindea Bird Island. Fură nevoiţi să înconjoare duna ca să nu îşi ude picioarele, iar Tru începu să se gândească din nou la modul în care Hope se ciocnise de el în joacă. I se părea că încă simte senzația, niște furnicături pe lungimea brațului.

*

– E o cutie poștală, zise Tru.

Ajunseră la Kindred Spirit, iar Hope îl privi pe Tru pur și simplu uitându-se fix la ea.

– Îți spusesem asta deja.

– Credeam că poate era o metaforă.

– Nu, zise ea. E reală.

– Cine are grijă de ea?

– Nu am idee. Tata probabil ți-ar putea spune, dar presupun că un localnic. Haide.

În timp ce se apropia de cutia poștală, îl privi pe Tru și observă gropița din bărbia lui și părul lui ciufulit de vânt. Peste umărul lui, îl văzu pe Scottie adulmecând lângă dună, cu limba pe afară, obosit de misiunea lui neîncetată de a zburătăci păsările în aer cu orice preț.

– Probabil vei lua ideea asta înapoi cu tine în Zimbabwe și vei pune o cutie poștală în mijlocul sălbăticiei. Cât de tare ar fi?

Tru scutură din cap în semn de dezaprobare.

– Termitele ar roade suportul în mai puțin de o lună. În plus, nu e ca și cum cineva ar putea să pună o scrisoare în ea sau să stea să citească. E prea periculos.

– Te duci vreodată singur în sălbăticie?

– Doar dacă sunt înarmat. Și doar când pot anticipa că voi fi în siguranță, în funcție de ce animale vor fi în preajmă.

– Care sunt cele mai periculoase animale?

– Depinde de timpul și de locul și de starea animalului, răspunse el. În general, dacă te afli în apropierea apei, crocodilii și hipopotamii. În savană, pe timpul zilei, elefanții, în special dacă sunt în sezonul de împerechere. În savană, pe timpul nopții, leii.

Și mamba negri tot timpul. E un șarpe. Foarte veninos. Mușcătura lui e aproape mereu fatală.

– Avem mai multe feluri de șerpi crotali în Carolina de Nord. Un copil a venit odată la camera de urgențe după ce a fost mușcat. Dar aveam antivenin la spital și și-a revenit. Dar cum de am ajuns la subiectul ăsta?

– Tu ai sugerat să pun o cutie poștală în mijlocul sălbăticiei.

– Ah, da, zise ea. Deja avea mâna pe mânerul cutiei. Ești gata?

– Există vreun protocol?

– Sigură ca există, zise ea, întâi faci zece sărituri cu forfecare și apoi cânți „Auld Lang Syne", și trebuie să aduci tort red velvet ca ofrandă și să îl lași pe bancă.

Când o privi confuz, Hope chicoti.

– Te-am prins. Nu, nu e nici un protocol. Doar... citești ce e în cutie. Și, dacă vrei, poți să scrii ceva.

Hope trase de mâner ca să deschidă cutia și scoase întregul teanc de scrisori care se afla înăuntru, aducându-l apoi cu ea pe bancă. Când așeză teancul lângă ea, Tru se așeză și el, atât de aproape încât Hope îi simțea căldura.

– Ce zici dacă citesc eu prima, și apoi ți le dau ție?

– Voi urma instrucțiunile tale, răspunse el. Inițiază procesul.

Hope își dădu ochii peste cap.

– Inițiază procesul, repetă ea. E în regulă și să spui doar OK, știi?

– OK.

– Sper să fie una bună. Am citit niște scrisori incredibile când am venit aici.

– Povestește-mi despre scrisoarea care ți-a rămas cel mai bine întipărită în mine.

Se opri câteva secunde să se gândească.

– Am citit despre un bărbat care căuta o femeie pe care o întâlnise pentru scurt timp la un restaurant. Au fost la bar și au vorbit câteva minute înainte ca prietenii ei să ajungă și să meargă la masa lor. Dar el știa că ea era aleasa. Scrisese o frază frumoasă despre stele care s-au ciocnit și au trimis o pulbere de lumină peste sufletul lui. Și, oricum, tipul ăsta scrisese mesajul pentru că spera să o știe cineva pe femeie și să-i spună că bărbatul din restaurant voia să o vadă din nou. Și-a dat chiar și numele și numărul de telefon.

– Au vorbit câteva minute? Pare ușor obsedat.

– Trebuia să fi citit felul în care a scris-o, zise ea. Era foarte romantică. Uneori îți dai seama, pur și simplu.

O privi pe Hope cum ridica o carte poștală din vârful teancului, una cu vaporul *USS Carolina de Nord*, o navă de război din al Doilea Război Mondial. Când o termină de citit, i-o înmână lui Tru fără nici un comentariu.

Tru o scană cu privirea și se întoarse spre ea.

– E o listă de cumpărături a unei persoane care se pregătește de un grătar.

– Știu.

– Nu știu de ce aș fi interesat de asta.

– Nu trebuie să fii, zise ea. De asta e atât de intrigant. Pentru că sperăm să găsim în cel mai neobișnuit loc acea nestemată pierdută, și cine știe, zise ea, ridicând o scrisoare din teanc, poate asta este.

Tru puse cartea poștală deoparte, și când Hope termină scrisoarea, i-o dădu lui. Era de la o fetiță, o poezie despre părinții ei, și îi aminti de ceva ce ar fi putut scrie Andrew când era mai mic. Cât citea, simți piciorul lui Hope mișcându-se lângă al lui, și până termină, Hope îi întindea deja un vraf de hârtii rupte dintr-un caiet. Tru se întrebă dacă Hope realiza că se ating sau dacă era pur și simplu pierdută între cuvintele unor scriitori anonimi și nu își dădea seama. Din când în când, o vedea ridicând privirea ca să se asigure că Scottie încă era lângă ei; pentru că nu erau păsări în jur, se așezase pe burtă puțin mai aproape de marginea apei.

Mai aleseră o carte poștală și câteva fotografii cu comentarii pe spate. Acestea fură urmate de scrisoarea unui tată pentru copiii lui, cu care vorbea rar. În scrisoare, se simțea mai multă înverșunare și vină decât tristețe față de o relație distantă. Tru se întrebă dacă omul își asuma responsabilitatea pentru ce se întâmplase.

Când puse scrisoarea la o parte, Hope încă citea următoarea scrisoare din teanc. În liniştea care îi înconjura, Tru zări un pelican care zbura aproape de apă, chiar în spatele valurilor. După ele, marea se întuneca din ce în ce mai mult, devenind aproape neagră lângă orizont. Nisipul moale, dar ferm, lăsat în urmă de reflux, era plin cu scoici sparte. Părul lui Hope se ridica uşor purtat de briză; în lumina cenuşie, ea părea să fie singurul element de culoare.

Încă aştepta să-i dea o altă scrisoare când îşi dădu seama că Hope citea a doua oară scrisoarea pe care o ţinea în mână. O auzi pufnind.

– Uau, zise ea în final.

– A scris despre coliziuni între stele şi ploi de lumină peste sufletul lui?

– Nu. Şi, dacă mă gândesc mai bine, ai dreptate. Tipul ăla clar era obsedat.

Tru râse în timp ce prelua scrisoarea. Hope nu căută alta, ci rămase privindu-l doar pe el.

– Nu te vei uita la mine cum citesc, nu-i aşa? întrebă el.

– Am o idee şi mai bună, zise ea. De ce nu o citeşti cu voce tare?

Propunerea îl luă prin surprindere, dar luă scrisoarea, simţindu-i mâna atingând-o uşor pe a lui. Se gândi la cât de relaxaţi se simţeau deja unul în prezenţa celuilalt şi cât de uşor ar fi fost să te îndrăgosteşti de o persoană ca ea. Şi că poate, doar poate, se îndrăgostea deja de ea şi nu putea să facă nimic ca să împiedice asta.

În liniştea din jur, o simţi apropiindu-se. Îi simţea mirosul părului, mirosul curat şi dulce, proaspăt ca florile, şi îşi reprimă dorinţa de a o cuprinde cu braţul. Respiră adânc şi, coborând privirea, începu să citească scrisul tremurat.

Dragă Lena,

Nisipul din clepsidră a căzut fără milă de-a lungul întregii mele vieţi, dar încerc să îmi amintesc de anii binecuvântaţi pe care i-am petrecut alături de tine – mai ales acum, când mă înec în vârtejuri de tristeţe şi pierzanie.

Mă întreb cine sunt fără tine. Chiar și când eram bătrân și obosit, tu mă ajutai să înfrunt zilele. Uneori simțeam că îmi poți citi gândurile. Păreai să știi mereu ce voiam și ce îmi trebuia. Deși am avut încercările noastre în anumite clipe, pot privi înapoi la mai mult de jumătate de secol pe care l-am traversat împreună și pot spune că am fost unul dintre oamenii norocoși. M-ai inspirat și m-ai fascinat, iar eu mergeam prin lume puțin mai mândru de mine doar pentru că te aveam alături. De fiecare dată când te-am ținut în brațe, am simțit că nu îmi mai trebuie nimic altceva. Aș da orice ca să te mai pot ține măcar o dată.

Vreau să îți miros părul și să stau la masă alături de tine. Vreau să te privesc cum gătești acel pui prăjit care mereu îmi lăsa gura apă, mâncarea pe care doctorul m-a avertizat să nu o mănânc. Vreau să te văd cum îmbraci puloverul albastru pe care ți l-am dat de ziua ta, cel pe care îl purtai de obicei seara, când te așezai lângă mine în camera noastră de zi. Vreau să stăm cu copiii și nepoții noștri, și cu Emma, singura noastră strănepoată. „Cum se poate să fiu atât de bătrân?" mă întreb când o îmbrățișez și caut să te ascult cum mă tachinezi în privința asta, dar nu îți aud vocea niciodată. Și mereu mi se rupe inima.

Nu sunt bun la astfel de lucruri. La a-mi petrece zilele singur. Mi-e dor de zâmbetul tău atotștiutor și mi-e dor de sunetul vocii tale. Uneori îmi imaginez că încă te aud strigându-mă din grădină, dar când mă duc la fereastră nu sunt decât cardinalii, păsările pentru care m-ai pus să pun recipientul de grăunțe.

Îl umplu mereu pentru tine. Știu că ai vrea să fac asta. Mereu îți plăcea să privești păsările acelea. Nu înțelegeam niciodată de ce, până când bărbatul de la magazinul de animale mi-a menționat că păsările astea își aleg un partener pentru toată viața.

Nu știu dacă e adevărat, dar vreau să cred că este. Și când îi privesc, așa cum obișnuiai și tu să faci, mă gândesc că tu mereu ai fost cardinalul meu, iar eu am fost cardinalul tău. Mi-e foarte dor de tine.

Aniversare fericită!
Joe

Când termină, Tru continuă să contemple pagina, mai afectat de cuvinte decât ar fi vrut să admită. Ştia că Hope îl urmărea, şi când se întoarse spre ea, fu şocat de frumuseţea ei nestudiată.

– Scrisoarea aia, zise ea încet, e motivul pentru care vin la Kindred Spirit.

Împăturind pagina, Tru puse scrisoarea înapoi în plic şi o aşeză deasupra teancului mic de lângă el. Privind-o cum întindea mâna spre teancul de scrisori necitite, simţi că mesajele rămase aveau să fie dezamăgitoare, şi avu dreptate. Mai erau şi alte scrisori scrise din inimă, oneste, dar nici una nu atinsese o coardă sensibilă în acelaşi mod cum o făcuse scrisoarea lui Joe. Când se ridicară de pe bancă şi umplură cutia din nou, se întrebă cine era bătrânul: unde locuia, cu ce se ocupa, şi având în vedere vârsta lui avansată, cum de reuşise să ajungă pe porţiunea aceea izolată de plajă de pe o insulă aproape inaccesibilă.

Începură să meargă înapoi spre casă, făcând unele comentarii minore, dar rămânând liniştiţi şi mulţumiţi. Senzaţia de uşurare îl făcu pe Tru să se gândească din nou la Joe şi la Lena, la relaţia lor bazată pe alinare reciprocă, încredere şi o dorinţă nestinsă de a rămâne împreună. Se întreba dacă şi Hope se gândea la acelaşi lucru.

În faţa lor, Scottie mergea în zigzag de la dune la marginea apei şi înapoi. Norii continuau să se strângă, schimbându-şi forma în bătaia vântului şi, câteva minute mai târziu, începu să picure. Venise fluxul, aşa că trebuiau să urce pe dună ca să nu fie atinşi de valuri, dar Tru îşi dădu imediat seama că încercarea de a nu se uda era în zadar. Două fulgere fură urmate de două tunete, iar lumea se întunecă brusc. Picurii se transformară în ploaie, iar ploaia în ploaie torenţială.

Hope scoase un ţipăt ascuţit şi începu să fugă, dar se opri şi reveni la mersul normal când văzu că debarcaderul era încă departe. Se întoarse şi ridică mâinile în aer.

– Bănuiesc că m-am înşelat în privinţa timpului rămas până la venirea ploii, nu? strigă ea. Îmi pare rău!

– Nu-ţi face griji, răspunse el, mergând spre ea. Te udă, dar nu e aşa de rece.

– Nu doar te udă, zise ea. Te udă până la piele. Și a fost o aventură, nu-i așa?

În ploaia torențială, văzu o urmă de rimel pe obrazul ei, o urmă de imperfecțiune pe o femeie care, de altfel, îi păruse perfectă în orice alt mod. Se întrebă de ce apăruse ea în viața lui și cum de ajunsese să aibă sentimente atât de puternice ca acelea pe care deja le avea. Toate gândurile lui se concentrau asupra ei. Nu reflectă asupra vieții lui în Zimbabwe sau a motivului pentru care venise în Carolina de Nord; în loc de asta, se minună în fața frumuseții ei și retrăi timpul pe care îl petrecuseră împreună, o întreagă panoramă de imagini vii. Era un val de senzații și emoții, și simți deodată că fiecare pas pe care îl făcuse în viața lui era parte dintr-un drum care ducea la ea, ca și cum ea era destinația lui finală.

Hope părea înghețată în spațiu. Tru presupunea că știe la ce se gândea el, și se întreba dacă și ea simțea același lucru. Nu putea să-și dea seama, dar nu se mișcă nici atunci când el se apropie de ea și îi puse mâna pe șold.

Stătură așa mult timp, transferându-și energia unul celuilalt prin acea unică, simplă, atingere. El se uită fix la ea, ea îl privi fix la rândul ei, iar momentul păru să dureze o eternitate, până se apropie încet, și mai tare. Își înclină capul, își apropie fața de a ei, înainte ca Hope să-i așeze mâna blând pe piept.

– Tru... șopti ea.

Vocea ei fu de-ajuns să îl oprească din a înainta. Știa că trebuia să dea înapoi, să lase spațiu între ei, dar nu avea putere să se miște.

Nici ea nu se mișcă. Se priviră unul pe celălalt în ploaia torențială, iar Tru simți cum vechile instincte ieșeau la suprafață, instincte pe care nu le putea controla. Cu o claritate renăscută, înțelese că se îndrăgostise – și probabil chiar așteptase o persoană ca asta toată viața.

*

Hope îl fixa pe Tru cu privirea, iar o mie de gânduri îi treceau prin minte când încerca să ignore forța subtilă din mâna cu care o ținea. Încercă să ignore pasiunea și dorința pe care le simțea în atingerea lui. O parte din ea ştia că vrea să o sărute, deşi o altă parte, partea mai puternică, o avertiza să nu facă asta, şi astfel puse o mână între ei.

Nu era pregătită pentru asta...

Într-un final, ezitând, îi ocoli privirea, remarcându-i atât dezamăgirea, cât şi resemnarea. Când, în final, Tru se îndepărtă, Hope simţi că putea să respire din nou, deşi încă îi ţinea mâna pe şold.

– Ar trebui să ne întoarcem, şuşoti ea.

El consimţi şi, când îi luă mâna de pe şold, vru să o prindă şi să o strângă într-a ei. El se roti exact în acel moment, iar degetele lor se întrepătrunseră, ca într-o coregrafie. Fără să-şi dea seama, mergeau unul lângă altul, ţinându-se de mână.

Senzaţia era năucitoare, deşi ştia că a te ţine de mână nu era nimic în comparaţie cu adevăratele gesturi. Îşi aminti vag cum făcea asta cu Tony, băiatul pe care îl sărutase o dată în casa de pe plajă, când merseseră la film în ziua următoare. Pe atunci, acest gest simplu îi păruse un semn de maturitate, ca şi cum în cele din urmă se maturizase; dar aici şi acum, îi păru a fi unul dintre cele mai intime lucruri care i se întâmplaseră vreodată. Atingerea lui aducea cu sine posibilitatea unei intimităţi mai mari, mai târziu, şi se concentră pe Scottie pentru a evita să gândească prea profund.

La un moment dat, trecură pe lângă Clancy's şi apoi pe lângă debarcader; la scurt timp, ajunseră la treptele casei. Abia când se opriră complet Tru îi lăsă mâna dintr-a lui. Privindu-l, ştiu că nu era pregătită să încheie timpul petrecut alături de el.

– Ai vrea să luăm cina împreună? În căsuţa alor mei? Am luat nişte peşte proaspăt deunăzi de la piaţă.

– Da, zise el. Foarte mult.

Momente de adevăr

În clipa în care ea deschise ușa, Scottie se năpusti înăuntru, apoi se opri brusc și începu să se scuture cu putere, stropind totul în jur cu picături mici de apă. Hope se repezi să aducă un prosop, dar, până să ajungă la el, Scottie se scutură iarăși. Ea se strâmbă. După ce se va usca, va trebui să șteargă bine mobila și pereții. O baie însă, înainte de toate.

Planificaseră să se întâlnească într-o oră și jumătate, așa că avea timp berechet. Dădu drumul la apă în cadă, își scoase de pe ea hainele ude și le aruncă în uscător. Când se întoarse în baie, cada era pe jumătate plină și mai adăugă în apă niște spumant de baie. Dându-și seama că îi lipsea ceva, își înfășură un prosop în jurul corpului, se duse în bucătărie și își turnă un pahar de vin din sticla pe care o deschisese cu o zi înainte. Mergând înapoi spre baie, luă niște lumânări și o cutie de chibrituri din dulap.

Aprinse lumânările înainte să se strecoare în apa fierbinte și plină de spumă și sorbi o gură de vin. Lăsându-și capul pe spate, se gândi că de data aceasta experiența părea diferită față de cea de cu o zi înainte, era cumva mai luxoasă. Relaxându-se, rememoră momentul de pe plajă în care Tru aproape că o sărutase. Chiar dacă îl oprise în cele din urmă, fusese ceva ca într-un vis, iar acum voia să retrăiască clipa aceea. Nu era vorba doar de faptul că se simțise din nou atrăgătoare; era ceva fermecător și firesc în legătura ei cu Tru, ceva aproape paşnic. Până să-l întâlnească pe el, nu-şi dăduse seama cât de mult tânjise după exact aşa ceva.

Ceea ce nu ştia era dacă acel sentiment era unul nou sau fusese îngropat în subconştientul ei în tot acest răstimp, rătăcit printre griji şi frustrări şi stările de furie faţă de Josh. Tot ceea ce ştia cu siguranţă era că tumultul emoţional al ultimelor luni o lăsase cu prea puţină energie pentru a se mai îngriji şi de ea. Momentele de linişte sau de simplă relaxare erau rare în ultima vreme şi era trist să realizeze că nici măcar nu se entuziasma la gândul revederii prietenilor ei, la sfârşitul săptămânii. Scânteia se stinsese pe undeva.

Timpul petrecut cu Tru o făcuse să-şi dea seama că nu mai voia să fie persoana în care tocmai se transformase. Voia să fie acea persoană pe care şi-o amintea - cineva care iubea viaţa, entuziasmându-se atât de lucrurile obişnuite, cât şi de cele extraordinare. Nu în viitor, ci începând chiar de-acum.

Folosi aparatul de ras pe picioare şi mai rămase în apă o vreme, până când aceasta începu să se răcească. După ce se şterse, luă loţiunea de pe poliţă. O întinse bine pe picioare, pe sâni şi pe abdomen, bucurându-se de senzaţia de catifelare a pielii ce revenea la viaţă.

Îşi scoase din dulap rochia nouă de vară, o îmbrăcă şi îşi puse o pereche de sandale. Se gândise dacă să-şi pună şi sutien, dar hotărî că nu era nevoie. Simţindu-se aventuroasă, dar nedorind să se gândească ce ar fi putut însemna asta mai târziu, nu mai scoase din dulap nici lenjerie intimă.

Îşi uscă şi aranjă părul, încercând să-şi amintească exact cum o făcea Claire. Când se declară mulţumită, începu să se machieze. Ca fard de ochi alese un praf bleu-turcoaz, sperând că acesta îi va accentua culoarea ochilor. Îşi aplică vreo câteva picături de parfum şi îşi alese nişte cercei lungi de cristal, pe care Robin i-i dăduse de ziua ei.

Se duse apoi în faţa oglinzii. Îşi reglă bretelele rochiei şi îşi aranjă coafura până când se declară mulţumită. Se mai întâmpla uneori ca propria-i înfăţişare să nu o satisfacă, dar în seara aceasta nu putea fi decât mulţumită de felul în care arăta.

Duse înapoi în bucătărie ce mai rămăsese din vinul din pahar. Dincolo de ferestre, întunericul cuprindea lumea. În loc să înceapă pregătirile pentru cină, șterse pe jos cu un mop murdăria pe care o făcuse Scottie la intrare și făcu rapid puțină ordine în camera de zi, aranjând pernele și punând la loc pe raft romanul pe care începuse să-l citească. Aprinse niște veioze în sufragerie și reduse lumina pentru a obține ambianța cea mai bună. Porni radioul și roti selectorul până când găsi un post care transmitea jazz clasic. Perfect.

Deschise încă o sticlă de vin în bucătărie, dar o puse în frigider să se răcească. Scoase niște dovleac galben, zucchini și ceapă, le puse pe blat și le tăie cubulețe înainte de a le da deoparte. Urmă apoi salata - roșii, castraveți, morcov, salată Romaine, pe care abia ce apucă să le arunce într-un bol de lemn când auzi o bătaie în ușă.

Sunetul îi trezi fluturi în stomac.

- Intră, strigă, îndreptându-se spre chiuvetă. E deschis.

Sunetul ploii se auzi mai tare când ușa se deschise, apoi se liniști iar.

- Mai lasă-mă un minut, te rog.

- Nu te grăbi, răsună vocea lui din antreu.

Hope se clăti și se șterse pe mâini, apoi scoase vinul. În timp ce îl turna în pahare, îi veni în minte că probabil ar fi o idee bună să pună alături și o gustare. Nu avea cine știe ce prin dulapuri, dar găsi în frigider niște măsline Kalamata. Suficient. Aruncă o mână într-un bol de ceramică pe care îl așeză pe masa din sufragerie. Apoi, după ce aprinse lumina de deasupra aragazului, o stinse pe cea din plafon și luă paharele. Trase adânc aer în piept înainte să dea colțul către camera de zi.

El se așezase pe vine ca să-l dezmierde pe Scottie, cu spatele la ea. Purta o cămașă albastră cu mâneci lungi, iar ea observă cum blugii îi stăteau întinși pe coapse și pe posterior. Rămase nemișcată, fără să se poată abține de la a se uita îndelung la el. Era probabil cea mai sexy persoană pe care o văzuse.

Probabil că o auzise, căci se ridică și se întoarse, zâmbind involuntar înainte de a o fi zărit. O sorbea din priviri, cu ochii mari și cu gura întredeschisă. Părea imobilizat, încercând din greu să-și găsească cuvintele:

– Ești de nedescris... de frumoasă, reuși într-un final să șoptească. Pe cuvânt.

Era îndrăgostit de ea. Își dădu seama de asta cu o forță neașteptată. Împotrivindu-se propriilor sentimente, Hope se lăsă cuprinsă de căldura senzației, fiind oarecum convinsă de faptul că ei doi se îndreptaseră spre asta încă de la început. Și, mai mult, știa acum că își dorise ca asta să se întâmple, pentru că își dădea seama că și ea îl iubea, fără îndoială.

Când Tru își coborî în sfârșit privirea, Hope se apropie de el și îi întinse paharul de vin.

– Mulțumesc, spuse el, măsurând-o din nou cu privirea. Mi-aș fi pus și eu un sacou, dacă aș fi știut. Și dacă aș fi avut unul în bagaj.

– Arăți minunat, răspunse ea, știind sigur că nu și-ar fi dorit ca el să se fi îmbrăcat altfel. E alt vin față de cel de ieri-seară, sper să-ți placă.

– Nu sunt foarte pretențios, zise el, sunt sigur că e bun.

– Încă nu m-am apucat de gătit, nu eram sigură dacă vrei să mănânci.

– Cum vrei tu.

– Am scos niște măsline, dacă vrei să ciugulești ceva.

– Sigur.

– Sunt pe masa din sufragerie.

Știa că ocoleau subiectul, dar cu tot tumultul de emoții care o copleșeau, era tot ce putea face ca să nu verse vinul. Inspiră adânc și o luă către sufragerie. Dincolo de fereastră, cerul scânteia la orizont de parcă în adâncurile lui s-ar fi ascuns razele unui reflector.

Ea trase un scaun și se așeză. La fel făcu și Tru, stând amândoi cu fața la fereastră. Își simți gâtul uscat când luă o gură de vin, gândindu-se că gesturile și acțiunile lor se oglindeau instinctiv unele pe altele. Când Tru își puse paharul pe masă, degetele lui rămaseră lipite de piciorul acestuia. Hope își dădu seama că și el era la fel de emoționat ca și ea, lucru care, în mod bizar, o liniștea.

– Mă bucur că ai venit cu mine astăzi.

– Și eu, răspunse el.

– Mă bucur și că ești aici.

– Unde altundeva aș putea fi?

Telefonul începu să sune.

Receptorul era pe perete, lângă Tru, dar continuară să se privească timp de câteva apeluri. Abia când sună a doua oară, Hope se întoarse în direcția sunetului. Pe de-o parte, ar fi lăsat robotul să preia apelul, dar apoi se gândi la părinții ei. Ridicându-se, trecu pe lângă Tru și ridică receptorul.

– Bună, i-a spus Josh. Eu sunt.

Simți cum i se strânge stomacul. Nu voia deloc să vorbească cu el. Nu de față cu Tru, nu acum.

– Bună, îi răspunse ea încordată.

– Nu eram sigur că te găsesc, mă gândeam că poate ești plecată pe undeva.

Îl auzi cum îngâna cuvintele și își dădu seama că băuse.

– Sunt aici.

– M-am întors de la piscină pentru câteva minute. E foarte cald. Ce faci?

Tru stătea la masă nemișcat. Era atât de aproape...

Observând felul în care cămașa i se mula pe corp, își aminti senzația mușchilor pe sub material, senzația mâinii lui pe șoldurile ei.

– Sunt bine, răspunse ea încercând să pară dezinvoltă. Tu?

– Excelent! Am câștigat niște bani aseară la Blackjack.

– Mă bucur pentru tine.

– Cum e casa? Vreme bună la plajă?

– Acum plouă și se pare că așa va fi tot weekendul.

– Bănuiesc că Ellen e supărată, nu?

– Da, zise Hope, și pentru câteva clipe se lăsă o tăcere stânjenitoare de ambele părți.

– Sigur ești în regulă? întrebă el.

Aproape că îi putea zări încruntarea.

– Ești foarte tăcută.

– Ți-am spus că sunt bine.

– Pari tot supărată pe mine.

– Tu ce crezi?

Lupta să-şi țină iritarea sub control.

– Nu ți se pare că exagerezi?

– Nu vreau să vorbesc despre asta la telefon, răspunse ea.

– De ce nu?

– Pentru că e ceva ce trebuie să facem față în față.

– Nu ştiu de ce te porți aşa, spuse el.

– Atunci probabil că nu mă cunoşti deloc.

– Ei, haide, nu fi aşa de melodramatică!

Auzi cuburile de gheață ciocnindu-se unul de altul, în timp ce lua o înghițitură.

– Trebuie să închid, spuse ea, terminând discuția. Pa.

Atârnând receptorul în furcă, îl auzea încă pe Josh cum continua să trăncănească.

Rămase uitându-se la telefon câteva clipe, înainte să-şi lase mâna să-i cadă.

– Îmi cer scuze, îi spuse lui Tru cu un oftat. Probabil că nici n-ar fi trebuit să răspund.

– Vrei să vorbeşti despre asta?

– Nu.

La radio se termina o melodie şi începea alta. Muzica era tânguitoare şi neliniştitoare. Îl privi pe Tru cum se ridică de la masă. Era atât de aproape! Simți cum se lipeşte cu spatele de perete când el o țintui cu privirea, pe care ea i-o susținu fără să ezite. El se apropie şi mai mult.

Ştia ce urma să se întâmple. Nu era nevoie de cuvinte. Se gândi din nou că poate nimic din toate acestea nu era adevărat, dar atunci când corpul lui se lipi de al ei, senzația i se păru mai reală decât tot ce cunoscuse până atunci.

Putea încă să oprească totul. Poate că trebuia s-o facă. În câteva zile, el avea să se afle de partea cealaltă a lumii şi orice legătură fizică sau emoțională dintre ei era sortită pieirii. El avea să sufere şi ea avea să sufere, şi totuşi...

Nu se putea opri. N-o mai putea face.

Ploaia izbea în geamuri, iar pe cerul înnorat apăreau întruna scântei. Tru îşi strecură mâna la spatele ei, nescăpând-o din priviri. Degetele lui mari se mișcau circular, iar materialul rochiei ei era suficient de subțire și de ușor pentru ca ea să simtă totul ca și cum n-ar fi purtat nimic. Se întrebă dacă el și-o fi dat seama că nu-și pusese lenjerie intimă și simți cum se umezește toată.

O trase ferm lângă el, impregnând-o de căldura corpului lui. Lăsând să-i scape un suspin, ea își puse mâinile în jurul gâtului lui. Se auzea muzica, iar ei începură să se învârtă ușor în timp ce corpul lui se legăna abia simțit. Atunci îi zâmbi, de parcă ar fi invitat-o în lumea lui și ultima ei redută începu să se prăbușească. Știa că își dorea asta. Se înfioră simțindu-i răsuflarea pe gâtul ei.

Îi sărută tandru lobii urechilor și obrajii, lăsând în urmă dâre umede, iar când buzele lui le întâlniră într-un final pe ale ei, îl simți cum se abține, de parcă i-ar fi dat o ultimă șansă să oprească totul. Faptul că își dădea seama de asta era palpitant, aproape eliberator, iar când el își îngropă mâinile în părul ei, ea își întredeschise buzele. Se auzi un geamăt slab pe care aproape nu-l recunoscu ca fiind al ei, atunci când limbile li se întâlniră. El își trecu mâinile peste spatele, peste brațele și peste abdomenul ei, lăsându-i în urmă o senzație ca aceea a unei succesiuni de mici șocuri electrice. Când parcurse cu degetul linia de sub sânii ei, sfârcurile i se întăriră.

Își simțea corpul una cu al lui. Îi atinse obrazul cu o mână și își trecu vârfurile degetelor peste barba lui nerasă, în timp ce el începu s-o sărute din nou pe gât. Cu cealaltă mână, îl mângâia pe piept. În cele din urmă, îl luă de mână și îl conduse în dormitor.

În oglinda din cameră, îl vedea cum o urmărește căutând chibriturile și lumânările, pe care le aprinse, așezând una pe măsuța de lângă canapea și una pe birou. Lumina slabă făcea ca umbrele să danseze pe pereți, iar când Hope se întoarse, ochii li se întâlniră și nu mai fură în stare decât să se soarbă din priviri.

Îi simți dorința, dar se opri câteva clipe să o absoarbă, înainte de a face un pas către el. La fel făcu și el, lumea dintre ei se comprimă, iar când se sărutară, Hope savură căldura și moliciunea limbii lui. Îi scoase cămașa din pantaloni, îi descheie nasturii unul câte unul, iar când i-o desfăcu de tot, își trecu unghiile peste abdomenul şi şoldurile lui. Corpul lui era tonifiat, dar mlădios, cu muşchii abdominali clar conturaţi. Îi trase cămaşa peste umeri, lăsând-o să cadă pe podea.

Gura ei îi căută gâtul, pe care îl muşcă tandru înainte să-i găsească cureaua. O deschise, apoi îi descheie nasturele de la pantaloni. Când început să-i desfacă fermoarul, simţi cum mâna lui îi ajunsese la sâni. Îi trase în jos pantalonii, iar Tru se dădu un pas în spate. Îşi desfăcu şireturile ghetelor, pe care le scoase din picioare, alături de şosete. Urmară blugii şi, în cele din urmă, boxerii.

Stătea dezbrăcat în faţa ei, cu un corp perfect, ca o statuie antică sculptată în marmură. Hope îşi puse un picior pe pat, apoi pe celălalt, dându-şi jos sandalele cu o încetineală ispititoare. Tru veni lângă ea din nou şi o luă în braţe. Limba lui îi atinse lobul urechii în timp ce cu mâna îi căuta breteaua rochiei. I-o trase peste umăr şi făcu la fel cu cealaltă. Rochia căzu la picioarele ei, iar trupurile lor goale se întâlniră. Cu pielea lui fierbinte lipită de a ei, îi trecu degetele de-a lungul spatelui. Hope expiră, în timp ce mâna lui se ducea tot mai jos şi, cu o singură mişcare, el o ridică şi o duse spre pat, sărutând-o.

Se întinse şi el în pat, mângâindu-i şi sărutându-i sânii şi abdomenul. Ea îl muşca uşor de buza de jos, în timp ce degetele i se înfigeau în spatele lui. Se simţea frumoasă în lumina lumânărilor, se simţea dorită în braţele lui. El îşi trecu încet limba printre sânii ei şi peste abdomen, înainte de a se întoarce iarăşi sus. Următoarea dată gura lui merse şi mai jos, iar ea îşi încleştă mâinile în părul lui în timp ce limba lui o tachina şi o înfierbânta. Continuă aşa până când ea nu mai putu suporta şi îl trase înapoi, agăţându-se de el, ţinându-l cât mai strâns.

Se aşeză peste ea, radiind căldură şi, căutându-i mâna, îi sărută degetele unul câte unul, apoi obrajii şi nasul şi iarăşi gura, iar când în cele din urmă o pătrunse, ea se arcui şi gemu, ştiind că îl dorea mai mult decât dorise vreodată un bărbat.

Se mişcau împreună, conectaţi în totalitate la dorinţele celuilalt, fiecare încercând să-l satisfacă pe celălalt, iar ea îşi simţea corpul tremurând de o tensiune presantă. Ţipă când valul imens de plăcere o inundă, dar nici nu se stinse bine senzația că începu să crească din nou. Ajunse la orgasm iar și iar, într-o suită de plăceri fără număr, iar când într-un final termină și el, Hope era epuizată, cu trupul plin de sudoare. Respira din greu în brațele lui. Dar nici atunci mâinile lui nu se opriră din a aluneca pe pielea ei, iar ea se lăsă purtată pe valul de senzații pe care le împărtășiseră, în vreme ce lumânările se făceau tot mai mici.

Făcură din nou dragoste mai târziu, de data aceasta mai încet, dar cu aceeași intensitate. Juisă chiar mai puternic decât înainte, tremurând de epuizare înainte de a termina. Era sfârșită, dar în vreme ce furtuna de afară continua să vuiască, simți cum dorința o umple din nou. Se gândi că nu se mai poate și a treia oară, dar se putu și, doar după ce atinse din nou orgasmul reuși să se cufunde într-un somn fără vise.

*

Dimineață, când Hope se trezi, o lumină cenușie se strecura prin geam, iar din bucătărie se simțea aromă de cafea. Luă un halat din baie și porni cu pași mici pe hol, cu o senzație puternică de foame în stomac. Abia atunci își dădu seama că nu mâncaseră cu o seară înainte.

Tru stătea la masă, iar ea văzu că pregătise deja ouă scrob și felii de fructe. Purta aceleași haine cu care fusese îmbrăcat în seara dinainte. Când o zări, se ridică de la masă și o luă în brațe.

– Bună dimineața, îi spuse.

– Și ție, răspunse ea. Dar să nu mă săruți, încă nu m-am spălat pe dinți.

– Sper că nu te deranjează că am făcut micul dejun.

– E perfect, îi răspunse ea, admirând fața de masă. De cât timp ești treaz?

– De câteva ore.

– N-ai dormit?

– Am dormit destul, ridică el din umeri. Și am reușit să-mi dau seama cum funcționează aparatul tău de cafea. Vrei să-ți torn într-o ceașcă?

– Cu siguranță, răspunse ea.

Îl sărută și se așeză, înainte de a-și pune niște ouă și câteva felii de fructe pe farfurie. Observă că ploaia se oprise afară, dar, dacă era să se ia după cum arăta cerul, avea să fie doar un scurt răgaz înainte să înceapă iar.

Tru îi aduse cana și i-o puse alături.

– Ai lapte și zahăr pe masă, îi spuse.

– Sunt impresionată de cum le-ai găsit pe toate.

– Și eu, îi răspunse el, așezându-se lângă ea.

Hope se gândea la cât de mult îl plăcea și cât de natural fusese deja totul în acea dimineață.

– Și ce-ai mai făcut, în afară de micul dejun?

– M-am dus până alături și am adus niște prosoape. Și încă niște lucruri.

– Pentru ce ai avut nevoie de prosoape?

– Am vrut să șterg scaunele de pe terasă, îi răspunse el.

– Dar se vor uda din nou.

– Știu, spuse el, dar sper că voi avea un pic de timp înainte să se întâmple asta.

Întinzându-se după cafea, Hope îl măsură cu privirea.

– Ești foarte secretos. Ce se întâmplă?

El o luă de mână și îi sărută dosul palmei.

– Te iubesc, îi spuse simplu.

Auzind cuvintele spuse cu voce tare, Hope simți cum o cuprinde amețeala și înțelese că și ea simțea același lucru pentru el.

– Și eu te iubesc, îi murmură.

– Atunci, faci ceva pentru mine?

– Orice.

– După ce mâncăm, vrei să stai un pic afară? Pentru mine?

– De ce?

– Vreau să te desenez, răspunse el.

Surprinsă, Hope încuviință din cap.

După micul dejun, ieși afară, iar Tru potrivi scaunul. Ea se așeză, având un straniu sentiment al conștiinței de sine și ținând cana strâns cu ambele mâini.

- Vrei să pun asta jos? întrebă ea, arătând cu capul spre ceașcă.

- Nu contează.

- Cum vrei să pozez?

Tru își deschise caietul de schițe.

- Fii tu însăți și încearcă să nu mă bagi în seamă.

Nu era ușor. Nimeni n-o mai desenase vreodată. Își puse un picior peste celălalt, apoi încercă din nou, cu celălalt picior. Dar cu cafeaua ce să facă? Se gândi să o pună alături, dar în loc de asta, luă o înghițitură. Se aplecă înainte, apoi încercă să se lase pe spate. Se întoarse către casă, unde era Tru, apoi spre ocean, apoi iarăși către Tru. Nimic nu părea bine, dar observă că el o fixa cu privirea, într-o concentrare mută.

- Cum să mă prefac că nu ești aici când te uiți așa la mine?

- Nu știu, râse el. N-am fost niciodată de partea cealaltă.

- Ești de mare ajutor, îl tachină Hope, îndoindu-și un picior sub ea în încercarea de a se simți confortabil.

„E mai bine", își spuse.

Din fericire, Scottie îi urmase afară, așa că decise să se concentreze pe el, așa cum stătea încolăcit sub fereastra bucătăriei.

Tru se cufundase în tăcere și îl văzu apucând creionul. Ochii îi scânteiau, trecând de la ea la hârtie și înapoi, iar Hope îi observă mișcarea hotărâtă a mâinii în timp ce trasa linii și umbre cu o ușurință exersată. Din când în când, mijea ochii sau încrunta din sprâncene, iar ea vedea că nu era conștient de asta. Cumva, acea străfulgerare a goliciunii dincolo de fizionomia sigură de sine o făcea să-l dorească și mai mult.

Când norii începură să întunece cerul din nou, amândoi știură că era timpul să se oprească.

- Vrei să-l vezi? Nu e gata, dar e suficient ca să-ți faci o idee.

- Poate după ce fac duș, ezită ea.

Tru strânse planșele și creioanele și, oprindu-se chiar în cadrul ușii, o sărută tandru. O trase aproape, iar ea se sprijini de el, inspirându-i parfumul și minunându-se din nou de forțele misterioase care-i aduseseră împreună.

Împreună

După duş, Hope se aşeză lângă Tru pe canapea, iar el îi arătă desenele pe care i le făcuse, precum şi altele pe care le avea în caietul de schiţe. Le admiră îndelung. Mai târziu, când ploaia se mai linişti, se aventurară să ia prânzul la o cafenea de pe plaja Ocean Isle, în vreme ce furtuna revenea sălbatică dincolo de ferestre.

Când ea se văzu nevoită să-şi înceapă pregătirile pentru repetiţia cinei festive, Tru se aşeză pe marginea patului, privind fix în direcţia ei. Întotdeauna găsise că e foarte senzual să urmărească o femeie cum se machiază şi simţea că şi ei îi plăcea să-l aibă drept privitor.

Când veni vremea ca ea să plece, se sărutară îndelung la uşă. O strânse în braţe cu putere, lipindu-i corpul de al lui. Rămase în picioare pe verandă, făcându-i cu mâna în vreme ce ea se îndepărta. Îl rugase să-l scoată pe Scottie afară mai târziu şi-i spusese că era bine-venit să stea la cabană dacă voia.

Trase o fugă până alături să ia carne pentru friptură şi nişte garnitură şi pregăti mâncarea în bucătăria lui Hope. În timp ce mânca, încerca să şi-o imagineze în mijlocul prietenilor ei, întrebându-se dacă ei vor putea citi pe faţa ei tot ceea ce se întâmplase în ultimele zile.

Mai petrecu o vreme adăugând detalii desenului pe care i-l făcuse şi se opri doar atunci când se simţi satisfăcut pe deplin. Încă nu era pregătit să lase jos creionul, aşa că începu un nou desen, cu ei doi din profil, uitându-se unul la altul, pe plajă. Nu era nevoie ca ea să fie prezentă pentru asta. Era suficient să-și imagineze scena și totul merse foarte repede. Trecuseră deja ceasuri bune până se hotărî să meargă la culcare, iar absența lui Hope îl durea ca o rană.

Ea se întoarse la cabană pe la miezul nopții. Făcură dragoste, dar era încă epuizată după noaptea trecută și, curând după ce terminară, o auzi respirând profund, căci adormise în brațele lui. Lui Tru îi era greu să adoarmă. Timpul pe care-l petreceau împreună aici urma să se încheie curând, dar el știa că ea era femeia cu care voia să-și împartă tot restul vieții.

Stătea cu ochii în tavan, încercând disperat să împace aceste două realități.

*

Dimineață, Tru se arătă mai tăcut decât de obicei. În loc să-i vorbească, o ținu în brațe mult timp în pat, iar ea își simți întreaga ființă rezonând cu profunzimea sentimentelor pentru el.

Îi era însă teamă, în același fel în care bănuia că îi era și lui. Tot ce își dorea era ca toate acestea, ultimele lor zile împreună, să dureze pentru totdeauna, în vreme ce timpul putea să se oprească în loc pentru orice altceva. Dar ceasul părea să ticăie tot mai tare cu fiecare minut care trecea.

Încă mai ploua ușor când se ridicară din pat, dar se hotărâră să facă totuși o plimbare pe plajă. Hope găsi niște pelerine în dulap și îl scoaseră afară pe Scottie. Se ținură de mână cât timp se plimbară și, fără să se fi înțeles dinainte, se opriră în locul în care se întâlniseră prima oară. El o sărută, iar când ea se trase înapoi, îi luă mâinile într-ale lui.

– Cred că am vrut ca toate acestea să se întâmple din momentul în care te-am întâlnit.

– Ce anume? Să facem dragoste sau să te îndrăgostești?

– Ambele, recunoscu el. Când ți-ai dat seama?

– Cred că am știut că vom face dragoste când am băut vin pe verandă după cină. N-am știut că mă voi îndrăgosti de tine până în seara în care ai venit la cină, îi spuse ea strângându-l de mână. Îmi pare rău că m-am ferit când ai încercat să mă săruți prima oară.

– Să nu-ți pară.

O luară înapoi, oprindu-se la casa unde stătea Tru. Robotul telefonului înregistrase un mesaj de la tatăl lui, care îi spunea că speră să ajungă între două și trei. Ceea ce se potrivea de minune, se gândi Hope. Cam pe-atunci urma și ea să plece la nuntă. Chiar dacă ceremonia începea la șase, trebuia să fie acolo mai devreme pentru fotografii.

Tru îi arătă repede casa, în timp ce Scottie porni de unul singur în explorare. Trebuia să admită că era aranjată cu mult mai mult bun-gust decât își imaginase. În ciuda prejudecăților pe care le avusese la început, se putea imagina acum închiriind locul cu prietenii ei pentru o săptămână și distrându-se de minune. Când ajunseră în baia principală, Hope făcu un gest către cada cu jacuzzi.

– Ce zici? îi propuse și imediat se dezbrăcară, aruncându-și hainele și pelerinele în uscător.

Odată scufundați în apă, își sprijini spatele de Tru, suspinând ușor în timp ce el trecea cu buretele peste sânii, abdomenul, brațele și picioarele ei.

Luară un prânz frugal în timp ce hainele li se uscau. Apoi, Hope își puse din nou pe ea lucrurile calde din uscător și stătură la masă vorbind până când se făcu vremea ca ea să se întoarcă la cabană și să se pregătească.

La fel ca în ziua precedentă, o privi din pat cum își aranja părul și cum se machia. Urmară rochia de domnișoară de onoare și pantofii, iar când termină, făcu o mică piruetă pentru el.

– E bine?

– Nemaipomenit, spuse el, sinceritatea fiindu-i accentuată de privirea admirativă. Mă tentează cumplit să te sărut, dar n-o s-o fac ca să nu-ți stric rujul.

– Îmi asum eu riscul, răspunse ea, aplecându-se să-l sărute. Dacă n-ar trebui să te întâlnești cu tatăl tău astăzi, te-aș invita să mi te alături.

– Ar trebui să-mi cumpăr un costum potrivit.

– Pun pariu că arăți extraordinar în costum, îl bătu ea cu palma pe piept și se așeză lângă el în pat. Ai emoții legate de întâlnirea cu tatăl tău?

– Nu neapărat.

– Și dacă nu-și mai aduce aminte mare lucru despre mama ta?

– Atunci probabil că întâlnirea noastră va fi foarte scurtă.

– Chiar nu te interesează cine e? Ce fel de om e? Unde a fost în toți acești ani?

– Nu în mod deosebit.

– Nu știu cum poți fi atât de detașat de toate acestea. Mi se pare că el și-ar dori un fel de relație cu tine. Chiar și una minoră.

– M-am gândit la asta, dar mă îndoiesc că e adevărat.

– Dar te-a chemat aici.

– Și totuși, încă nu ne-am întâlnit. Dacă și-ar fi dorit o relație, bănuiesc că ar fi venit mai devreme.

– Și atunci, de ce crezi că a vrut ca tu să vii aici?

– Cred, răspunse Tru într-un târziu, că vrea să-mi spună de ce a părăsit-o pe mama.

*

Câteva minute mai târziu, Tru o conduse pe Hope la mașină, ținând două umbrele ca să nu o ude ploaia.

– Știu că sună prostesc, dar cred că o să-mi fie dor de tine, spuse ea.

– Și mie, răspunse el.

– O să-mi spui ce s-a întâmplat cu tatăl tău?

– Sigur că da. Și cu siguranță îl voi scoate și pe Scottie la plimbare.

– Nu știu la ce oră mă întorc. S-ar putea să fie târziu. Poți să rămâi la cabană să mă aștepți. Nu o să mă supăr dacă adormi înainte să mă întorc.

– Să te distrezi!

– Mulțumesc, îi răspunse ea, strecurându-se la volan.

Deși îi făcu veselă cu mâna în timp ce ieșea cu mașina, Tru avu senzația unei presimțiri de rău augur când ea dispăru din raza lui vizuală, făcându-l să se întrebe de ce îl cuprinsese acest sentiment în primul rând.

Tatăl și fiul

Gândindu-se că probabil era cel mai bine să-l lase pe Scottie la cabană, Tru își strânse caietul cu schițe și creioanele și se întoarse acasă, așteptându-l pe tatăl lui.

Continuă să deseneze la schița cu el și Hope, iar treaba mergea repede. Curând, ajunse în punctul în care începea să se concentreze pe detaliile de finețe, un semnal inconștient că schița se apropia de final. Absorbit de ceea ce făcea, îi luă câteva clipe să-și dea seama că cineva bătea la ușă.

Tatăl lui.

Ridicându-se de la masă, traversă camera de zi. Se opri puțin când puse mâna pe clanță, pregătindu-se. Când deschise ușa, văzu pentru prima oară chipul tatălui său. Cu oarecare mirare, recunoscu câteva dintre trăsăturile sale în bătrânul care stătea în fața lui – aceiași ochi de un albastru-închis și aceleași gropițe în obraji. Părul tatălui său începuse să se rărească, iar ce-i mai rămăsese albise deja, păstrând doar câteva șuvițe cărunte. Stătea adus de spate, ușor palid și părea foarte fragil. Geaca pe care o purta părea să-l învăluie, de parcă ar fi fost cumpărată pentru cineva mult mai solid. Prin vuietul furtunii, Tru îi auzea totuși șuieratul astmatic.

– Bună, Tru, rosti el cu greu într-un final.

Într-o mână ținea o umbrelă, iar Tru observă o mică servietă pe verandă.

– Bună, Harry.

– Pot să intru?

– Sigur.

Tatăl să aplecă să ridice servieta și rămase înțepenit, icnind. Tru se întinse după ea.

– Pot s-o iau eu?

– Te rog, răspunse Harry. Cu cât îmbătrânesc, cu atât pare mai departe podeaua.

– Intră.

Tru îi luă servieta, iar tatăl lui intră după el, târșâindu-și picioarele în camera de zi, către fereastră. Tru îl urmă îndeaproape, privindu-l tot timpul cu coada ochiului.

– Strașnică furtună e aici, dar e și mai și în partea centrală. Mi-a luat o veșnicie să ajung, era plin de apă pe autostradă. Șoferul meu a fost nevoit să facă mai multe ocoluri.

Pentru că fusese un comentariu și nu neapărat o întrebare, Tru nu răspunse nimic. În loc de asta, îl studie pe tatăl său, gândindu-se cât de mult semăna acest gest cu ghicitul viitorului. „Așa o să arăt și eu dacă voi trăi la fel de mult ca el."

– Casa e în regulă?

– E mare, răspunse Tru, amintindu-și de cum o descrisese Hope prima oară. Dar, da, e o casă frumoasă.

– Am construit-o acum câțiva ani. Soția mea și-a dorit un loc la mare, dar n-am folosit-o aproape deloc. A tras aer în piept de două ori, cu un șuierat, înainte de a continua. Era destulă mâncare în frigider?

– Prea multă, răspunse Tru. Probabil că va rămâne când o să plec.

– Nu-i nici o problemă. O să rog firma de curățenie să se ocupe de asta. Mă bucur că a ajuns la timp. Uitasem de asta și mi-am amintit abia când erai deja în avion, dar nu prea mai aveam ce face. Eram la terapie intensivă și acolo n-ai voie cu telefoane, așa că am rugat-o pe fiica mea să se ocupe. A aranjat ea cu cel care deține proprietatea să primească livrarea.

Cuvintele continuau să i se rostogolească în minte chiar și după ce tatăl său termină de vorbit. Soție, terapie intensivă, fiică... Lui Tru îi venea greu să se concentreze. Hope avusese dreptate când prezisese că întâlnirea avea să pară puțin suprarealistă. Nu fu în stare să răspundă mare lucru.

- Aha.

- Aș vrea să-mi mai cer scuze și pentru că nu ți-am aranjat o mașină de la un centru de închirieri și am trimis un șofer să te preia. Probabil că ar fi fost mai bine pentru tine.

- Nu m-a deranjat. N-aș fi știut unde să merg. Ai spus mai devreme că ai fost la terapie intensivă?

- M-am externat din spital ieri. Copiii mei au încercat să mă convingă să nu mai vin, dar nu puteam rata șansa de a te întâlni.

—Vrei să stai jos? îl întrebă Tru.

- Cred că ar trebui.

Traversară camera până la masă, iar Harry păru că se prăbușește în scaun. În lumina cenușie ce venea de la fereastră, părea încă și mai epuizat decât atunci când sosise.

Tru se așeză lângă el.

- Pot să te întreb de ce ai fost la terapie intensivă?

- Cancer pulmonar. Stadiul IV.

- Nu știu prea multe despre cancer.

- E stadiul terminal, răspunse Harry. Doctorii mi-au mai dat câteva luni, poate mai puțin. Poate mai mult. Totul e în mâna Domnului, cred. Am aflat în primăvară.

La auzul acestor cuvinte, Tru simțit cum îl cuprinde tristețea, dar era acel fel de tristețe asociată cu aflarea unei vești proaste despre un străin, nu despre un membru al familiei.

- Îmi pare rău să aud asta.

- Îți sunt recunoscător, răspunse el și, în ciuda veștilor pe care i le dăduse, îi zâmbi. Nu am regrete. Am trăit o viață bună și, spre deosebire de mulți oameni, mi s-a oferit șansa de a spune „Adio". Sau, în cazul tău, „Salut".

Scoase o batistă din buzunarul hainei și tuși în ea. Când termină, inspiră de câteva ori cu greutate, ca un bolnav de pleurezie.

– Vreau să-ți mulțumesc că ai venit până aici, adăugă. Când ți-am trimis biletul, nu eram sigur că vei fi de acord să vii.

– La început nici n-am fost.

– Dar erai curios.

– Da, recunoscu Tru.

– Și eu, spuse el. De când am aflat că exiști. N-am știut despre tine până anul trecut.

– Și totuși, ți-a luat ceva până să mă întâlnești.

– Da.

– De ce?

– N-am vrut să-ți complic viața. Nici pe a mea.

Era un răspuns sincer, dar Tru nu știa ce să facă cu el.

– Cum ai aflat despre mine?

– E o poveste lungă, dar o să încerc s-o spun pe scurt. Frank Jessup, un bărbat pe care-l știu de multă vreme, s-a nimerit să treacă prin oraș. Nu-l mai văzusem de vreo patruzeci de ani, dar am ținut legătura din când în când. Felicitări de Crăciun, câte o scrisoare ocazional, dar nimic mai mult. În fine, când luam prânzul, a adus vorba despre mama ta și a menționat că umblau niște zvonuri cum că ar fi avut un fiu la mai puțin de un an după ce plecasem eu din țară. N-a spus că era al meu, dar cred că așa bănuia. După acea conversație, am început și eu să mă întreb, așa că am angajat un detectiv particular care s-a pus pe treabă. Ceea ce a durat mult. Încă sunt mulți cei cărora le este frică să vorbească despre bunicul tău, deși el nu mai e printre noi de mult, și amândoi știm că țara s-a dus naibii, așa că arhivele sunt incomplete. Dar ca să n-o mai lungim, tipul era bun și până la urmă am trimis pe cineva la locuința din Hwange. Ți-a făcut niște fotografii și, când le-am văzut, am știut imediat. Ai ochii mei, dar fizionomia ai luat-o de la mama ta.

Harry se întoarse spre fereastră, lăsând tăcerea să coboare peste ei. Tru se gândea la ceva ce tocmai spusese bătrânul.

– Ce-ai vrut să spui când ai zis că nu ai vrut să-mi complici viața? îl întrebă.

Trecură câteva momente bune până când bătrânul răspunse.

– Oamenii vorbesc despre adevăr de parcă ar fi soluția la toate problemele vieții. Am trăit pe pământ suficient de mult ca să știu că nu-i așa și că, uneori, adevărul poate face mai mult rău decât bine.

Tru nu spuse nimic. Știa că tatăl lui voia să ajungă undeva.

– La asta mă tot gândesc. De când am înțeles că vei accepta să vii, mă tot întreb cât de mult ar trebui să-ți spun. Sunt unele... lucruri din trecut care ar putea fi dureroase pentru tine și unele lucruri pe care, privind în urmă, s-ar putea să-ți dorești să nu ți le fi spus. Cred că depinde de tine. Vrei tot adevărul sau doar anumite părți din el? Adu-ți aminte doar că nu eu sunt cel care va supraviețui cu ceea ce știe în toți anii care vor veni. Regretele mele vor avea mult mai puțin de trăit. Din motive evidente.

Tru își împreună mâinile, gândindu-se la întrebare. Aluziile opace și modul atent de a construi fraza îl făcuseră curios, dar avertismentul îl făcea să se oprească. Cât de multe dorea cu adevărat să știe? În loc să răspundă imediat, se ridică de la masă.

– Mă duc să iau niște apă. Vrei un pahar?

– Aș bea un ceai fierbinte, dacă nu te deranjează.

– Deloc, răspunse Tru.

Găsi un ceainic într-unul dintre dulapuri, îl umplu cu apă și îl puse pe aragaz. Într-un alt dulăpior găsi pliculețele de ceai. Își umplu paharul cu apă, luă o gură, apoi îl umplu la loc. Nu dură mult până când apa începu să fiarbă, așa că pregăti o cană și o duse la masă. Se așeză din nou.

În tot acest timp, tatăl său nu spuse nimic. La fel ca Tru, nici bătrânul nu simțea nevoia să umple tăcerea cu conversații de complezență. Interesant.

– Te-ai hotărât? îl întrebă tatăl.

– Nu, îi răspunse Tru.

– E ceva ce vrei să știi?

„Vreau să știu despre mama“, se gândi el din nou. Dar stând alături de bătrân la masă, îi veni o cu totul altă întrebare.

– Povestește-mi despre tine mai întâi.

Tatăl se scărpină pe față, în locul unde avea o pată maronie de bătrânețe.

– În regulă, spuse el. M-am născut în 1914 în Colorado, într-un bordei, dacă poți să-ți imaginezi așa ceva. Am avut trei surori mai mari. În anii adolescenței mele a venit criza economică și vremurile au fost grele, dar mama era profesoară, așa că întotdeauna a pus accent pe educație. Am mers la Universitatea din Colorado și am obținut o diplomă. După aceea am intrat în armată. Cred că ți-am scris în scrisoare că am fost în Corpul Geniștilor, nu?

Tru încuviință din cap.

– La început, aproape toată munca mea era în Statele Unite, dar apoi a venit războiul. Am fost trimis în Africa de Nord, Italia și, în cele din urmă, în Europa. În primă fază era vorba mai ales de demolări, dar de prin a doua jumătate a lui 1944 și în primăvara lui 1945, am avut în special de construit poduri, conduși de Montgomery. Aliații înaintau rapid în Germania și dădeau de o grămadă de bariere acvatice, inclusiv Rinul. În fine, în timpul războiului m-am împrietenit cu un inginer din partea britanică. Crescuse în Rhodesia* și avea o grămadă de cunoștințe. El mi-a povestit despre minerit și minerale care abia așteaptă să fie scoase, așa că după război l-am urmat acolo. M-a ajutat să-mi găsesc o slujbă la mina Bushtick. Am lucrat acolo câțiva ani și așa am cunoscut-o pe mama ta.

Sorbi o înghițitură de ceai, dar Tru știa că în același timp se gândea cât de mult să-i spună.

– După aceea m-am întors în State. Am lucrat la Exxon și am cunoscut-o pe soția mea, Lucy, la o petrecere de Crăciun a companiei. Era sora unuia dintre directori și ne potriveam perfect. Am început să ieșim împreună, ne-am căsătorit, am avut copii. Am lucrat în multe alte țări de-a lungul anilor, unele mai sigure, altele nu chiar. Lucy și copiii ori veneau cu mine, ori stăteau în State cât timp eram eu plecat. Familia perfectă a firmei, ca să zic așa, ceea ce m-a ajutat mult în carieră. Am urcat pe scara ierarhică și am rămas la firmă până la pensie. Am ajuns vicepreședinte

* Colonia britanică Rhodesia de Sud, actualmente Zimbabwe

și am strâns o avere de-a lungul timpului. Ne-am mutat în Carolina de Nord cu unsprezece ani în urmă. Lucy a crescut aici și și-a dorit să se întoarcă acasă.

Tru îl privi atent, gândindu-se la noua familie - și viață - pe care tatăl său și-o construise după timpul petrecut în Africa.

– Câți copii ai?

– Trei. Doi băieți și o fată. Toți au trecut deja de treizeci de ani. Eu și soția mea vom sărbători patruzeci de ani de căsătorie în noiembrie. Asta dacă o duc până atunci.

Tru luă o înghițitură de apă.

– E ceva ce-ai vrea să știi despre mine?

– Cred că mi-am făcut o idee destul de clară despre tine. Detectivul mi-a dat toate detaliile.

– Deci știi că am un fiu. Nepotul tău.

– Da.

– Ai vrea să-l întâlnești?

– Da, răspunse el. Dar probabil că nu e o idee grozavă. Sunt un străin și sunt pe moarte. Nu văd la ce l-ar ajuta.

Tru se gândi că probabil avea dreptate. Dar...

– Și totuși, în ce mă privește ai simțit altceva. Aceeași realitate, dar ai ajuns la o concluzie diferită.

– Tu ești fiul meu.

Tru mai luă o înghițitură de apă.

– Povestește-mi despre mama, spuse el în cele din urmă.

Tatăl își coborî bărbia, iar cuvintele începură să curgă.

– Era frumoasă. Una dintre cele mai frumoase femei pe care le-am văzut vreodată. Era mult mai tânără decât mine, dar era... inteligentă și matură pentru vârsta ei. Putea vorbi pe îndelete despre poezie și artă, lucruri despre care eu nu știam nimic, cu pasiune și pricepere. Și avea cel mai frumos râs din lume, un râs din acelea care te atrag imediat. Cred că m-am îndrăgostit de ea din prima seară când am întâlnit-o. Era... extraordinară.

Își șterse gura cu batista din nou.

– Ne-am petrecut mare parte din anul următor împreună - ea era la universitate, iar mina avea un laborator acolo. Ne vedeam oricând puteam. Lucram mult, bineînțeles, dar ne făceam timp. Îmi aduc aminte că obișnuia să aibă la ea o carte cu poezii de Yeats și nu pot să-ți spun de câte ori ne-am citit acele poezii cu voce tare unul altuia.

Făcu o pauză, căci începuse să respire neregulat.

– Îi plăceau roșiile. Le mânca la fiecare masă pe care am luat-o împreună. Întotdeauna presărate cu un pic de zahăr. Adora fluturii și credea că Humphrey Bogart din *Casablanca* era cel mai sexy bărbat din câți văzuse ea vreodată. Începusem deja să fumez dinainte să mă înrolez în armată, dar după ce mi-a spus despre Bogart, am început să țin țigara în același fel în care o ținea el în film. Între arătător și degetul mare.

Își roti cana, părând pierdut în gânduri.

– Știi, eu am învățat-o să conducă. Îmi amintesc că mi s-a păruta ciudat că nu știe, mai ales fiindcă crescuse la o fermă. Iar în timp am început să mai simt și altceva în legătură cu ea. Dincolo de suprafață, așa inteligentă și matură cum părea, am observat o nesiguranță profundă, deși astea nu aveau nici un sens. Pentru mine, ea avea totul și era tot ce mi-aș fi dorit vreodată. Dar, cu cât reușeam s-o cunosc mai bine, cu atât îmi dădeam seama cât era de secretoasă. Multă vreme n-am știut nimic despre tatăl ei și despre puterea pe care o avea. Nu vorbea despre el aproape deloc. Dar spre finalul relației noastre, mă punea adesea să-i promit că o voi lua cu mine când mă voi întoarce în State, iar felul în care mă implora mă făcea să cred că dorința ei avea de-a face mai mult cu evadarea din situația în care se afla decât cu ceea ce simțea pentru mine. Și nici nu m-a prezentat vreodată tatălui ei, nici nu m-a lăsat să vizitez ferma. Întotdeauna trebuia să ne întâlnim în locuri izolate. Și, ciudat, niciodată nu-i spunea „tata" sau „tati". Întotdeauna îi spunea „Colonelul". Și toate acele lucruri m-au făcut în final să-mi pun întrebări.

– În legătură cu ce?

– Cred că aici trebuie să te întreb din nou cât de mult vrei să afli. Ultima șansă.

Tru strânse din buze și aprobă din cap.

– Continuă.

– Când, într-un final, a început să se deschidă în ceea ce-l privește pe bunicul tău, descria doi oameni complet diferiți. Într-o versiune, îl adora și accentua mereu cât de mult aveau nevoie unul de altul, dar următoarea dată când vorbea despre el, îmi spunea că îl urăște. Spunea că este malefic și că voia să plece cât mai departe de el posibil și că nu mai voia să-l vadă niciodată. Nu știu toate detaliile despre ceea ce s-a petrecut în casa aceea când era ea copil și nici nu sunt sigur că vreau să le știu. Ceea ce știu este că atunci când tatăl ei a aflat despre mine, mama ta a intrat în panică. A apărut la ușa mea, isterică și îngăimând că trebuie să plecăm din țară chiar atunci, pentru că Colonelul era furios – nu era timp nici să-mi strâng lucrurile. N-am putut să o calmez, dar când și-a dat seama că nu aveam să fac ceea ce-mi cerea, a fugit. A fost ultima dată când am văzut-o. Nu știam atunci că era gravidă. Poate că dacă mi-ar fi spus, lucrurile ar fi stat altfel. Îmi place să cred că aș fi mers după ea și aș fi ajutat-o să scape. Dar nu mi s-a oferit șansa.

Își împreună mâinile și le strânse de parcă astfel ar fi căpătat putere.

– Au apărut la ușa mea în noaptea aceea, după ce m-am culcat. Un grup de bărbați. M-au bruscat destul de tare și mi-au aruncat o glugă pe cap înainte să mă arunce în portbagajul unei mașini. M-au dus la un fel de locuință cu o pivniță și, după ce am fost târât din mașină, m-am trezit rostogolindu-mă pe niște scări. O lovitură m-a lăsat inconștient, iar când m-am trezit, am simțit miros de umezeală și mucegai. Eram prins cu cătușe de niște țevi. Și asta durea ca naiba, pentru că îmi dislocasem umărul în cădere.

Inspiră adânc de câteva ori, de parcă și-ar fi adunat puterile pentru ultima rundă.

– Când, în cele din urmă, mi-au dat jos gluga, m-am trezit cu o lanternă în ochi. Nu vedeam nimic. Dar el era acolo. Colonelul. Mi-a spus că aveam două opțiuni: puteam să plec din Rhodesia în dimineața următoare sau puteam să mor în pivniță, încătușat, fără mâncare și apă.

Se întoarse către Tru.

– Fusesem în război. Văzusem lucruri îngrozitoare. Fusesem împușcat – am primit medalia Inimă Purpurie – și au fost momente când m-am întrebat cum am supraviețuit. Dar nu fusesem niciodată mai speriat ca în acea clipă, pentru că știam că era un ucigaș cu sânge-rece. Se auzea în vocea lui. În ziua următoare m-am urcat în mașină și nu m-am oprit până n-am ajuns în Africa de Sud. Am prins un zbor înapoi în State. N-am mai văzut-o și n-am mai vorbit cu mama ta de atunci.

Înghiți în sec.

– Mi-am petrecut viața știind că am fost un laș să fac ceea ce am făcut. S-o las cu el. Să dispar complet din viața ei. Și n-a trecut o zi în care să nu regret asta. Ce vreau să spun... Îmi iubesc soția, dar n-am simțit pentru ea niciodată acea pasiune profundă, mistuitoare pe care am simțit-o pentru mama ta. Am lăsat-o pe Evelyn cu bărbatul acela și știu în sufletul meu că a fost cel mai rău lucru pe care l-am făcut. Și mai trebuie să știi că n-am venit aici ca să mă ierți. Unele lucruri nu pot fi iertate. Dar vreau să fii conștient că, dacă aș fi știut despre tine, lucrurile ar fi stat altfel. Înțeleg că nu sunt decât vorbe și că nu mă cunoști, dar acesta e adevărul. Și îmi pare rău de felul în care au ieșit lucrurile.

Tru nu spunea nimic, dându-și seama că nu era greu să potrivească povestea pe care tocmai o auzise cu bunicul pe care-l știa. Îl dezgustase, dar mai mult decât atât, simțea că trezise în el o durere sfâșietoare pentru mama lui și milă pentru bărbatul care stătea lângă el la masă.

Tatăl făcu semn către servietă.

– Poți să mi-o dai, te rog?

Tru se întinse după ea și o puse pe masă, privindu-l în timp ce o deschidea.

– Am mai vrut și să-ți dau câteva lucruri, spuse el. Le-am pus în geamantan în ziua în care am plecat din Rhodesia și am uitat complet de ele în anii care au urmat. Dar când ți-am văzut fotografia, l-am pus pe unul dintre fiii mei să-mi caute geamantanul în pod și să-l aducă jos. Dacă n-ai fi venit aici, ți le-aș fi trimis.

În servietă era un plic, pus deasupra unui pachet cu hârtie de desen ce se îngălbenise pe margini. Tatăl lui îi întinse plicul.

– Unul dintre prietenii mei de atunci era fotograf și își lua aparatul cu el peste tot. Sunt câteva fotografii cu noi doi, dar cele mai multe sunt cu mama ta. Încerca să o convingă să devină fotomodel.

Tru scoase fotografiile din plic. Erau opt în total. Prima la care se uită îi arăta pe mama și pe tatăl lui stând împreună pe malul unui râu, amândoi râzând. A doua era tot cu ei, uitându-se unul la altul, din profil, asemănătoare cu schița pe care o începuse cu el și Hope. Celelalte erau ale mamei lui, în diverse poziții și ținute, pe fundal curat, un stil fotografic obișnuit la finalul anilor 1940. Gâtul i se încleștă la vederea ei și îl cuprinse dintr-odată un sentiment de pierdere la care nu se așteptase.

Apoi tatăl lui îi întinse desenele. Primul era un autoportret al mamei lui privindu-și reflexia în oglindă. În ciuda frumuseții ei, umbrele adânci ale expresiei îi dădeau o notă chinuită. Următorul era un desen care o înfățișa pe mama lui, din spate. Era învăluită într-un cearșaf și se uita peste umăr, făcându-l pe Tru să se întrebe dacă nu cumva folosise o fotografie similară drept inspirație. Mai erau trei autoportrete și câteva peisaje asemănătoare cu cele pe care Tru le făcuse pentru Andrew. Unul dintre ele însă zugrăvea casa principală a familiei, în perioada de dinainte de incendiu, cu coloane impunătoare ce înfrumusețau veranda. Își dădu seama că uitase cum arăta atunci.

Când Tru puse vraful de desene alături, tatăl său își drese vocea.

– Credeam că e destul de talentată ca să-și deschidă un studio, dar n-o interesa. Spunea că desenează pentru că vrea să se piardă în asta. Atunci nu prea înțelegeam ce voia să spună, dar mi-am petrecut multe după-amiezi privind-o cum desenează. Avea un obicei încântător să-și lingă buzele de câte ori lucra și niciodată nu era mulțumită de rezultat. În mintea ei, nici unul din desene nu era terminat.

Căzut pe gânduri, Tru luă o gură de apă.

– Era fericită? întrebă într-un final.

Tatăl lui îi susținu privirea.

– Nu știu să-ți răspund la asta. Îmi place să cred că era fericită când eram împreună. Dar...

Nu mai continuă, iar Tru puse cap la cap aluziile din ceea ce-i spusese mai devreme, cuvintele rămase nerostite. Despre ceea ce se întâmplase cu adevărat în acea casă când mama lui era copil.

– Dacă nu te deranjează, aș vrea să te întreb ceva, spuse tatăl lui.

– Sigur.

– E ceva ce vrei de la mine?

– Nu sunt sigur că înțeleg întrebarea.

– Ai vrea să mai ținem legătura? Sau ai prefera să dispar după ce plec azi de aici? Ți-am spus deja că nu mai am mult de trăit, dar după toți acești ani, m-am gândit că e cel mai bine pentru tine să iei o decizie.

Tru se uită la bătrânul așezat lângă el, căzând pe gânduri.

– Da, răspunse el într-un final, el însuși surprins. Aș vrea să mai pot vorbi cu tine.

– În regulă. Și ceilalți copii ai mei? întrebă el. Sau soția mea? Ai vrea să vorbești și cu ei?

Tru se gândi înainte de a scutura din cap.

– Nu, răspunse el. Asta dacă nu vor ei să vorbească cu mine. Suntem străini și, la fel ca tine, cred că nu doresc să mai aduc nici o complicație în viețile noastre.

Tatăl îi întoarse un zâmbet șters.

– Destul de corect. Dar aș avea o favoare să-ți cer. Bineînțeles că poți să refuzi.

– Ce anume?

– Ai cumva vreo fotografie cu nepotul meu?

*

Tatăl lui mai stătu încă vreo patruzeci de minute. Îi spuse că soția și copiii lui îl încurajaseră să ia legătura cu el – în ciuda confuziei generate de o relație cu cineva pe care nu-l mai întâlniseră, cu cineva apărut dintr-un trecut ce îi preceda pe fiecare dintre ei.

Când spuse că drumul înapoi spre Charlotte era unul lung și că nu dorea să-i îngrijoreze și mai mult, Tru înțelese că acesta era felul în care tatăl lui îi spunea că era vremea de plecare. Îi duse servieta și îi ținu umbrela deasupra capului în timp ce coborau scările la automobilul ce așteptase pe alee.

Tru privi mașina plecând, apoi merse până la cabană ca să-l scoată pe Scottie. În ciuda furtunii, voia să se plimbe pe plajă, avea nevoie de aer liber și de timp de gândire.

Fusese o întâlnire cel puțin surprinzătoare. Nu și-l imaginase niciodată pe tatăl său ca pe un familist, ca pe cineva căsătorit cu aceeași persoană de zeci de ani. Și nici faptul că fugise din țară pentru că se temea pentru viața lui, din cauza bunicului său. Înaintând prin nisip, Tru nu reușea să se scuture de sentimentul de repulsie crescândă față de figura masculină cea mai puternică a copilăriei lui.

Și mai era și familia despre care nu știuse nimic - trei frați vitregi - și, deși refuzase să-i întâlnească, acum se tot gândea la ei. Cine erau? Ce fel de oameni erau? Se îndoia că vreunul dintre ei simțise nevoia să plece de acasă în momentul când devenise major, așa cum simțise el. Viețile lor nu fuseseră cu siguranță ca a lui. O vreme încercase să-și imagineze cum ar fi arătat viața lui dacă mama și tatăl său ar fi găsit o cale să rămână împreună, dar era ceva mult prea nerealist, așa că renunțase.

Privind în depărtare la valurile înspumate, se gândea că încă mai rămăseseră multe întrebări fără răspuns, prea multe lucruri pe care nu avea să le afle niciodată. Chiar și despre mama lui. Tot ce știa era că scurta ei viață fusese chiar mai tragică decât își imaginase el, iar dacă tatăl lui îi adusese chiar și cea mai mică urmă de fericire, asta nu putea decât să-l bucure.

Tru își dădu seama că își dorea ca această întâlnire cu tatăl lui să fi avut loc cu ani în urmă, când ar fi avut mai mult timp să se cunoască. Dar unele lucruri nu erau menite să se întâmple și, cum soarele începea să apună, o luă înapoi către casă. Mergea încet, uitându-se neatent la Scottie din când în când, apăsat de descoperirile acelei după-amiezi și cuprins de un inefabil sentiment de regret. Aproape că se întunecase când ajunse înapoi. Îl lăsă pe Scottie pe terasa din spate, iar el făcu un duș și se schimbă în niște haine uscate, apoi strânse toate fotografiile și desenele pe care i le lăsase tatăl său.

Acasă la Hope, se așeză la masa din bucătărie, uitându-se îndelung la imagini. Și-ar fi dorit ca ea să fie acolo. Ea ar fi știut cum să dea sens lucrurilor și în absența ei se simțea cu nervii la limită. Ca să se liniștească, începu să lucreze din nou la schița cu ei doi, în vreme ce ploaia continua să cadă. Dincolo de ferestre, fulgerele brăzdau cerul, oglindind întocmai tulburarea din sufletul său, iar el se gândea la asemănările ciudate dintre el și tatăl lui.

Harry o lăsase pe mama lui în Africa și se întorsese în America. În câteva zile, Tru urma să se întoarcă în Africa, lăsând-o pe Hope aici, în State. Tatăl și mama lui nu reușiseră să găsească o cale de a fi împreună, dar Tru își dorea să creadă că el și Hope puteau fi diferiți. Își dorea ca ei doi să-și construiască o viață împreună și, în vreme ce continua să deseneze, se întreba cum ar putea face ca acest lucru să devină realitate.

*

Extenuat, Tru nu-și dădu seama că Hope se întorsese de la nuntă decât când o simți cum se strecoară în pat, lângă el. Trecuse deja de miezul nopții, iar ea se dezbrăcase și pielea îi era fierbinte la atingere. Fără să spună nici un cuvânt, începu să-l sărute. El îi răspunse cu mângâieri, iar când începură să facă dragoste, îi simți gustul sărat al lacrimilor. Nu spuse însă nimic. Era tot ce putea face ca să nu-l podidească și pe el lacrimile la gândul legat de ce-ar fi putut aduce ziua următoare. Apoi, ea se cuibări lângă el, iar el o ținu în brațe până când adormi cu capul pe pieptul lui.

Tru îi asculta respirația, în speranța că astfel se va liniști, dar asta nu se întâmplă. În schimb, rămase întins în întuneric, cu ochii în tavan, simțindu-se cumplit și bizar de singur.

Fără viitor

Tru se trezi în zori, chiar când razele de lumină începeau să intre pe fereastră, și se întinse după Hope, dar descoperi că patul era gol. Sprijinindu-se pe coate, se frecă la ochi surprins și ușor dezamăgit. Își dorise să petreacă dimineața lenevind în pat cu Hope, șoptind și făcând dragoste, încercând să ascundă realitatea că aceea era ultima zi pe care o petreceau împreună.

Ridicându-se din pat, Tru își puse pe el blugii și cămașa pe care le purtase cu o zi în urmă. Pe fața de pernă zări urme de mascara, o rămășiță a lacrimilor din noaptea trecută, iar asta îl făcu să simtă un val de panică la gândul că ar putea-o pierde pe Hope. Își mai dorea încă o zi, încă o săptămână, încă un an cu ea. Își dorea o viață întreagă și era gata să facă orice ar fi avut ea nevoie ca să poată rămâne împreună pentru totdeauna.

Își repetă în minte replicile pe care urma să i le spună în timp ce se îndrepta spre bucătărie. Simți mirosul cafelei, dar, spre marea lui surpriză, Hope nu era acolo. Își turnă o ceașcă și continuă căutarea, băgând degeaba capul în sufragerie și în camera de zi. Îi dădu de urmă într-un final pe terasa din spate, unde o zări de la fereastră, într-un balansoar. Ploaia se oprise și Tru se gândi din nou că, așa cum stătea acolo privind oceanul, era cea mai frumoasă femeie pe care o văzuse vreodată.

Se opri doar o clipă înainte de a deschide ușa.

Hope se întoarse în direcția sunetului. Deși încercă să-i zâmbească, ochii îi erau roșii pe margini. Tristețea insuportabilă a expresiei ei îl făcu să se întrebe de când stătea singură, adâncită în gânduri, rememorând la nesfârșit situația imposibilă în care se aflau.

– Bună dimineața, îi spuse ea cu o voce blândă.

– Bună dimineața.

Când se sărutară, simți din partea ei o ezitare la care nu se așteptase, ceea ce însemna că discursurile lui deveniseră inutile. Simțise că și dacă el ar fi rostit cuvintele, ea nu mai era pregătită să le audă. Ceva se schimbase, își dădu el seama cu o presimțire, dar încă nu știa sigur ce anume.

– Nu te-am trezit, nu-i așa? întrebă ea.

– Nu, răspunse el. Nu te-am auzit când ai plecat din dormitor.

– Am încercat să nu fac zgomot.

Cuvintele îi răsunau ca și cum le-ar fi învățat pe dinafară.

– Mă mir că ești trează, după ce ai venit așa târziu.

– Probabil că nu-mi era dat să dorm. Sorbi o gură de cafea, apoi continuă: Ai dormit bine?

– Nu chiar, recunoscu el.

– Nici eu. Sunt trează de la patru, îi spuse ea făcând un gest cu cana spre balansoar. Ți-am uscat locul, dar cred că ar trebui să-l ștergi, pentru orice eventualitate.

– În regulă.

Luând prosopul pe care ea îl lăsase pe fotoliu, șterse plăcile de lemn înainte de a se așeza pe margine. În sufletul lui toate se amestecau într-un tumult. Pentru prima dată după multe zile, pe cer apăruseră porțiuni albastre, deși o pătură de nori albi încă mai plutea deasupra apei, vârful cozii furtunii ce se pierdea în depărtare. Tăcută, Hope se întoarse către ocean, ca și cum n-ar mai fi putut să-l privească în față.

– Ploua când te-ai trezit? rupse el tăcerea.

Conversație de complezență, știa asta, dar nu era sigur ce altceva ar fi putut să facă. Ea clătină din cap.

– Nu. S-a oprit la un moment dat azi-noapte. Probabil nu mult după ce m-am întors.

El își întoarse balansoarul către al ei, așteptând să vadă dacă și ea va face același lucru. N-o făcu. Nici nu-i vorbi. El își drese vocea.

– Cum a fost la nuntă?

– A fost frumos, răspunse ea, refuzând încă să se uite la el. Ellen era strălucitoare și mult mai puțin stresată decât am crezut că va fi. Mai ales dacă ne gândim la telefonul ei de zilele trecute.

– Și ploaia n-a fost o problemă?

– Până la urmă au ținut ceremonia pe terasă. Oamenii au stat înghesuiți, dar așa a fost cumva mai intim. Iar petrecerea a mers fără cusur. Mâncarea, formația, tortul... Toată lumea s-a distrat.

– Mă bucur că a ieșit bine.

Ea păru că se pierde în gânduri pentru o clipă, înainte de a se întoarce în cele din urmă către el.

– Cum a fost cu tatăl tău? M-am tot gândit la asta de ieri încoace.

– A fost... Tru ezită, căutând cuvântul potrivit. Interesant.

– Cum e? Ce fel de om e?

– Nu e așa cum mi l-am imaginat.

– Adică?

– Probabil că mă așteptam să fie un fel de escroc. Dar nu e deloc așa. A trecut binișor de șaptezeci de ani și a fost căsătorit timp de patruzeci de ani cu aceeași femeie. Are trei copii adulți și a lucrat pentru una dintre companiile mari de petrol. Mi-a adus aminte de mulți dintre oaspeții americani care ne-au vizitat casa.

– Ți-a spus ce s-a întâmplat între el și mama ta?

Tru aprobă din cap și o luă de la început. Pentru prima oară în dimineața aceea Hope păru că iese din cochilie, eliberându-se pentru moment din închisoarea gândurilor ei negre. Fascinată de povestea lui, nu-și putu ascunde șocul când acesta termină.

– Și era sigur că cel care l-a răpit era bunicul tău? întrebă ea. Nu-l întâlnise niciodată, așa că nu era ca și cum i-ar fi putut recunoaște vocea.

– Era bunicul meu, răspunse Tru. Nu am nici o îndoială. La fel cum nici el nu a avut.

– Asta e... groaznic.

– Bunicul meu putea fi groaznic.

– Și ce simți în legătură cu asta? îl chestionă Hope cu o voce blândă.

– A fost demult.

– Ăsta nu e un răspuns.

– Dar e adevărul.

– Te face să îți schimbi părerea despre tatăl tău?

– Într-un fel, răspunse el. Întotdeauna am presupus că a fugit fără să-i pese de mama. Dar m-am înșelat.

– Ai putea să-mi arăți fotografiile și desenele?

Tru se întoarse înăuntru și i le aduse de pe măsuță. Dându-i teancul, se așeză în balansoarul lui și privi cum Hope începu să le studieze.

– Mama ta era foarte frumoasă, comentă ea.

– Da, era.

– Se vede că era îndrăgostită de el. Și că el simțea același lucru pentru ea.

Tru încuviință din cap, cu gândurile mai degrabă concentrate pe Hope decât pe evenimentele din ziua precedentă. Încerca să țină minte totul despre ea, despre cum arăta, fiecare gest, fiecare cuvânt. Când termină cu fotografiile, ridică primul desen, cel în care mama lui își privea reflexia în oglindă.

– Era foarte talentată, spuse ea. Dar cred că tu ești mai bun.

– Era încă tânără. Și avea mai mult talent nativ decât mine.

După ce se uită prin toate desenele, Hope mai luă o gură de cafea, terminând ce avea în cană.

– Știu că abia te-ai trezit, dar ce-ai zice de o plimbare pe plajă? îi propuse ea. Trebuie să-l duc pe Scottie afară în curând.

– Sigur, răspunse el. Stai doar să-mi pun ghetele.

Până se îmbrăcă el, Scottie era deja lângă poartă, dând din coadă. Tru deschise poarta, lăsând-o pe Hope prima, iar odată ajunși pe plajă, Scottie o luă la goană, năpustindu-se asupra unui stol de păsări. Ei îl urmară încet, răcoarea dimineţii fiind mai accentuată decât în ultimele zile. O vreme, nici unul dintre ei nu păru că vrea să rupă tăcerea. Când Tru îşi strecură mâna într-a ei, Hope păru că ezită înainte ca propria-i mână să se relaxeze. Mecanismele ei de apărare se intensificau, iar asta îl durea ca o rană.

Merseră în tăcere o bună bucată de timp. Hope îi arunca din când în când câte o privire, părând a se concentra în cea mai mare parte a timpului pe ceva din depărtare sau de deasupra mării. La fel ca aproape toată săptămâna, plaja era goală și liniștită. Nu erau bărci şi chiar şi pescăruşii şi rândunicile de mare păreau să-și fi luat zborul. Ca o confirmare a senzaţiei de teamă pe care o avusese, Tru simţea acum cu siguranţă că ceva se întâmplase, ceva de care ei îi era frică să-i vorbească. Avea o puternică presimţire că orice ar fi fost în sufletul ei avea și să-l surprindă, și să-l rănească şi simţea cum inima i se face grea. În disperare de cauză, se gândi din nou la tot ceea ce voise să-i spună, dar înainte de a rosti vreun cuvânt, ea îşi ridică privirea către el.

– Îmi pare rău că sunt aşa de tăcută, îi spuse, încercând să-i zâmbească. Nu sunt o companie prea plăcută în dimineaţa asta.

– E în regulă, îi răspunse el. Ai stat până târziu aseară.

– Nu e asta, spuse ea. Este...

Vocea i se stinse, iar dinspre valuri Tru simţi venind o ploaie fină de picături, care îl lăsară umed și înfrigurat.

Ea îşi drese vocea.

– Aş vrea să ştii că nu aveam nici cea mai mică idee despre ce urma să se întâmple.

– Nu cred că înţeleg despre ce vorbeşti.

Vocea ei deveni mai blândă, iar degetele i se încordară în strânsoarea lui.

– Josh a apărut la nuntă. Tru simţit cum stomacul i se strânge, dar nu spuse nimic. Hope continuă: După telefonul de aseară, și-a rezervat un zbor spre Wilmington. Cred că nu i-a plăcut cum am vorbit cu el. A ajuns chiar înainte de ceremonie... Pur şi simplu a apărut şi şi-a dat seama că nu m-am bucurat deloc de asta.

Făcu câţiva paşi, privind nisipul din faţa ei.

– N-a fost prea greu să-l evit la început. După ceremonie, domnișoarele de onoare au trebuit să stea pentru o grămadă de fotografii, iar pe mine m-au așezat lângă Ellen la masa principală. Am stat cu prietenele mele cea mai mare parte a serii, dar spre sfârșitul petrecerii am ieșit afară să mă răcoresc și m-a găsit.

Respiră adânc, ca și cum ar fi invocat cuvintele de care avea nevoie.

– Și-a cerut scuze, a spus că vrea să vorbim și...

În timp ce ea vorbea, Tru simțea cum totul începe să se destrame.

– Și? o îmboldi el cu blândețe.

Ea se opri și se întoarse către el.

– Când a apărut, singurul lucru la care m-am putut gândi a fost săptămâna aceasta și cât de mult a însemnat pentru mine. Săptămâna trecută nici nu știam că exiști, așa că pe de-o parte nu pot să nu mă întreb dacă nu cumva am înnebunit. Pentru că știu că te iubesc. Tru înghiți în sec, observând că ochii ei străluceau plini de lacrimi. Chiar și acum, când sunt aici cu tine, nu mă pot gândi decât la cât de bine e totul. Și nu vreau să te părăsesc.

– Atunci rămâi cu mine, o rugă el. O să ne dăm seama cum s-o scoatem la capăt.

– Nu e chiar așa de simplu, Tru. Îl iubesc și pe Josh. Știu că e dureros pentru tine să auzi asta și adevărul este că nu simt pentru el ceea ce simt pentru tine. Privirea ei îl căută. Sunteți atât de diferiți... Părea să caute ceva la care nu putea ajunge. Mă simt de parcă aș fi în război cu mine însămi – ca și cum aș fi doi oameni care vor două lucruri complet diferite. Dar...

Când păru că nu mai poate continua, Tru o prinse de brațe.

– Nu-mi pot imagina viața fără tine, Hope, și nu vreau o viață fără tine. Te vreau pe tine și doar pe tine, pentru totdeauna. Chiar ai putea renunța la toate astea fără nici un regret?

Ea rămase împietrită, cu chipul ca o mască a torturii.

– Nu. Știu că o parte din mine va trăi cu regretul acesta pentru totdeauna.

O fixă cu privirea, încercând să-i citească gândurile, știind deja ce încerca ea să-i spună.

– N-o să-i povestești despre noi, nu-i așa?

– Nu vreau să-l rănesc...

– Și totuși, ești gata să ai secrete față de el?

Regretă cuvintele de îndată ce îi ieșiră pe gură.

– Nu e corect! strigă ea, scuturându-se din strânsoarea lui. Crezi că vreau să fiu în situația asta? N-am venit aici să-mi complic viața mai mult decât era deja. N-am venit aici fiindcă voiam să mă îndrăgostesc de alt bărbat. Dar indiferent ce decizie iau, cineva va suferi și n-am vrut niciodată, niciodată asta.

– Ai dreptate, murmură el. N-ar fi trebuit s-o spun. N-a fost corect și îmi cer scuze.

Umerii ei căzură, iar furia lăsă din nou loc confuziei.

– Josh părea diferit de data asta. Speriat. Serios... cugetă ea, vorbind ca pentru sine. Pur și simplu nu știu...

Era acum sau niciodată, își dădu seama Tru și întinse mâna după a ei din nou.

– Voiam să vorbesc cu tine mai devreme despre asta, dar noaptea trecută când n-am putut să dorm m-am gândit mult la toate. La tine și la mine. La noi. Și poate că nu ești încă pregătită să auzi asta, dar... Înghiți în sec, cu ochii în ochii ei. Vreau să vii cu mine în Zimbabwe. Știu că îți cer foarte mult, dar l-ai putea cunoaște pe Andrew și ne-am putea construi o viață acolo. Dacă nu-ți place că stau prea mult în savană, voi putea găsi altceva de făcut.

Hope clipi fără să spună nimic, încercând să absoarbă cuvintele pe care el i le spunea. Deschise gura să-i răspundă, apoi o închise la loc, dându-i drumul la mână. Se întoarse cu fața spre ocean înainte de a scutura din cap.

– Nu vreau să te schimbi pentru mine, insistă ea. Meseria de ghid e importantă pentru tine...

– Tu ești mai importantă, spuse el, auzindu-și disperarea din voce.

Intuind viitorul, toate speranțele lui începură să se stingă.

– Te iubesc. Tu nu mă iubești?

– Bineînțeles că te iubesc.

– Atunci, înainte să spui „Nu“, ai putea măcar să te gândești la asta?

– M-am gândit, răspunse ea, atât de încet încât aproape că nu-i putu desluși vocea prin foșnetul valurilor. Ieri, când mă întorceam de la nuntă, m-am gândit exact la asta. Pur și simplu... să fug cu tine în Africa. Să plec, fără vreun alt gând. Și o parte din mine tânjea s-o facă. Îmi imaginam explicându-le situația părinților mei, convinsă că îmi vor da binecuvântarea. Dar... Își ridică ochii către el, cu frica zugrăvită pe chip. Cum aș putea să-mi părăsesc tatăl, știind că mai are doar câțiva ani de trăit? Va trebui să-mi petrec acești ultimi ani cu el și asta contează la fel de mult pentru mine cât pentru el. Pentru că știu că nu mi-o voi ierta dacă n-o voi face. Și mama o să aibă nevoie de mine, chiar dacă crede că nu va fi așa.

– Ți-aș putea asigura un zbor acasă ori de câte ori vei dori. Chiar și o dată pe lună, dacă de asta ai nevoie. Banii nu sunt o problemă.

– Tru...

Simți cum îl cuprinde panica.

– Dar dacă m-aș muta aici? se oferi el. În Carolina de Nord?

– Și Andrew?

– M-aș întoarce o dată pe lună. L-aș vedea mai mult decât o fac acum. Voi face orice vei avea nevoie să fac.

Ea îl privea chinuită, cu mâna încleștată pe a lui.

– Dar dacă nu poți? îl întrebă aproape șoptind. Dacă există ceva de care am nevoie și tu nu vei putea niciodată să mi-l oferi?

Auzindu-i cuvintele, tresări de parcă ar fi fost pălmuit. Dintr-odată înțelese ce încerca ea din răsputeri să-i spună. Că a rămâne cu el însemna să renunțe la ideea de a avea propriii copii. Oare nu-i vorbise despre visul ei de-o viață? Imaginea neprețuită în care își ținea în brațe copilul pe care abia îl născuse, cea în care crea o viață umană cu bărbatul pe care-l adora? Mai mult decât orice pe lume își dorea să fie mamă – voia să dea naștere unui copil – și acesta era singurul lucru pe care nu i-l putea oferi. Pe chipul ei, ruga tăcută de iertare era la fel de vizibilă ca durerea.

Se întoarse, neputând să o privească în ochi. Întotdeauna crezuse că totul este posibil atunci când vine vorba de dragoste, că orice obstacol poate fi depășit. Nu era oare acesta un adevăr universal valabil? El se lupta cu inevitabilul celor spuse de Hope, iar ea își cuprinse trupul cu mâinile.

– Mă face să mă urăsc, strigă ea apoi, spărgând tăcerea. Faptul că există acea parte din mine care vrea un copil. Aș vrea să-mi pot imagina viața fără copii, dar nu pot. Știu că ar fi posibil să adopt, iar acum există și tehnologii medicale extraordinare, dar... Scutură din cap și răsuflă adânc. Pur și simplu n-ar fi la fel. Detest faptul că simt așa, dar asta e.

O lungă bucată de timp nici unul din ei nu scoase nici un cuvânt, uitându-se la valuri. În cele din urmă, cu o voce răgușită, Hope spuse:

– Știu cât de egoistă par și cât de mult te rănesc. Dar te rog nu-mi cere să merg cu tine, pentru că o voi face.

El îi luă mâna și i-o duse la buze, sărutând-o.

– Nu ești egoistă, îi spuse.

– Dar mă disprețuiești.

– Niciodată. O luă în brațe, trăgând-o mai aproape. O să te iubesc mereu. Nimic din ceea ce faci ori spui nu-mi va lua asta.

Hope scutură din cap, încercând în van să împiedice lacrimile să-i curgă pe obraji.

– Mai e ceva, spuse ea, cu vocea înecată în lacrimi. Ceva ce nu ți-am spus.

Se îmbărbătă în sufletul lui. Cumva, știa ce urma să-i spună.

– Josh m-a cerut în căsătorie noaptea trecută. Mi-a spus că e pregătit să-și clădească o familie.

Tru nu spuse nimic. Doar se prăbuși în brațele ei, de parcă picioarele îi erau de plumb. Deși voia s-o consoleze, simți cum un soi de paralizie îi ia în stăpânire corpul.

– Îmi pare rău, Tru. N-am știut cum să-ți spun azi-noapte. Dar încă nu i-am dat nici un răspuns. Vreau să știi asta. Și vreau să știi că habar n-aveam că voia să mă ceară.

Tru înghiți în sec, încercând să-și țină emoțiile sub control.

- Chiar contează că nu te așteptai ca el să-ți facă propunerea?

- Nu știu, spuse ea. În momentul acesta simt că nu mai înțeleg nimic. Tot ce știu e că n-am vrut niciodată să se termine așa. N-am vrut niciodată să te rănesc.

O durere fizică părea să curgă prin trupul lui, începând din piept și iradiind spre extremități, făcându-i chiar și vârfurile degetelor să pulseze.

- Nu te pot obliga să stai cu mine, șopti el. Oricât aș vrea, nu pot. Și nici nu voi încerca, chiar dacă asta înseamnă că nu te voi mai vedea niciodată. Dar aș vrea să te rog ceva.

- Orice, șopti ea.

- O să încerci să-ți amintești de mine, te rog?

Hope scoase un geamăt, iar el își dădu seama că nu putea vorbi. În loc de asta, strânse din buze și aprobă din cap. Tru o trase mai aproape, simțind-o cum se prăbușește în el, ca și cum picioarele n-o mai puteau susține. Când începu să suspine, Tru simțit cum se face fărâme. Dincolo de ei, valurile veneau și plecau, indiferente la lumea care se oprise în loc.

O voia pe ea și doar pe ea, pentru totdeauna. Dar nu era posibil. Nu mai era, pentru că, în ciuda iubirii pe care o simțeau unul pentru altul, Tru știa deja care urma să fie răspunsul lui Hope pentru Josh.

*

Înapoindu-se la cabană, Hope scoase din frigider toate alimentele care se puteau strica și le puse în coșul de gunoi. Când intră la duș, Tru scoase gunoiul afară. Capul i se învârtea, iar când se întoarse în bucătărie, auzi dușul curgând în baie. Cotrobăi prin dulapuri până când găsi niște hârtie și un pix. Răvășit, încercă să-și pună sentimentele în ordine scriind cuvinte pe o pagină. Erau atât de multe lucruri pe care voia să le spună!

Când termină, se întoarse la casa tatălui său și luă două desene. Le puse, alături de scrisoare, în torpedoul mașinii ei, știind că atunci când ea avea să le găsească, povestea lor împreună va fi fost deja de domeniul trecutului.

Când Hope apăru în cele din urmă, căra cu ea și geamantanul. Îmbrăcată în blugi, o bluză albă și sandalele pe care le alesese cu câteva zile în urmă, era de o frumusețe zdrobitoare. El stătea din nou la masă și, după ce stinse lumina, Hope i se așeză în brațe. Își puse mâinile în jurul lui și, o lungă vreme, stătură îmbrățișați, fără cuvinte. Când se eliberă, avea o expresie abătută.

– Probabil că ar trebui să plec, spuse ea în cele din urmă.

– Știu, șopti el.

Se ridică, îi puse lesa lui Scottie și se duse încet către ușă.

Era timpul. Tru îi luă valiza, împreună cu cutia de amintiri pe care le adunase în timpul săptămânii. O urmă afară, așteptând lângă ea cât încuia ușa și trăgând pe nări parfumul de flori sălbatice al șamponului pe care-l folosise.

Îi încărcă lucrurile în portbagaj în timp ce ea îl puse pe Scottie pe scaunul din spate. După ce închise ușa, Hope se apropie încet de el. O luă din nou în brațe, nici unul dintre ei nefiind în stare să vorbească. Când, într-un final, ea se trase din brațele lui, el încercă să-i zâmbească, deși sufletul îi era rupt în bucăți.

– Dacă plănuiești vreodată să mergi într-un safari, neapărat să-mi spui. Pot să-ți spun ce complexuri să vizitezi. Nu trebuie să fie în Zimbabwe. Am cunoștințe peste tot în regiune. Mă poți oricând găsi prin pensiunea de la Hwange.

– Bine, spuse ea cu voce nesigură.

– Iar dacă vrei să-mi vorbești sau să mă vezi, voi face tot posibilul ca asta să se întâmple. Companiile aeriene fac lumea mult mai mică. Dacă ai nevoie de mine, o să vin. Da?

Aranjându-și cureaua genții pe umăr, ea dădu din cap, neputând să i se uite în ochi. Tru voia s-o implore să vină cu el, voia să-i spună că o dragoste ca a lor nu se va putea vreodată repeta. Simțea cuvintele venindu-i pe limbă, dar ele nu ieșiră afară.

O sărută, tandru, pentru ultima oară, apoi îi deschise ușa. După ce se urcă la volan, îi închise portiera, speranțele și visurile lui făcându-se țăndări odată cu bufnitura. Auzi motorul pornind și o văzu lăsând geamul jos. Ea îl luă de mână.

– Nu te voi uita niciodată, îi spuse.

Apoi, dintr-odată, îi dădu drumul. Băgă în marșarier și începu să meargă cu spatele. Tru o urmă, de parcă ar fi fost în transă.

O rază de soare țâșni printre nori, luminându-i mașina care începuse în sfârșit să ruleze. Îndepărtându-se de el. Ea nu se uită în direcția lui. El continuă s-o urmeze, până în stradă.

Mașina ei devenea deja din ce în ce mai mică în depărtare. Era la cincizeci de metri, apoi mai departe, imaginea lui Hope nemaifiind vizibilă prin lunetă, dar Tru continuă s-o privească. Se simțea golit pe dinăuntru, ca o coajă uscată.

Luminile de frânare licăriră o dată, apoi rămaseră aprinse, strălucind roșii. Mașina se opri și văzu portiera din partea șoferului deschizându-se. Hope păși afară și se întoarse spre el. Părea atât de departe când îi trimise un ultim, tandru sărut, încât nu-și găsi puterea de a-i întoarce gestul. Hope așteptă o clipă, apoi urcă la loc în mașină, ușa închizându-se după ea. Automobilul începu să ruleze din nou.

– Întoarce-te la mine, șopti el, privind cum ea ajunge la curba care ducea către drumul principal de pe insulă.

Dar ea nu-l putea auzi. În fața lui, mașina încetini, dar nu opri. Nemaiputând să privească, Tru se aplecă, cu mâinile pe genunchi. Sub el, asfaltul purta petele ca de cerneală ale lacrimilor lui.

Când își ridică privirea din nou, mașina dispăruse complet, iar șoseaua era pustie.

Consecința

Hope nu-și va aminti niciodată drumul înapoi spre Raleigh. Și nici nu-și va aminti prea multe despre prânzul cu Josh din după-amiaza aceea. El o sunase de nenumărate ori de la nuntă, lăsându-i mesaje la apartament, implorând-o să se întâlnească cu el. Fără nici o tragere de inimă, ea acceptă să se vadă la o cafenea locală, dar în timp ce Josh îi vorbea de partea cealaltă a mesei, singurul lucru la care se putea gândi era Tru pe șosea, privind-o plecând. Îi spuse tăios lui Josh că are nevoie de câteva zile să se gândească la tot felul de lucruri și plecă de la restaurant înainte să vină mâncarea, simțind cum o privește uluit în timp ce se grăbea să iasă.

Apăru la apartamentul ei câteva ore mai târziu și stătură de vorbă în cadrul ușii. El își ceru iarăși scuze, iar Hope reuși să-și ascundă zbuciumul. După ce acceptă să se întâlnească din nou cu el în joia următoare, închise ușa și se rezemă de ea, epuizată. Se întinse pe canapeaua din camera de zi, cu gândul de a trage un pui de somn, dar dormi până în dimineața următoare. Primul ei gând atunci când se trezi fu acela că Tru era deja în drum spre Zimbabwe, prăpastia dintre ei crescând cu fiecare minut.

Asta era tot ce putea face la muncă. Se mișca pe pilot automat și, cu excepția unei adolescente care trecuse printr-un accident îngrozitor, nu-și amintea nici un alt pacient. Dacă celelalte asistente observaseră cumva cât de absentă era, nu spuseră totuși nimic.

Miercuri își propuse să-și viziteze părinții după ce ieșea de la muncă. Mama ei îi lăsase un mesaj pe robotul telefonic cu câteva zile în urmă, spunându-i că va face tocăniță, iar Hope decise să cumpere o plăcintă cu afine de la o patiserie din drum. Singura problemă era că patiseria nu accepta decât bani lichizi, iar în toată zăpăceala din ultimele zile, uitase să treacă pe la bancă. Amintindu-și că ținea niște bani pentru urgențe în torpedo, se întoarse la mașină și îl deschise. Scotocind după bani, dădu pe jos o parte dintre lucrurile dinăuntru și abia atunci când le strângea recunoscu desenul pe care i-l făcuse Tru.

Descoperindu-l în mașină, simți că i se taie răsuflarea. Știa că el trebuie să-l fi pus acolo în dimineața în care ea plecase. Se uită îndelung la imaginea de pe hârtie, iar mâinile începură să-i tremure înainte să-și aducă aminte că trebuie să plătească pentru plăcintă. Așeză cu grijă desenele pe scaunul din dreapta, apoi se repezi înăuntru să termine cumpărăturile.

Revenind la mașină, lăsă motorul oprit. Luă din nou în mână desenele. Studiindu-și imaginea, recunoscu o femeie îndrăgostită irecuperabil de bărbatul care o desenase și simți cum o cuprinde un dor nebun de a fi ținută în brațe de el încă o dată. Voia să-i simtă mirosul, asprimea bărbii, să îl privească în ochi pe bărbatul care o înțelesese intuitiv într-un fel pe care nimeni nu-l făcuse. Să fie cu bărbatul care îi furase inima.

Lăsând desenele în poală, observă încă o foaie de hârtie în torpedo. Era îndoită cu grijă, iar deasupra ei stătea un plic cu numele ei. Le luă cu mâini tremurânde.

Dezdoind hârtia, zări mai întâi imaginea lor pe plajă, uitându-se unul la altul, din profil. Rămase fără aer la vederea ei și nici nu băgă de seamă că o altă mașină trăsese lângă a ei, cu radioul la maxim. Se uita la imaginea lui Tru, pustiită de dor. Trebui să se forțeze s-o lase deoparte.

Plicul îi era greu în mâini. Nu voia să-l deschidă, nu acolo. Voia să aștepte până mai târziu, când se va fi înapoiat acasă, când ar fi fost singură.

Dar scrisoarea o chema și, rupând sigiliul, o scoase din plic și începu s-o citească.

Dragă Hope,

Nu știu dacă vei dori să citești asta, dar din disperare, mă agăț și de un pai. Împreună cu scrisoarea aceasta vei găsi și două desene. Poate că deja le-ai văzut. Probabil că îl vei recunoaște pe primul. L-am făcut pe al doilea când erai la repetiția pentru cină și la nuntă. Simt că voi mai face și altele când voi ajunge acasă, dar pe acelea voi vrea să le păstrez, dacă nu te superi. Dacă le vrei, spune-mi. Ți le voi putea trimite sau le voi arunca și nu voi mai încerca să te desenez. Sper că ești convinsă că sunt și voi fi întotdeauna o persoană în care poți avea încredere.

Vreau să știi că, deși e de nesuportat să-mi imaginez viața fără tine, îți înțeleg motivele. Am văzut cum radiai când vorbeai despre a avea copii și n-o să uit asta niciodată. Știu cât de chinuitoare a fost această decizie pentru tine. Pentru mine a fost devastatoare, dar nu pot să te învinovățesc. Până la urmă, eu am un fiu și nu-mi pot imagina viața fără el.

După ce vei pleca, probabil că mă voi plimba pe plajă, așa cum am făcut-o în fiecare zi de când am venit aici, dar nimic nu va mai fi la fel. Pentru că fiecare pas pe care îl voi face îmi va aminti de tine. Te voi simți lângă mine și în sufletul meu. Ai devenit deja o parte din mine și știu cu siguranță că asta nu se va schimba.

N-am crezut că voi simți așa ceva. Cum aș fi putut? Aproape toată viața, cu excepția fiului meu, am simțit că-mi este dat să fiu singur. Nu vreau să spun că am trăit o viață de pustnic, pentru că nu am făcut-o, iar tu știi că slujba mea implică un anumit grad de interactivitate socială. Dar nu m-am simțit niciodată incomplet fără cineva care să stea lângă mine în pat; nu am simțit niciodată că aș fi doar jumătate din ceva mai bun. Asta până când ai apărut tu. Iar când ai apărut, mi-am dat seama că mă amăgisem și că de fapt îmi lipsiseși în toți acești ani.

Nu știu ce înseamnă asta pentru viitorul meu. Știu însă că nu voi mai putea să fiu aceeași persoană, pentru că asta pur și simplu nu mai este posibil. Nu sunt destul de naiv ca să cred că amintirile vor fi suficiente și, în momentele de liniște, s-ar putea să caut hârtia de desen și să încerc să captez orice rămășiță. Sper că nu-mi vei lua asta.

Îmi doresc ca lucrurile să fi fost diferite pentru noi, dar se pare că soarta a avut alte planuri. Trebuie însă să știi asta: dragostea pe care o simt pentru tine este reală și toată tristețea care vine cu ea este un preț pe care l-aș mai plăti de mii de ori. Pentru că a te cunoaște și a te iubi, chiar și pentru o scurtă perioadă de timp, mi-a dat un nou sens vieții și știu că asta nu se va schimba.

Nu-ți cer același lucru. Știu ce va urma pentru tine, iar în noua viață pe care o vei duce nu este loc pentru o a treia persoană. Accept asta. Filosoful chinez Lao Tzu a spus o dată că a fi iubit profund de cineva îți dă putere, iar a iubi profund pe cineva îți dă curaj. Acum înțeleg ce voia să spună. Pentru că ai apărut în viața mea, pot să-mi înfrunt viitorul cu un curaj pe care nu l-am avut. Iubirea pentru tine m-a făcut să fiu mai mult decât eram.

Știi unde sunt și unde voi fi dacă vei dori vreodată să mă găsești. S-ar putea să ia timp. Ți-am spus deja că lumea se mișcă mai greu în savană. Și că unele lucruri nu mai ajung la destinație. Dar cred cu putere că noi doi am împărtășit ceva destul de special încât, dacă mă vei căuta, universul mi-o va arăta cumva. Până la urmă, tu ești cea care m-a făcut să cred în miracole. Vreau să cred că pentru noi orice va fi întotdeauna posibil.

Cu dragoste,
Tru

Hope mai citi o dată scrisoarea, și apoi încă o dată, înainte să o pună la loc în plic. Și-l imagină pe Tru scriind-o în bucătărie și, deși ar fi vrut s-o mai citească încă o dată, se temea că nu va mai putea ajunge la părinții ei dacă ar face-o.

Puse scrisoarea și desenele în torpedo, dar nu porni mașina imediat. Își sprijini capul de tetieră, încercând să-și calmeze emoțiile tumultuoase. În cele din urmă, după clipe care părură o veșnicie, se forță să pornească la drum.

Picioarele îi tremurau când păşi spre uşa părinţilor ei. Se forţă să zâmbească atunci când intră, privindu-l pe tatăl ei cum se chinuie să se ridice din fotoliul rabatabil ca s-o salute. Mirosul din bucătărie umplea toată casa, dar Hope n-avea nici un pic de poftă de mâncare.

La masă, povesti câteva istorioare de la nuntă. Când o întrebară de restul săptămânii, nu-l aduse în discuţie pe Tru deloc. Şi nici nu le spuse că Josh o ceruse de soţie.

După desert, se retrase pe veranda din faţa casei, spunându-le că are nevoie de un pic de aer.

Cerul era deja plin de stele şi, când auzi uşa deschizându-se, îl văzu pe tatăl ei în lumina care venea din camera de zi. El îi zâmbi şi o atinse pe umăr târşâindu-şi picioarele spre scaunul de lângă al ei. Avea în mână o ceaşcă de cafea fără cofeină şi, după ce se aşeză, luă o înghiţitură.

– Mama ta încă mai face cea mai bună tocăniţă pe care am mâncat-o vreodată.

– A fost foarte bună, încuviinţă Hope.

– Te simţi bine? Ai fost cam tăcută la cină.

Hope îşi trase un picior sub ea.

– Da, cred că încă nu mi-am revenit după weekend.

El îşi puse ceaşca pe măsuţa dintre ei. Într-un colţ al verandei, o molie dansa în jurul becului, iar greierii îşi începuseră cântarea de seară.

– Am auzit că Josh a apărut la nuntă. Mi-a spus mama ta, zise el ridicând din umeri atunci când ea se întoarse către el.

– Cum a aflat?

– Nu ştiu. Bănuiesc că i-o fi spus cineva.

– Da, spuse Hope. A fost acolo.

– Şi aţi vorbit?

– Puţin, răspunse ea.

Până săptămâna trecută, nu şi-ar fi imaginat că ar fi putut să ţină secret faţă de părinţii ei o cerere în căsătorie, dar în aerul înăbuşitor şi închis al acelui septembrie, nu-şi găsi cuvintele. În loc de asta, spuse doar:

– Vom lua cina mâine-seară.

Tatăl ei o privi, încercând să-i citească gândurile.

– Sper să iasă bine, indiferent ce înseamnă asta pentru tine.

– Și eu.

– Are câteva lucruri de explicat, dacă mă întrebi pe mine.

– Știu, răspunse ea.

Din casă, se auzi soneria ceasului de la bunicul ei. Mai devreme, luase un atlas prăfuit de pe un raft din biblioteca ei de acasă și calculase diferența de fus orar față de Zimbabwe. Socotind, își dădu seama că acolo era miezul nopții. Presupuse că Tru era în Bulawayo cu Andrew și se întrebă ce plănuiseră să facă în dimineața următoare, când aveau să se trezească. Avea să-l ducă pe Andrew în savană să vadă animalele, își vor da pase cu mingea unul altuia sau pur și simplu vor face o plimbare? Se întreba dacă Tru se mai gândea la ea în același fel în care ea nu reușea să și-l scoată din minte. În tăcerea din jur, cuvintele din scrisoarea lui încercau să iasă la suprafață.

Știa că tatăl ei aștepta ca ea să vorbească. În trecut, ori de câte ori avusese probleme sau griji, venise la el. Avea un fel de a o asculta care o liniștea întotdeauna. Empatic din fire, rareori îi dădea sfaturi. O întreba în schimb ce credea că ar trebui să facă, încurajând-o tăcut să-și urmeze instinctele și judecata.

Dar acum, după ce citise ceea ce scrisese Tru, nu putea să nu se gândească la faptul că făcuse o mare greșeală. Stând lângă tatăl ei, începu să retrăiască cu viteză redusă ultima dimineață cu Tru. Își amintea cum arăta el când a pășit pe terasă, senzația mâinii lui într-a ei când se plimbau pe plajă. Îi veni în minte expresia lui năucită când îi spuse de cererea în căsătorie a lui Josh.

Și nu acelea erau cele mai tulburătoare amintiri. Își aduse aminte cum o implorase să meargă cu el în Zimbabwe. Îl revăzu cum se frânsese din mijloc când ea luase ultima curbă, îndepărtându-se de o posibilă viață împreună.

Știa că putea să schimbe toate acestea. Nu era prea târziu. Putea să rezerve un zbor spre Zimbabwe în ziua următoare și să meargă la el. I-ar spune că știa acum că ei doi erau făcuți pentru a îmbătrâni împreună. Ar face dragoste într-un cadru diferit și ea ar deveni o persoană nouă, a cărei viață doar și-o imaginase până atunci.

Voia să-i spună toate aceste lucruri tatălui ei. Voia să-i spună totul. Voia ca el să-i spună că fericirea ei era tot ce conta, dar înainte de a putea scoate vreun cuvânt, simți adierea brizei și, dintr-odată, îi veni în minte imaginea lui Tru lângă ea la Kindred Spirit, cu părul lui des ciufulit de vânt.

Făcuse ce trebuia să facă, nu-i așa?

Nu-i așa?

Greierii își continuau concertul, iar noaptea se lăsa apăsătoare, cu o greutate aproape sufocantă. Lumina lunii se strecura printre crengile copacilor. Pe șosea trecu o mașină, cu geamurile lăsate și cu radioul pornit. Își aminti de muzica de jazz de la radio când Tru o luase în brațe în bucătărie.

– Am uitat să te întreb, spuse tatăl ei în cele din urmă, știu că a fost furtună aproape toată săptămâna. Ai reușit până la urmă să ajungi la Kindred Spirit?

La auzul cuvintelor lui, zidul se prăbuși și Hope scoase un geamăt gâtuit, urmat de suspine.

– Ce-am spus? se panică el, dar ea abia dacă-l mai auzea. Ce s-a întâmplat? Spune-mi, draga mea…

Scutură din cap, neputând să răspundă. Ca prin ceață, simți cum tatăl ei îi pune mâna pe genunchi. Chiar și fără să deschidă ochii, știa că o privește cu neliniște și îngrijorare. Dar nu se putea gândi decât la Tru și nu putea face nimic ca să oprească lacrimile.

PARTEA A II-A

Nisipul din clepsidră

Octombrie 2014

Amintirile sunt o ușă spre trecut și, cu cât cineva le prețuiește mai mult, cu atât mai larg se deschide ușa. Asta obișnuia să spună tatăl lui Hope, în orice caz, și, ca multe dintre lucrurile pe care i le spusese, trecerea timpului părea să-i adâncească înțelepciunea.

Dar, iarăși, timpul avea un fel de a schimba totul, se gândi ea. Reflectând asupra vieții ei, i se părea imposibil de crezut că trecuse aproape un sfert de secol de la acele zile din Sunset Beach. Se întâmplaseră atâtea lucruri de atunci, iar ea simțise adesea că devenise o cu totul altă persoană decât fusese odată.

Acum, era singură. Seara abia începuse, aerul proaspăt avea un iz pronunțat de iarnă, iar ea stătea pe terasa din spate a casei ei din Raleigh, Carolina de Nord. Lumina lunii arunca o strălucire fantomatică peste gazon și colora în argintiu frunzele ce tremurau în bătaia brizei. Foșnetul lor făcea să pară că voci din trecut o chemau, așa cum se întâmplase adesea în ultimele zile. Se gândea la copiii ei și, în vreme ce se legăna în fotoliul-balansoar înainte și înapoi, amintirile i se rostogoliră înaintea ochilor într-un caleidoscop de imagini. Pe întuneric, își aminti uluirea pe care o simțise când îi ținuse în brațe pe fiecare în parte la spital; zâmbi amintindu-și cum alergau dezbrăcați pe holuri, după baie, când erau mai mărişori. Se gândi şi la zâmbetele lor ştirbe după ce le căzuseră dinţii de lapte şi retrăi amestecul de mândrie şi îngrijorare pe care le experimentase pe când ei se luptau cu anii adolescenţei. Erau copii buni. Extraordinari. Spre marea ei surpriză, îşi dădu seama că şi-l putea aminti şi pe Josh cu o afecţiune care odată părea imposibilă. Divorţaseră cu opt ani în urmă, dar la şaizeci de ani, lui Hope îi plăcea să creadă că ajunsese în acel punct în care iertarea venea uşor.

Jacob trecuse pe-acolo vineri seara, iar Rachel îi adusese covrigi sâmbătă dimineaţă. Nici unul dintre copii nu se arătase curios atunci când le spusese că urma să închirieze din nou o căbănuţă la mare, aşa cum făcuse şi în anul precedent. Lipsa lor de interes nu era ceva ieşit din comun. Ca atâţia alţi oameni tineri, erau prinşi cu vieţile lor. Rachel absolvise în mai, iar Jacob cu un an înainte. Amândoi îşi găsiseră de lucru înainte de a-şi lua diplomele. Jacob lucra în vânzări de reclame la un post de radio local, în vreme ce Rachel era angajată la o firmă de internet marketing. Aveau propriile lor apartamente şi îşi plăteau singuri facturile, ceea ce Hope ştia că era o raritate în zilele acestea. Majoritatea prietenilor lor se mutaseră înapoi cu părinţii după terminarea facultăţii şi, în sinea ei, Hope considera că independenţa copiilor ei era chiar mai remarcabilă decât absolvirea.

Fusese la coafor chiar înainte de a-şi face bagajele în cursul zilei. De când ieşise la pensie, în urmă cu doi ani, mergea într-un loc de lux de lângă nişte centre comerciale selecte. Era singurul ei răsfăţ. Ajunsese să le cunoască pe unele dintre doamnele care veneau regulat şi stătea pe scaun, ascultând cum poveştile de la salon treceau de la soţi şi copii la vacanţele pe care le făcuseră peste vară. Conversaţiile acelea relaxante erau un balsam pentru Hope, iar când era acolo se surprindea adesea fugind cu gândul către părinţii ei.

Se stinseseră deja de multă vreme. Tatăl ei murise de scleroză laterală amiotrofică cu optsprezece ani în urmă. Mama mai trăise încă patru ani plini de tristeţe. Încă îi era dor de ei, dar suferinţa pricinuită de pierderea lor se mai estompase odată cu trecerea timpului și se transformase în ceva mai ușor de gestionat, o durere surdă ce mai apărea doar când era foarte tristă.

Când coafeza își termină treaba, Hope plecă de la salon, observând mașinile BMW și Mercedes ale femeilor ce ieșeau din centrele comerciale cu pungi umflate de cumpărături. Se întreba dacă ceea ce cumpăraseră le era cu adevărat necesar sau dacă mersul la cumpărături era o dependență de un anumit fel, în care luatul produselor de pe rafturi le oferea o clipă de repaus de la stările de anxietate sau depresie. Fuseseră momente în viața ei în care uneori mergea la cumpărături din aceleași motive, dar acele zile erau deja cu mult în urmă și nu putea să nu se gândească la faptul că lumea se schimbase în ultimele decenii. Oamenii păreau mai materialiști, mai concentrați pe a ține pasul cu ceilalți, dar Hope învățase că o viață plină de sens era arareori despre astfel de lucruri. Era despre experiențe și relații; era despre sănătate și familie și a iubi pe cineva care te iubește, la rândul lui. Făcuse tot ce-i stătuse în putință să le sădească și copiilor ei aceste noțiuni, dar cine să știe dacă într-adevăr reușise?

Zilele acestea răspunsurile o ocoleau. În ultima vreme ajungea să se întrebe „de ce?“ în legătură cu multe lucruri și, în vreme ce erau și oameni care pretindeau că au toate răspunsurile - emisiunile de la televizor erau pline de astfel de experți -, Hope era rareori convinsă. Dacă exista o întrebare la care să-i fi putut răspunde oricare dintre ei, aceasta era pur și simplu: „De ce dragostea cere întotdeauna sacrificii?“

Nu știa. Ceea ce știa însă era că observase acest lucru în căsnicia ei, ca părinte și ca fiică adultă a unui tată ce fusese condamnat să se stingă încet. Dar oricât de mult zăbovea asupra întrebării, nu putea să găsească răspunsul. Era sacrificiul o componentă necesară a dragostei? Erau cele două cuvinte de fapt sinonime? Era cel dintâi o dovadă a celei din urmă sau invers? Nu voia să creadă că dragostea avea un preț intrinsec - că presupunea dezamăgire sau durere sau teamă -, dar uneori nu putea să gândească altfel.

În ciuda evenimentelor neprevăzute din viața ei, Hope nu era nefericită. Înțelese că viața nu este ușoară pentru nimeni și era mulțumită că făcuse tot ceea ce-i stătuse în putință. Și totuși, ca fiecare dintre noi, avea regrete, iar în ultimii ani le retrăise mult mai des. Apăreau pe neașteptate și în cele mai bizare momente: când punea bani în cutia milei de la biserică, de exemplu, sau când mătura zahărul vărsat pe podea. Când se întâmpla așa, se surprindea amintindu-și de lucruri pe care și-ar fi dorit să le poată schimba, de certuri care ar fi trebuit evitate, de cuvinte de iertare care rămăseseră nerostite. O parte din ea își dorea să dea ceasul înapoi și să ia alte decizii, dar, când era sinceră cu ea însăși, se întreba ce ar fi putut schimba de fapt. Greșelile sunt inevitabile, iar ea ajunsese la concluzia că regretele pot aduce lecții importante în viață, dacă ești dornic să înveți din ele. Și astfel, își dădu seama că tatăl ei avusese dreptate doar pe jumătate în ceea ce privește amintirile. În definitiv, ele nu erau doar uși către trecut. Voia să creadă că erau uși deschise către un viitor nou și diferit.

*

Hope se înfioră când o pală de vânt rece mătură terasa din spatele casei și înțelese că era vremea să se întoarcă înăuntru.

Locuise în această casă mai mult de douăzeci de ani. Ea și Josh o cumpăraseră la scurtă vreme după ce depuseseră jurămintele și, trăgând aer în piept în ambianța ei familiară, se gândi din nou cât de mult iubise acest loc. Era în stil georgian, cu coloane masive în față și cu lambriuri în majoritatea camerelor de la nivelul principal. Cu toate acestea, probabil că venise vremea s-o vândă. Era prea mult, era prea mare pentru ea și deja devenise o muncă de Sisif să șteargă praful în toate camerele. Și scările se transformaseră într-o provocare, dar când aduse vorba de vânzare, Jacob și Rachel se împotriviră, nevrând să renunțe la casa copilăriei lor.

Indiferent dacă urma să o vândă sau nu, casa avea nevoie de reparații. Podelele din lemn masiv erau roase și zgâriate; în sufragerie, tapetul se decolorase și trebuia schimbat. Bucătăria și băile erau încă funcționale, dar cu siguranță învechite și aveau nevoie de renovări. Erau atât de multe de făcut! Se întreba când și mai ales dacă le va putea face.

Merse prin casă stingând luminile. Unele întrerupătoare de la veioze se roteau cu greutate și îi luă mai mult decât se așteptase.

Valiza era la ușa de la intrare, lângă cutia din lemn pe care o adusese din pod. La vederea lor se gândi la Tru, dar, iarăși, de fapt nu încetase vreo clipă să se gândească la el. Trebuia să fi făcut șaizeci și șase de ani acum. Hope se întreba dacă se pensionase din meseria de ghid sau încă locuia în Zimbabwe. Poate că se mutase în Europa sau în Australia sau într-un loc mai exotic. Se întrebă dacă el locuia aproape de Andrew și dacă devenise bunic în anii în care fuseseră despărțiți. Se întreba dacă se mai recăsătorise, cu cine se mai întâlnise sau dacă își mai amintea de ea. Dar pe de altă parte, mai era încă în viață? Îi plăcea să creadă că ar fi știut instinctiv dacă el ar fi părăsit această lume – că erau cumva uniți – dar trebuia să recunoască și că se putea ca totul să fie doar un vis cu ochii deschiși. Însă cel mai adesea se întreba dacă ultimele cuvinte din scrisoarea lui ar putea fi adevărate – dacă pentru ei orice ar fi întotdeauna posibil.

În dormitor, își puse pijamaua pe care Rachel i-o cumpărase de Crăciun. Era plăcută și călduroasă, exact cum voia Hope. Se strecură în pat și își potrivi pătura, sperând să o prindă somnul care o ocolea atât de des în ultima vreme.

Anul trecut, pe plajă, stătuse trează gândindu-se la Tru. Își dorise ca el să revină la ea și să retrăiască zilele pe care le petrecuseră împreună atât de intens. Își aminti de întâlnirea lor de pe plajă și de cafeaua pe care o băuseră împreună în acea primă dimineață; rememoră pentru a suta oară cina de la Clancy și plimbarea înapoi spre cabană. Îi simți privirea ațintită asupra ei când sorbeau vinul pe terasă și sunetul vocii lui în timp ce citea scrisoarea pe banca de la Kindred Spirit. Mai mult decât orice altceva, își amintea de felul tandru și senzual în care făcuseră dragoste; intensitatea expresiei lui, cuvintele pe care i le șoptise.

Se mira de cât de real părea încă totul – greutatea tangibilă a sentimentelor lui pentru ea; chiar și vina neiertătoare. Ceva se rupsese cu adevărat în ea în dimineața în care plecase, dar voia să creadă că în acea ruptură apăruseră în cele din urmă rădăcinile unui element mai puternic. În tot ceea ce urmase, de câte ori viața i se păruse atât de grea că devenea de nesuportat, se gândea la Tru și își reamintea că, dacă ar ajunge vreodată în punctul în care să aibă nevoie de el, el ar veni. Asta îi spusese în acea ultimă dimineață împreună, iar promisiunea lui era suficientă pentru ca ea să poată merge mai departe.

În acea noapte pe plajă, cum somnul nu se lipea de ea, se trezi că încearcă să rescrie istoria într-un fel care să-i ofere liniște. Își imagină că întorcea mașina și alerga spre el; își imagină că stătea la masă cu Josh și îi spunea că întâlnise pe altcineva. Imagini visătoare ale unei reîntâlniri la aeroport, unde ea mergea ca să-l întâmpine pe Tru după zborul lui din Zimbabwe se derulau în mintea ei. În această fantezie, ei doi se îmbrățișau lângă banda de bagaje și se sărutau în mijlocul unei mulțimi de oameni. Mergând spre mașină, el o ținea de după umeri, și își zugrăvise chiar și felul relaxat în care-și arunca sacul marinăresc în portbagaj, de parcă s-ar fi întâmplat aievea. Își imagină cum ei doi făceau dragoste în apartamentul pe care îl considerase odată „acasă", cu mulți ani în urmă.

Dar după aceasta, viziunea ei deveni încețoșată. Nu putea vizualiza casa pe care ar fi ales-o. Când își închipuia că erau în bucătărie, asta se întâmpla ori la cabana pe care părinții ei o vânduseră cu mult timp în urmă, ori la casa pe care o deținuse cu Josh. Nu-și putea imagina ce meserie ar fi avut Tru; când încerca, îl vedea revenind acasă la finalul zilei îmbrăcat în aceleași haine pe care le purtase în săptămâna în care fuseseră împreună, ca și cum tocmai se întorsese dintr-un safari. Știa că el mergea regulat la Bulawayo să-l vadă pe Andrew, dar nu avea nici un punct de referință ca să-și poată evoca felul în care arăta casa lui sau împrejurimile. Iar Andrew rămânea mereu un băiat de zece ani, cu trăsăturile înghețate în timp, la fel cum Tru rămânea mereu de patruzeci și doi de ani.

În mod ciudat, când își imagina viața alături de Tru, Jacob și Rachel erau întotdeauna prezenți. Dacă ea și Tru mâncau la masă,

Jacob refuza să-și împartă cartofii prăjiți cu sora lui; dacă Tru desena pe terasa din spatele cabanei părinților ei, Rachel picta cu degetele la măsuța de voiaj. În sala de serbări a școlii, ea stătea lângă Tru în timp ce Jacob și Rachel cântau în cor; de Halloween, ea și Tru mergeau în urma copiilor, care erau îmbrăcați ca Woody și Jessie din *Toy Story 2*. Întotdeauna, întotdeauna copiii ei erau prezenți în viața pe care și-o imagina alături de Tru și, chiar dacă o deranja imixtiunea acestuia, și Josh era acolo. Jacob semăna foarte bine cu tatăl lui, iar Rachel crescuse cu gândul că într-o zi va deveni doctoriță.

Într-un final, Hope se ridică din pat. Era răcoare și, punându-și o jachetă, luă scrisoarea pe care Tru i-o scrisese cu multă vreme în urmă și se așeză pe terasa din spate. Voise s-o citească, dar nu-și putea aduna curajul s-o facă. În loc de asta, rămase privind întunericul oceanului, strângând în mână plicul uzat, copleșită de un val de singurătate.

Se gândi că era singură la mare, departe de toți cei pe care-i cunoștea. Numai Tru era cu ea; atâta doar că el nu era de fapt niciodată acolo.

*

În anul precedent, Hope se întorsese din vacanța ei de o săptămână la mare cu un amestec de speranță și groază. Anul acesta își spusese că lucrurile vor fi diferite. Se hotărâse că aceasta va fi ultima vizită la cabană și, dimineață, după ce puse cutia pe locul din spate, Hope își târî valiza în spatele mașinii cu pași hotărâți. Vecinul ei, Ben, își tundea gazonul și veni s-o ajute s-o urce în portbagaj. Îi fu recunoscătoare. La vârsta ei, accidentările apăreau mult mai repede și luau adesea mult timp să se vindece. În anul dinainte, alunecase în bucătărie și, deși nu căzuse, se lovise în timp ce încerca să se prindă de ceva, ceea ce se lăsă cu o durere la umăr săptămâni întregi.

Trecu în revistă ce avea de făcut, înainte să se urce în mașină: ușile erau încuiate, stinsese toate luminile, pubelele de gunoi erau lângă bordură, iar Ben fusese de acord să-i ridice corespondența și ziarele. Urma să conducă aproape trei ore, dar nu avea nici un motiv să se grăbească. Ziua care conta era, până la urmă, cea care urma. Doar gândindu-se la asta și începea să aibă emoții.

Din fericire, în cea mai mare parte a timpului, drumul nu fu aglomerat. Trecu pe lângă terenuri agricole și orășele, rulând la viteză constantă până când ajunse la periferia orașului Wilmington, unde luă prânzul la un bistro pe care și-l amintea din anul precedent. Apoi dădu o raită pe la magazin ca să-și umple frigiderul, se opri la biroul de închirieri pentru a-și ridica cheile și începu ultima parte a călătoriei. Găsi intersecția de care avea nevoie, întoarse de câteva ori și, în cele din urmă, parcă pe alee.

Cabana semăna cu cea pe care o avuseseră odinioară părinții ei, cu scări ce duceau până la ușa din față și cu o terasă bătută de vânturi și ploi. La vederea acesteia, i se făcu un dor nebun de casa cea veche. După cum bănuise, noii proprietari nu așteptaseră prea mult înainte s-o dărâme și să construiască o clădire nouă, mai mare, asemănătoare cu cea în care locuise odinioară Tru.

Nu mai venise decât rareori la Sunset Beach de atunci, pentru că nu se mai simțea acasă aici. La fel ca multe alte orășele ce se înșiruiau de-a lungul coastei, și acesta se schimbase odată cu trecerea timpului. Pontonul fusese înlocuit cu ceva mai modern, standardul era dat acum de casele mari și dispăruse și Clancy's, restaurantul reușind să mai reziste doar vreo doi ani după începutul noului secol. Robin, sora ei, fusese cea care îi spusese de închiderea restaurantului. Mergând într-o excursie la Myrtle Beach cu zece ani în urmă, ea și soțul ei făcuseră un ocol prin insula lor de familie pentru că și ea, la rândul ei, era curioasă să vadă ce schimbări mai adusese trecerea timpului.

În ultima vreme, Hope prefera Carolina Beach, o insulă aflată puțin mai la nord și mai aproape de Wilmington. O vizitase pentru prima oară la sugestia terapeutei ei, în decembrie 2005, când formalitățile divorțului de Josh ajunseseră în cel mai groaznic punct. Josh plănuise să-i ducă pe Jacob și Rachel undeva în vest timp de o săptămână, în vacanța de iarnă. Copiii erau proaspăt intrați în adolescență, cu multe toane, iar implozia căsniciei părinților lor intensificase stresul pe care-l resimțeau. Deși Hope recunoscuse că vacanța ar reprezenta o benefică distragere a atenției pentru copii, terapeuta ei îi sugerase că nu-i va face bine să-și petreacă sărbătorile singură acasă. Îi propusese Carolina Beach, spunându-i că iarna insula este de obicei puțin aglomerată și relaxantă.

Hope rezervase o cabană fără să o vadă înainte, dar aceasta se dovedise a fi exact ceea ce avea nevoie. Acolo își începuse procesul de vindecare; acolo reușise să găsească perspectiva de care avea nevoie pentru a intra într-o nouă etapă a vieții.

Știuse că nu avea să se împace cu Josh. Suferise din cauza lui mulți ani și, deși ultima lui aventură îi pusese capac, amintirea primei îi cauza încă cea mai mare durere. Pe atunci copiii nu erau încă la școală și nevoile lor erau constante; între timp, starea tatălui ei se înrăutățise. Când Hope aflase de aventură, Josh își ceruse iertare și promisese că o să-i pună capăt. Cu toate acestea, ținuse legătura cu femeia aceea chiar și după ce starea tatălui lui Hope devenise din ce în ce mai gravă. Luni întregi trăise la limita declanșării atacurilor de panică și atunci fusese prima oară când se gândise să termine cu căsnicia ei. Dar în loc de asta, copleșită de perspectiva schimbărilor majore și îngrozită de efectul devastator pe care divorțul l-ar fi avut asupra copiilor, răbdase și încercase din răsputeri să-l ierte. Aventurile lui însă continuaseră. Urmaseră alte lacrimi și mai multe certuri și, când într-un final îi spusese lui Josh că vrea să divorțeze, dormeau deja în camere separate de mai bine de un an. În ziua în care plecase, Josh îi spusese că asta era cea mai mare greșeală a vieții ei.

În ciuda bunelor ei intenții, în timpul divorțului ieșiră la suprafață amărăciunea și ranchiuna. Era șocată de furia și tristețea pe care le simțea, iar Josh era și el la fel de înverșunat și defensiv. Și, deși detaliile legate de custodie se rezolvaseră rapid și direct, cearta pe bunuri fusese un coșmar. Hope stătuse acasă cât copiii fuseseră mici și nu se întorsese la muncă decât când aceștia merseseră la școală, iar atunci nu mai lucrase ca asistentă la urgențe, ci la un cabinet de medicină de familie, ca să poată fi acasă când ajungeau copiii. Programul era mai ușor, dar salariul mai mic, iar avocatul lui Josh ceruse insistent ca pensia alimentară să fie drastic redusă, întrucât ea avea abilitățile necesare pentru a obține un salariu mai bun. Iar Josh, ca mulți alți bărbați, nu credea în împărțirea egală a bunurilor. În acea perioadă, Josh și Hope comunicau în special prin intermediul avocaților.

Se simțea dărâmată de emoții - sentimente de ratare, de pierdere, furie, determinare și frică -, dar pe când se plimba pe plajă în acea vacanță de Crăciun, își făcea griji mai ales pentru copii. Își dorise să fie cea mai bună mamă, dar terapeuta ei îi amintea mereu că dacă nu se îngrijea de ea mai întâi, nu va fi în stare să le ofere copiilor sprijinul de care aveau nevoie.

În sinea ei, știa că terapeuta avea dreptate, dar ideea părea aproape o blasfemie. Fusese mamă atât de multă vreme, că aproape nu mai știa cine este. În timpul șederii la Carolina Beach însă, acceptase treptat ideea că sănătatea ei emoțională era la fel de importantă ca aceea a copiilor. Nu mai importantă, dar nici mai puțin.

A înțeles și cât de alunecos putea fi drumul dacă nu ținea seama de sfaturile terapeutei. Văzuse femei care pierduseră sau luaseră în greutate în timp ce treceau printr-un divorț. Le auzise vorbind despre seri de sfârșit de săptămână petrecute în baruri și recunoscând că avuseseră aventuri de-o noapte cu necunoscuți, bărbați pe care abia și-i aminteau. Unele se recăsătoriseră rapid, iar asta era aproape întotdeauna o greșeală. Chiar și cele care nu se dezlănțuiseră dezvoltau adesea obiceiuri autodistructive. Hope își văzuse prietenele divorțate trecând de la două pahare de vin în weekend, la trei sau patru de câteva ori pe săptămână. Una dintre acele femei recunoscuse că băutura fusese singura modalitate de a supraviețui divorțului.

Hope nu voia să cadă în aceeași capcană, iar excursia la mare îi fusese lămuritoare. După întoarcerea la Raleigh, se înscrisese la o sală de sport și începuse să meargă la ore de spinning. Se apucase chiar și de yoga, să gătească sănătos pentru ea și copii și, chiar și în nopțile în care nu putea adormi, se forța să stea în pat, respirând adânc, încercând să-și disciplineze mintea. Învățase să mediteze și pusese mare accent pe reluarea prieteniilor cu cei cu care pierduse legătura în ultimii ani.

Își promisese, de asemenea, să nu spună niciodată nimic rău de Josh, ceea ce nu fusese ușor, dar probabil că pusese fundația pentru relația pe care o aveau acum. În ultima vreme, majoritatea prietenilor ei nu puteau înțelege de ce îi mai acorda un loc în viața ei, luând în considerare toată durerea pe care el i-o pricinuise. Motivele erau multiple și diverse, dar constituiau secretul ei. Când o întreba cineva, răspundea că, oricât de urât se purtase ca soț, fusese întotdeauna un tată bun pentru copii. Josh petrecuse multă vreme cu copiii când aceștia erau mici, participând la activitățile extrașcolare, antrenându-le echipele de sport și petrecându-și sfârșiturile de săptămână cu familia, nu cu prietenii. Ultima parte era ceva ce ea îl rugase insistent înainte de a accepta să se căsătorească cu el.

Nu îi acceptase însă cererea în căsătorie imediat. „Hai să vedem cum merg lucrurile", îi spusese. Când era pe punctul de a pleca, el se oprise în ușă.

- E ceva schimbat la tine, îi spusese.

- Ai dreptate, îi răspunsese ea. Sunt diferită.

Opt săptămâni trecuseră până când ea spusese „Da" și, spre deosebire de prietenii ei, insistase să fie o nuntă simplă la câteva luni după aceea, la care să participe doar prietenii apropiați și familia. Petrecerea o făcuseră cu ce s-a găsit, unul dintre cumnații ei a fost pe post de cameraman, iar invitații încheiaseră seara dansând la un club de noapte din oraș. Logodna scurtă și nunta nesofisticată îl miraseră pe Josh. Nu-și putea imagina de ce nu voise o nuntă așa cum toți prietenii ei îi cereau. Ea îi spusese că nu vrea să arunce banii aiurea, dar în realitate bănuia că era deja însărcinată. Se dovedi că avea dreptate - era însărcinată cu Jacob - și pentru o clipă se gândi că putea fi al lui Tru, dar asta era imposibil. Perioada nu se potrivea, iar Tru nu putea avea copii, însă în acel moment ea își dădu seama că nu avea nici un chef să zâmbească fals în romanul de dragoste greșit al unei nunți de poveste. Până la urmă, între timp înțelesese care era adevărata natură a unei idile și știa că aceasta avea prea puțin de-a face cu construirea unei fantezii. Adevărata poveste de dragoste era spontană, imprevizibilă și putea să însemne pur și simplu a asculta un bărbat citind o scrisoare de dragoste găsită într-o cutie poștală singuratică, într-o după-amiază furtunoasă de septembrie.

*

La cabană, Hope începu să se instaleze. Puse cutia de lemn pe masa din bucătărie, lăsă deoparte cumpărăturile, își despachetă lucrurile și le puse în sertare, ca să nu le scoată din valiză toată săptămâna. Le trimise copiilor un mesaj, spunându-le că ajunsese. Apoi, aruncându-și pe umeri o jachetă, ieși pe terasa din spate și coborî scările până la plajă. Spatele și picioarele îi erau înțepenite de la condus și, cu toate că și-ar fi dorit să se plimbe, nu se aventură prea departe. Voia să-și păstreze energia pentru ziua următoare.

Cerul era de culoarea cobaltului, dar briza era răcoroasă și își băgă mâinile adânc în buzunarele jachetei. Aerul era sărat, plin de prospețime. Lângă un camion parcat pe malul apei, într-un scaun pliant stătea un bărbat, flancat de un șir de undițe cu firele dispărând în apă. Pescuia, iar Hope se întrebă dacă avusese noroc. Nu văzuse nici măcar o dată pe cineva pe plajă reușind să tragă un pește din apele puțin adânci, dar se pare că era un mod popular de a-ți petrece timpul.

Simți cum telefonul îi vibrează în buzunar. Sperând că era unul dintre copii, văzu în schimb un apel ratat de la Josh. Își puse telefonul la loc în buzunar. Spre deosebire de Jacob și Rachel, el fusese interesat de motivele pentru care ea plecase la mare. Credea că nu-i place marea, pentru nu voise niciodată să-și facă vacanțele la plajă cât timp fuseseră căsătoriți. Ori de câte ori Josh venise cu propunerea de a închiria o căsuță la mare, Hope găsise alte alternative: Disney World, Williamsburg, excursii de camping la munte. Merseseră la schi în Virginia de Vest și în Colorado și își petrecuseră timpul în New York, Yellowstone și Marele Canion.

Până la urmă își cumpăraseră o cabană lângă Asheville, pe care Josh o păstrase după divorț. Ani întregi, gândul de a merge la mare fusese pur și simplu prea dureros. În mintea ei, marea și Tru erau legați indisolubil.

Cu toate acestea, își trimisese copiii în tabere de vară lângă Myrtle Beach și în tabere de surf la Nags Head. Atât Jacob, cât și Rachel învățaseră repede surfingul și, în mod ironic, Josh și Hope începuseră să-și vindece rănile de la divorț după o tabără de surfing a lui Rachel. Aceasta se plânsese de dificultăți în respirație și de palpitații și, odată ajunsă acasă, o duseseră la un cardiolog pediatru. În câteva zile, fusese diagnosticată cu o malformație congenitală nedescoperită la timp și avusese nevoie de operație pe cord deschis.

Pe atunci, Hope și Josh nu mai vorbiseră de aproape patru luni, dar fiecare dintre ei își lăsă resentimentele deoparte de dragul fiicei lor. Stătură cu rândul noaptea la spital și nu țipară nici măcar o dată unul la celălalt. Armonia venită din suferința lor comună luă sfârșit de îndată ce Rachel fu externată, dar le fusese suficientă pentru a da naștere unei relații care să le permită să vorbească despre copii într-o manieră cordială. După ceva vreme, Josh se recăsătorise cu o femeie numită Denise și, spre surprinderea lui Hope, ceva asemănător unei prietenii începu să se formeze între ei.

Într-o oarecare măsură, avea de-a face cu faptul că Josh se recăsătorise cu Denise. Când relația cu ea începu să se strice, el o sună pe Hope. Ea încercă să-i ofere sprijin cât putu, dar în final, divorțul lui Josh de Denise fu mai dur decât cel de Hope.

Stresul provocat de divorț își pusese amprenta serios asupra lui Josh, care nu mai semăna nici pe departe cu bărbatul cu care se căsătorise. Se îngrășase, iar pielea îi era palidă și plină de pete; îi căzuse mult părul, iar ținuta lui odată atletică se transformase într-o cocoașă. O dată, după ce nu-l mai văzuse câteva luni, îi luase câteva secunde să-l recunoască atunci când o salutase cu mâna din partea opusă a sufrageriei clubului lor. Nu-l mai găsea atractiv și, în multe feluri, îi era milă de el.

Nu cu mult timp înainte să iasă la pensie, apăru într-o zi la ușa ei într-o jachetă sport și pantaloni călcați. Înfățișarea sa plină de prospețime semnala faptul că nu era vorba despre o vizită obișnuită, iar ea îl conduse către canapea, având grijă să se așeze în capătul celălalt.

Îi luă ceva timp până când ajunse la subiect. Începu cu o conversație de complezență, discutând despre copii, apoi puțin despre munca lui. O întrebă dacă încă mai rezolva cuvintele încrucișate din *New York Times*, un obicei pe care și-l făcuse la puțin timp după ce copiii începuseră școala și care, încet dar sigur, devenise o mică dependență. Ea îi răspunse că tocmai terminase unul cu o oră în urmă și, când el își împreună mâinile, îl întrebă ce-i stătea pe suflet.

– Mă gândeam zilele trecute că ești singurul prieten pe care-l mai am, îi spuse el într-un final. Am colegi la muncă, dar nu pot vorbi cu nici unul dintre ei la fel cum vorbesc cu tine.

Ea nu spuse nimic, așteptând.

– Suntem prieteni, așa e?

– Da, răspunse ea. Bănuiesc că suntem.

– Și am trecut prin multe împreună, nu-i așa?

Ea aprobă din cap:

– Da.

– M-am tot gândit la asta în ultima vreme... la noi doi. La trecut. De cât timp ne cunoaștem? Îți dai seama că au trecut treizeci de ani? De când ne-am întâlnit.

– Nu pot să spun că m-am gândit prea mult la asta.

– Da... în regulă.

Deși încuviințase din cap, ea știa că își dorise un altfel de răspuns.

– Ce vreau să spun e că știu că am făcut multe greșeli în ceea ce ne privește. Îmi pare rău pentru ce am făcut. Nu știu ce aveam atunci în minte.

– Ți-ai cerut deja iertare, spuse ea. Și, apoi, toate astea țin de trecut. Am divorțat cu mult timp în urmă.

– Dar am fost fericiți, nu? Când eram căsătoriți.

– Uneori, recunoscu ea. Nu întotdeauna.

El dădu din nou din cap, insinuând o rugăminte.

– Crezi că am mai putea încerca vreodată? Să ne mai dăm o șansă?

Ei nu-i veni să-și creadă urechilor.

– Adică să ne recăsătorim?

El ridică din mâini.

– Nu, nu asta. Mai degrabă ceva ca... o întâlnire romantică. De exemplu, te scot în oraș sâmbătă seara, bine? Doar să vedem cum merge. S-ar putea să nu ducă nicăieri, dar, așa cum spuneam, ești cea mai apropiată prietenă pe care o am...

– Nu cred că e o idee bună, i-o reteză ea.

– De ce nu?

– Probabil că treci printr-o pasă proastă acum, îi răspunse. Și, când te simți trist, uneori idei proaste ca asta pot părea foarte bune. E important pentru copii să știe că ne înțelegem și n-aș vrea să pun asta în pericol.

– Nici eu nu vreau să pun nimic în pericol. Doar mă gândeam dacă ai fi dispusă să ne mai acorzi o șansă. Să-mi mai dai o șansă.

În acel moment, Hope se întrebă cât de bine îl cunoscuse de fapt.

– Nu pot, spuse ea în cele din urmă.

– De ce nu?

– Pentru că iubesc pe altcineva.

*

Plimbându-se pe plajă, plămânii începură s-o doară de la aerul rece și umed, așa că decise să se întoarcă. La vederea căsuței, în depărtare, îi fulgeră prin minte imaginea lui Scottie. Dacă ar fi fost cu ea, cu siguranță că ar fi fost dezamăgit și ar fi privit-o cu ochii aceia ai lui dulci și triști.

Copiii nu-și prea aminteau de el, deși făcuse parte din familie când ei erau mici. Hope citise undeva că acea parte a creierului care procesează memoria pe termen lung nu este pe deplin dezvoltată până când copilul nu împlinește șapte ani, iar Scottie murise înainte de asta. Și-l aminteau în schimb pe Junior, un terier scoțian care făcuse parte din viețile lor până când Jacob și Rachel merseseră la facultate. Deși Hope îl adorase pe Junior, în sinea ei recunoștea în secret că Scottie rămânea favoritul.

Simți cum telefonul îi vibrează a doua oară. Jacob încă nu răspunsese, dar Rachel îi trimisese un mesaj, spunându-i: „Să te distrezi! Vrel tip drăguț? Te ubesc", cu un emoticon cu un zâmbet. Hope știa că tinerii aveau stilul lor de a trimite mesaje, pline de răspunsuri scurte, acronime, cu ortografie și gramatică greșite și cu o cantitate uriașă de emoticoane. Ea prefera încă stilul învechit de comunicare – în persoană, la telefon sau prin scrisori –, dar copiii ei aparțineau unei generații diferite, iar ea învățase să facă ce le era lor mai ușor.

Se întreba ce-ar crede ei oare dacă ar ști adevăratul motiv pentru care venise la Carolina Beach. Avea adesea senzația că propriii copii nu și-o puteau imagina dorindu-și mai mult de la viață decât să rezolve cuvinte încrucișate, să meargă din când în când la coafor și să-i aștepte în vizită. Și atunci Hope își dădu seama că n-ar fi cunoscut-o pe adevărata ea, pe femeia care fusese la Sunset Beach cu atâta vreme în urmă.

Relația ei cu Rachel era diferită de cea cu Jacob. Jacob, se gândea ea, avea multe în comun cu tatăl său. Ei doi se puteau uita o sâmbătă întreagă la fotbal; mergeau la pescuit împreună, le plăceau filmele de acțiune și trasul la țintă și ar fi putut vorbi despre piața de capital și investiții la nesfârșit. Cu Hope, Jacob vorbea în special despre prietena lui și adesea părea că nu-și găsește cuvintele.

Era mai apropiată de Rachel, mai ales după operația ei pe inimă. Deși cardiologul care supraveghease cazul lui Rachel îi asigurase că rezolvarea malformației ei complicate era o procedură destul de sigură, Rachel fusese îngrozită. Și lui Hope îi fusese la fel de frică, dar făcuse tot ce-i stătea în putință să-i transmită încredere fiicei ei. În zilele de dinaintea operației, Rachel plângea adesea gândindu-se că va muri și încă și mai rău decât atât o întrista ideea de a rămâne cu o cicatrice diformă pe piept, dacă va supraviețui.

Nemaiputând să suporte anxietatea, se bâlbâi ca la spovedanie: îi spuse lui Hope că prietenul pe care-l avea de trei luni începuse să facă presiuni asupra ei să facă sex și probabil urma să spună da, deși nu voia; recunoscu că își făcea tot timpul probleme în legătură cu greutatea ei și că de luni de zile mânca fără control, forțându-se apoi să vomite. Îi spuse că se îngrijora tot timpul în legătură cu orice – înfățișarea ei, popularitatea, notele sau dacă urma să fie acceptată la facultatea pe care și-o dorea, deși până la acea decizie mai erau ani buni. Își rupea cuticulele încontinuu, până când sângera. Uneori, mărturisise ea, se gândise chiar și la sinucidere.

Deși Hope știa că adolescenții tind să aibă secrete față de părinții lor, ceea ce aflase în zilele de dinainte și de după operație o îngrijorase peste măsură. După ce Rachel fu externată din spital, Hope îi găsi un terapeut bun și mai apoi un psihiatru care îi prescrise antidepresive. Și, încet dar sigur, Rachel începu să se simtă mai bine cu ea însăși, iar anxietatea și depresia ei dispărură în cele din urmă.

Însă zilele acelea îngrozitoare reprezentaseră începutul unei noi etape în relația lor, una în care Rachel învățase că poate să fie sinceră cu mama ei fără să fie judecată, fără teama că Hope va reacționa exagerat. Până când plecase la facultate, Rachel părea să fi înțeles că poate să-i spună mamei ei aproape orice. Deși era recunoscătoare pentru această sinceritate, Hope recunoștea totuși că erau anumite subiecte – mai ales cele referitoare la cantitatea de alcool pe care studenții o beau în fiecare weekend –, unde un pic mai puțină sinceritate ar fi însemnat mai puține griji de partea ei.

Probabil apropierea dintre ele era motivul mesajului pe care i-l trimisese Rachel. Ca orice prietenă fidelă, Rachel își arăta interesul pentru relațiile lui Hope întrebând despre „1 tip drăguț".

– Te-ai gândit vreodată să te mai întâlnești cu cineva? o întrebase Rachel cu mai bine de un an în urmă.

– Nu chiar.

– De ce nu? Pentru că nimeni nu te-a invitat în oraș?

– M-au invitat câțiva bărbați. Dar i-am refuzat.

– Pentru că erau ticăloși?

– Deloc. Majoritatea păreau foarte drăguți.

Rachel se încruntase auzind asta.

– Atunci, ce este? Ți-a fost teamă? Din cauza a ce s-a întâmplat între tata și Denise?

– Vă aveam pe voi doi și munca mea. Eram mulțumită cu asta.

– Dar acum ai ieșit la pensie, noi nu mai locuim acasă și nu-mi place să te știu singură tot timpul. Adică... dacă bărbatul perfect pentru tine e undeva acolo, așteptându-te?

În zâmbetul lui Hope se citea o urmă de melancolie.

– În cazul ăsta, probabil că va trebui să încerc să-l găsesc, nu?

*

Oricât de terifiantă fusese operația lui Rachel pentru Hope, moartea cu încetinitorul a tatălui ei fusese cumva mult mai greu de îndurat.

În primii ani după Sunset Beach nu fusese așa de rău. Tatăl ei încă se mai putea mișca și, cu fiecare lună care trecea, Hope își amintea că era din ce în ce mai sigură că contractase o formă de scleroză laterală amiotrofică cu evoluție mai lentă. Erau perioade în care chiar părea că lucrurile merg spre bine, dar apoi, în decurs de șase sau șapte săptămâni, toate se întâmplară de parcă cineva ar fi învârtit de un buton: începu să meargă cu mare dificultate, apoi deveni instabil fără sprijin, apoi nu mai putu sta în picioare deloc.

Împreună cu surorile ei, Hope se implică pe cât putu de mult să-l ajute. Instalară bare de susținere în cadă și pe holuri și găsiră la mâna a doua o camionetă pentru persoane cu handicap, cu un lift pentru scaunul cu rotile. Sperau că asta îl va ajuta pe tatăl lor să se deplaseze prin oraș, dar el nu mai putu conduce decât vreo șapte luni, iar mamei lor îi era prea frică să conducă mașina. O vândură în pierdere, iar în ultimul an al vieții lui, tatăl ei nu se mai aventură mai departe de terasele din fața sau din spatele casei, în afară de vizitele la medic.

Dar nu era singur. Pentru că era iubit de familie și foarte respectat de foștii studenți și de colegi, avea o mulțime de vizitatori.

Așa cum se obișnuia în sud, aduceau mâncare, iar la sfârșitul fiecărei săptămâni, mama lui Hope își ruga fiicele să ia acasă câte ceva, căci frigiderul era arhiplin.

Cu toate acestea, chiar și perioadele de relativ optimism erau scurte și se terminară definitiv atunci când tatăl lor își pierdu capacitatea de a vorbi. Ultimele luni de viață și le petrecu conectat la un tub de oxigen și avea adesea accese violente de tuse pentru că mușchii lui erau prea slabi ca să elimine flegma. Hope își amintea cum de nenumărate ori îl bătea pe spate în timp ce el se lupta să respire. Slăbise atât de mult, încât uneori avea impresia că astfel îl va rupe în două, dar în cele din urmă reușea să dea afară flegma și să tragă adânc aer în piept, cu fața albă ca varul.

Ultimele săptămâni părură ca o halucinație febrilă continuă – îi fură angajate îngrijitoare acasă, mai întâi pentru jumătate de zi, apoi permanent. Trebuia hrănit cu lichide, folosind paiul. Devenise atât de slăbit încât chiar și să bea o jumătate de pahar dura aproape o oră. Urmă incontinența urinară, căci corpul i se deteriora rapid.

În perioada aceea Hope îl vizită în fiecare zi. Cum pentru el vorbitul devenise o corvoadă, ea era cea care purta toată conversația. Îi povestea despre copii sau despre certurile cu Josh. Îi mărturisi că un vecin îl văzuse pe Josh la un hotel cu cineva care lucra ca agent imobiliar. Îi spuse că Josh recunoscuse că avusese o aventură, dar încă ținea legătura cu femeia, iar ea nu mai știa ce să facă.

În cele din urmă, într-una dintre ultimele lui perioade lucide, la șase ani după Sunset Beach, Hope îi povesti tatălui ei despre Tru. În timp ce vorbea, el se uita în ochii ei, iar când ajunse la acea parte în care clacase în fața lui, pe terasa casei părintești, el își mișcă mâna pentru prima oară după săptămâni de zile. Îl luă de mână, iar el răsuflă adânc și greu, scoțând niște sunete neinteligibile din fundul gâtului. Ea însă îl cunoștea destul de bine ca să înțeleagă că îi spunea: „Ești sigură că e prea târziu?“

*

Șase zile mai târziu, se stinsese.

Sute de oameni veniră la înmormântare, iar după aceea toată lumea trecu pe acasă pe la ei. Când plecară cu toții seara târziu, casa rămase tăcută ca mormântul, de parcă ar fi murit și ea. Hope știa că oamenii reacționează la stres și la durere în moduri diferite, dar fu șocată de căderea mamei ei, o spirală descendentă de o intensitate înverșunată și aparent de neoprit. Făcea adesea crize de plâns pe neașteptate și începuse să bea. Nu mai făcea curățenie și lăsa rufele murdare aruncate pe jos. Praful se așternuse pe rafturi, iar vasele rămâneau pe masă până când venea Hope să le spele. Mâncarea se strica în frigider, iar televizorul mergea fără oprire. Apoi mama ei începu să acuze tot felul de suferințe: sensibilitate la lumină, dureri articulare, dureri de stomac și dificultăți la înghițire. De câte ori trecea pe la ea, Hope o găsea agitată și adesea incapabilă să-și ducă gândurile la bun sfârșit. Alteori, se retrăgea în dormitorul ei întunecat și încuia ușa. Tăcerea de dincolo de ușă era adesea mai greu de suportat decât crizele de plâns.

Trecerea timpului înrăutăți lucrurile, în loc să le amelioreze. Mama ei deveni la fel de legată de casă cum fusese și tatăl ei. Ieșea doar ca să meargă la doctor, iar la patru ani de la înmormântarea soțului său, fu programată pentru o operație de hernie. Operația era considerată una minoră și merse bine. Hernia era rezolvată, iar semnele vitale rămaseră stabile pe toată durata procedurii. La reanimare, însă, nu se mai trezi din anestezie. Muri două zile mai târziu.

Hope îi cunoștea pe doctor, pe anestezist și pe asistente. Cu toții mai participaseră și la alte operații în aceeași zi, atât înainte cât și după cea a mamei ei și nici un alt pacient nu suferise reacții adverse. Hope petrecuse suficient timp în lumea medicală ca să știe că uneori se întâmplau și lucruri grave și că nu se găsea întotdeauna o explicație. Într-un fel se întreba dacă nu cumva mama ei pur și simplu voise să moară și cumva reușise.

Următoarea săptămână trecu ca prin ceață. Confuză, își amintea puține lucruri despre priveghi și despre înmormântare. În săptămânile care urmară, nici ea, nici surorile ei nu avură destulă putere ca să facă ordine în lucrurile mamei lor. În loc de asta, Hope se plimba uneori prin casa în care crescuse, incapabilă să accepte ideea de a trăi fără părinți. Deși era adultă, îi trebuiră ani buni să nu se mai gândească să pună mâna pe telefon și să-i sune.

Sentimentul de pierdere și tristețea se estompară și, în cele din urmă, fură înlocuite de amintiri dragi, despre vacanțele în care fuseseră cu toată familia și despre plimbările de care se bucurase cu tatăl ei. Își amintea de cinele și de petrecerile de ziua ei, de întrecerile de cros și de proiectele de la școală cu mama. Cel mai mult îi plăcea să-și amintească de momentele în care părinții ei formau un cuplu, de felul în care obișnuiau să flirteze atunci când credeau că nu-i văd copiii. Dar zâmbetul se ștergea la fel de repede cum apărea, căci asta o făcea să se gândească și la Tru, și la șansa pe care o pierduse ca ei doi să poată fi împreună.

*

Ajunsă înapoi la cabană, Hope petrecu câteva minute să-și încălzească mâinile deasupra flăcării aragazului. „E mult prea frig pentru octombrie“, se gândi. Știind că temperatura avea să scadă încă și mai tare imediat ce soarele dispărea, se gândi să folosească șemineul – tuburi de gaz și bușteni artificiali cu gaz, așa încât nu trebuia decât să pornească un întrerupător ca să-l aprindă –, dar decise totuși să crească temperatura la termostat și își făcu o ciocolată fierbinte. În copilărie, nimic nu-i plăcea mai mult atunci când îi era frig, dar încetase s-o mai bea cam de pe când devenise adolescentă. Prea multe calorii, se îngrijora ea atunci. Acum nu-i mai păsa.

Dar îi amintea de vârsta ei, ceva la care ar fi preferat să nu se mai gândească. Corect sau nu, trăiau într-o societate care punea mare preț pe tinerețe și frumusețe când venea vorba de femei. Îi plăcea să creadă că nu-și arăta vârsta, dar recunoștea și că era posibil să se înșele.

De fapt, probabil că nu conta. Venise la mare pentru motive mai importante. Sorbindu-și ciocolata fierbinte, privea la jocul luminii şterse pe suprafaţa apei în timp ce se gândea la ultimii douăzeci şi patru de ani. Oare Josh simţise vreodată că ea iubea un alt bărbat? Oricât încercase s-o ascundă, se întreba dacă dragostea ei secretă pentru un altul nu îi subminase cumva căsnicia. Intuise Josh vreodată că atunci când erau în pat împreună ea avea fantezii cu Tru? Simţise el că o parte din ea îi fusese întotdeauna inaccesibilă?

Nu voia să creadă asta, dar era posibil să fi fost un factor în nenumăratele lui aventuri? Nu că ar fi fost dispusă să accepte toată vina, sau chiar mare parte din ea, pentru ceea ce făcuse el. Josh era adult şi putea să-şi controleze comportamentul, dar dacă...?

Întrebările acestea o chinuiau încă de când aflase de prima lui aventură. Ştiuse dintotdeauna că nu i se dăruise lui pe deplin, aşa cum ştia acum că mariajul lor fusese destinat pieirii din clipa în care îi acceptase cererea în căsătorie. Încercase să se revanşeze cu prietenia din ultima vreme, deşi nu avea nici cea mai mică dorinţă de a reînnoda ceva între ei. În mintea ei, era un fel de a repara lucrurile, de a-şi ispăşi pedeapsa, chiar dacă Josh n-ar fi înţeles niciodată.

Nu şi-ar fi destăinuit vina în faţa lui – nu mai voia să rănească pe nimeni, niciodată. Dar lipsa confesiunii însemna lipsa unei şanse de a fi iertată. Acceptase asta, aşa cum acceptase vina pentru alte greşeli pe care le făcuse în viaţa ei. Când era doar cu ea însăşi, îşi spunea că multe dintre ele ar fi considerate minore, în comparaţie cu secretul pe care-l ţinuse faţă de soţul ei, dar era ceva ce continua să o bântuie.

Era motivul pentru care venise la mare, iar imaginea în oglindă a celor două mari greşeli din viaţa era şocant de ironică şi profundă.

Lui Josh nu-i spusese nimic despre Tru sperând să nu-i rănească sentimentele.

Lui Tru îi spusese adevărul despre Josh, deşi ştia că vorbele ei îi vor frânge inima.

Cutia

Deschizând ochii, Hope zări cerul albăstrui ca oul de măcăleandru prin perdeaua albă, subțire. Uitându-se pe fereastră, văzu că soarele făcea ca nisipul de pe plajă să strălucească orbitor, aproape alb. Avea să fie o zi excelentă, mai puțin în ceea ce privește temperatura. Se preconiza ca un front atmosferic rece dinspre Ohio Valley să mai dureze câteva zile, cu rafale de vânt ce îi tăiau respirația când se plimba pe plajă. În ultimii ani ajunsese să înțeleagă de ce Florida și Arizona erau niște destinații atât de populare după pensionare.

Întinzându-și picioarele amorțite, se dădu jos din pat și bău o cafea, apoi făcu un duș și se îmbrăcă. Deși nu-i era foame, își prăji un ou la micul dejun și se forță să-l mănânce. Apoi, punându-și jacheta și mănușile, ieși pe terasa din spate cu a doua cană de cafea, privind cum lumea se trezește încet la viață.

Nu erau mulți oameni pe plajă: un bărbat mergând în urma unui câine, la fel cum obișnuia și ea să-l urmeze pe Scottie, și o femeie care făcea jogging în depărtare, lăsând urme de pași pe lângă linia apei. Alerga cu pași săltăreți care-i făceau părul prins în coadă să sară într-un ritm vioi și, privind-o, Hope își aminti cât de mult îi plăcea să alerge. Se lăsase de asta când copiii erau mici și, dintr-un motiv sau altul, nu se mai apucase niciodată. Acum se gândea că fusese o greșeală. În prezent, condiția ei fizică era o sursă de preocupări constante – uneori ducea dorul felului nepăsător în care își acceptase corpul ca atare. „Vârsta scoate la iveală atâtea lucruri despre oameni", cugetă ea.

Luă o gură de cafea, întrebându-se cum avea să se desfășoare ziua. Deja se simțea la limită, deși se avertizase singură să nu spere la prea mult. Anul trecut când venise la mare, o ținuse pe linia de plutire entuziasmul trezit de planul său, în ciuda șanselor mici de succes. Dar anul trecut fusese începutul, iar astăzi totul urma să se încheie... oferindu-i-se astfel o dată pentru totdeauna răspunsul la întrebarea dacă minunile chiar se pot întâmpla.

*

Când Hope își termină cafeaua, intră în casă și se uită la ceas. Era timpul să înceapă.

Pe bufet era un radio, pe care îl deschise. Muzica era întotdeauna parte din ritual și roti butonul până când găsi un post cu muzică lentă. Dădu mai tare, amintindu-și că ea și Tru ascultaseră muzică la radio în noaptea în care făcuseră pentru prima oară dragoste.

În frigider era sticla de vin pe care o desfăcuse cu o seară înainte și își turnă puțin într-un păhărel, nu mai mult de o înghițitură. La fel ca muzica, și vinul era parte din ritualul pe care-l urma ori de câte ori deschidea cutia, dar, pentru că fusese nevoită să conducă, se îndoia că va putea termina chiar și acea înghițitură.

Își duse paharul la masă și se așeză. Cutia era acolo unde o lăsase cu o seară în urmă. Punând paharul la o parte, o trase spre ea. Era surprinzător de grea. Era făcută din lemn masiv, de culoarea ciocolatei și a caramelului, și avea balamale mari, din alamă. Ca de obicei, admiră pe îndelete gravurile complexe de pe capac și de pe margini – elefanți, lei, zebre, rinoceri, girafe și gheparzi imaginari, stilizați. O ochise la o tarabă de la târgul stradal din Raleigh și, când aflase că era făcută în Zimbabwe, știuse că trebuie s-o cumpere.

Josh, pe de altă parte, nu fusese la fel de impresionat.

– De ce naiba ai vrea să cumperi așa ceva? o întrebase pufnind disprețuitor.

În momentul acela el mânca un hotdog, în timp ce Jacob și Rachel se jucau într-un castel gonflabil.

- Și unde ai de gând s-o pui?

- Încă nu m-am hotărât, răspunsese ea.

Odată ajunsă acasă, dusese cutia în dormitorul principal și o pusese sub pat, unde o ținuse până în lunea următoare, când el plecase la muncă. Apoi, după ce o umpluse, o ascunsese pe fundul unei cutii cu haine de copii din pod, loc pe care știa sigur că Josh nu-l va găsi.

Tru nu mai încercase s-o contacteze după ce plecaseră din Sunset Beach. Vreme de un an sau doi, se îngrijorase că ar putea găsi vreo scrisoare în cutie sau că-i va auzi vocea pe robotul telefonic. Când telefonul suna uneori seara, se încorda, pregătindu-se pentru orice eventualitate. În mod ciudat, ușurarea că nu era el era întotdeauna dublată de un val de dezamăgire. El însă-i scrisese că nu era loc pentru trei în viața pe care ea voia s-o aibă și, oricât de dureros ar fi fost, știa că avusese dreptate.

Și nici ea, chiar și în cele mai negre momente ale căsniciei ei cu Josh, nu încercase să-l contacteze. Se gândise la asta, fusese foarte aproape de câteva ori, dar nu căzuse niciodată pradă tentației. Ar fi fost ușor să fugă la el, dar apoi? Nu suporta ideea de a fi nevoită să se despartă din nou de el și nici nu voia să-și asume riscul distrugerii propriei familii. În ciuda greșelilor lui Josh, copiii rămâneau prioritatea ei și aveau nevoie de întreaga ei atenție.

Așa că îl păstrase viu în amintirile ei, în singurul fel pe care putea să-l facă. Își păstrase suvenirurile în cutie și se uita la ele din când în când, atunci când știa că nu va fi deranjată. Ori de câte ori era vreo emisiune la televizor despre maiestuoasele animale din Africa, avea grijă să se uite; în anii 1990, dăduse peste romanele lui Alexander McCall Smith și o prinseseră imediat, pentru că multe povești aveau loc în Botswana. Nu era Zimbabwe, dar era suficient de aproape, se gândea ea, și o ajutau să cunoască o lume despre care nu știa nimic. De-a lungul anilor, mai apăruseră uneori articole despre Zimbabwe în revistele mari de știri și în ziarul din Raleigh, *News & Observer*. Aflase despre confiscarea pământurilor de către guvern și se întreba ce se alesese de ferma unde Tru fusese crescut. Mai citise despre hiperinflația din țară și primul ei gând fu cum afectase asta turismul și dacă Tru putea să-și practice meseria de ghid în continuare. Uneori mai primea cataloage de călătorie în cutia poștală și le deschidea la secțiunea care descria diverse excursii safari. Deși majoritatea erau în Africa de Sud, din când în când mai citea și despre pensiunea din Hwange. Când se întâmpla așa, studia atent fotografiile, încercând să înțeleagă mai bine sensul lumii pe care el o numea „acasă". Iar când se așeza apoi pe pat, recunoștea față de ea însăși că sentimentele ei pentru el erau la fel de reale și de puternice ca odinioară, când îi șoptise pentru prima oară că îl iubește.

În 2006, când divorțul ei se încheie, Tru trebuia să aibă cincizeci și opt de ani. Ea avea cincizeci și doi. Jacob și Rachel erau adolescenți, iar Josh se întâlnea deja cu Denise. Deși trecuseră șaisprezece ani de când îl cunoscuse pe Tru, încă spera că mai era timp ca să îndrepte lucrurile. Deja puteai găsi practic orice pe internet, dar informațiile despre pensiunile și taberele din Hwange nu includeau nimic despre ghizi, în afară de faptul că erau cei mai experimentați din Zimbabwe. Era însă o adresă de email, iar femeia care îi răspunse îi spuse lui Hope că nu-l cunoștea pe Tru și că el nu mai lucra acolo de ani buni. La fel și despre Romy, prietenul despre care Tru îi vorbise la un moment dat. Cu toate acestea, femeia îi dădu lui Hope numele și adresa de email ale fostului manager, care se transferase la altă tabără cu câțiva ani înainte. Hope îl contactă și, deși nu știa nimic despre unde s-ar putea afla Tru, i-a oferit numele încă unui manager care lucrase la Hwange prin anii 1990. Nu avea număr de telefon sau adresă de email, dar îi dădu lui Hope o adresă poștală, avertizând-o însă că s-ar putea să nu mai fie totuși actuală.

Hope îi scrise managerului și așteptă cu nerăbdare un răspuns. Tru o avertizase că timpul trece mai greu în savană și că serviciile poștale nu erau întotdeauna de încredere. Trecură săptămâni, apoi luni fără nici un semn, moment în care Hope renunțase la speranța că va mai primi vreodată ceva de la el.

Și cam pe-atunci o scrisoare apăru în cutia ei poștală.

Copiii urmau să se întoarcă de la școală și ea rupse plicul, devorând cuvintele scrijelite. Descoperi că Tru plecase de la Hwange, dar managerul aflase din vorbă-n vorbă că s-ar fi angajat undeva în Botswana. Nu știa însă în ce tabără sau la ce pensiune. Bărbatul îi mai scria că era însă destul de sigur că Tru vânduse casa din Bulawayo când fiul său plecase la universitate undeva în Europa. Nu știa numele universității și nici măcar țara.

Înarmată doar cu câteva informații, Hope începu să contacteze pensiunile din Botswana. Erau zeci. Trimise email după email, dar nu reuși să găsească nici o informație despre Tru.

Nu încercă să contacteze universități din Europa, pentru că asta însemna să caute acul în carul cu fân. Rămânând fără prea multe opțiuni, încercă și la Air Zimbabwe, sperând să găsească acolo pe cineva care lucrase la ei și care avea o soție numită Kim. Hope spera că prin fosta lui soție ar putea afla unde este el. Dar și acea pistă s-a împotmoli. Un bărbat numit Ken lucrase acolo prin 2001 sau 2002, dar părăsise compania și nimeni nu mai știa nimic de el.

După toate acestea, Hope încercă o abordare mai generală. Contactă mai multe agenții guvernamentale din Zimbabwe, întrebând despre o vastă fermă deținută de o familie numită Walls. Păstrase această opțiune ca ultimă redută, bănuind că Tru ținea legătura cu familia lui și mai puțin decât înainte, după ce aflase lucrurile pe care i le spusese tatăl său biologic. Angajații de acolo n-o ajutară aproape deloc, dar după ce vorbi cu ei, presupuse că ferma fusese confiscată de guvern și redistribuită. Nu exista nici o informație despre familie.

Intrând în pană de idei, Hope hotărî să-i faciliteze lui Tru posibilitatea de a o găsi, în cazul în care ar fi căutat-o. În 2009, își făcu cont pe Facebook și îl verifică în fiecare zi, multă vreme. Se reîntâlni cu prieteni vechi, rude, oameni pe care-i cunoștea de la muncă, își făcu noi prieteni. Dar nici măcar o dată nu încercă Tru s-o contacteze.

Gândul că Tru părea să fi dispărut pur și simplu – și că nu se vor mai vedea niciodată – o speriase teribil luni întregi și o făcuse să reflecteze asupra altor pierderi din viața ei. Dar aceasta era o altfel de durere, una care creștea cu fiecare an care trecea. Acum că și copiii se făcuseră mari, își petrecea zilele și nopțile singură. Viața trecea și avea să se încheie curând. Deși nu voia, Hope începu să se întrebe dacă avea să fie singură când își va da ultima suflare.

Simțea uneori că propria ei casă-i devenea, încet dar sigur, mormânt.

*

La cabană, Hope mai luă o gură de vin. Deși era ușor și dulce, dimineața părea să aibă un gust ciudat. Nu mai băuse niciodată așa de devreme și se îndoia că o va mai face. Dar azi merita.

Oricât de entuziasmante erau amintirile și oricât o sprijiniseră, obosise să se mai simtă prizoniera lor. Voia să-și petreacă anii care îi mai rămăseseră fără să se trezească dimineața întrebându-se dacă Tru o va regăsi cumva; voia să petreacă pe cât de mult timp putea cu Jacob și Rachel. Cel mai mult tânjea după liniște sufletească. Voia să poată trăi o lună fără să simtă nevoie de a studia conținutul cutiei care stătea pe masă în fața ei; voia în schimb să se concentreze pe a bifa câteva activități importante de pe lista de lucruri de făcut înainte să moară. Să facă parte din public la show-ul lui Ellen DeGeneres. Să viziteze proprietatea Biltmore de Crăciun. Să parieze pe un cal în cursele de la Kentucky Derby. Să vadă un meci de baschet între University of North Carolina și Duke la Cameron Indoor Stadium. Ultima era greu de obținut; era aproape imposibil să găsești bilete, dar provocarea era parte din distracție, nu?

Nu cu mult după excursia ei de la mare din anul precedent, într-o zi în care se simțea mai tristă decât de obicei, își șterse contul de Facebook. De atunci lăsă și cutia în pod, oricât de puternică i-ar fi fost dorința de a se uita la conținut. Acum însă, cutia o chema și, în cele din urmă, deschise capacul.

Deasupra era invitația la nunta lui Ellen. Se uită lung la antet, amintindu-și cine era ea atunci și grijile care o împresurau când ajunsese pentru prima oară pe plajă în acea săptămână. Uneori își dorea să poată vorbi cu cea care fusese odată, dar nu era sigură ce ar fi spus. Probabil că ar fi asigurat-o pe versiunea mai tânără a ei că avea să aibă copii, dar oare ar fi adăugat că toată creșterea și educarea lor nu semănau nici pe departe cu idealul pe care și-l imaginase? Că, oricât de mult îi prețuia, fuseseră nenumărate ocazii în care o înfuriaseră sau o dezamăgiseră? Că grijile pentru ei erau uneori copleșitoare? Sau i-ar fi spus acelei ființe mai tinere că, după ce avusese copiii, existaseră momente în care își dorise să fie cu adevărat liberă din nou?

Și ce i-ar fi putut spune despre Josh?

Probabil că nu mai conta acum sau nu mai merita să piardă timpul gândindu-se la aceste întrebări. Invitația o făcu însă să reflecteze la faptul că viața semăna cu un număr infinit de piese de domino ce acopereau podeaua cea mai întinsă din lume, unde fiecare piesă ducea inevitabil la următoarea. Dacă nu i-ar fi ajuns invitația, Hope poate că nu s-ar fi certat niciodată cu Josh sau nu și-ar fi petrecut săptămâna fără el la Sunset Beach sau nu l-ar fi întâlnit pe Tru, în primul rând. Invitația, bănuia ea, era piesa de domino care, atunci când căzuse, pusese în mișcare întreaga ei viață. Coregrafia care o dusese către cea mai profundă experiență de iubire pe care o avusese vreodată o resimțise ca fiindu-i atât scrisă, cât și improbabilă, dar, se întreba ea din nou, către ce final ducea totul.

Punând invitația alături, Hope luă primul desen. Tru o desenase în dimineața de după ce făcuseră dragoste, iar Hope știa că nu mai semăna cu femeia din desen. În schița aceea, pielea îi era catifelată și netedă, strălucind de ultimele răsuflări de tinerețe. Părul ei des era plin de strălucirea soarelui, sânii îi erau fermi și nelăsați, iar picioarele, suple și fără pete. O captase într-un fel în care nici o fotografie n-o făcuse și, continuând să studieze desenul, Hope se gândi că niciodată nu arătase mai frumoasă. Pentru că el o desenase așa cum o vedea.

Aşeză schiţa peste invitaţia la nuntă şi luă al doilea desen. El îl terminase cât timp ea era la nuntă şi, de-a lungul anilor, ori de câte ori se uita prin lucrurile din cutie, întotdeauna zăbovea la această schiţă. În ea, ei doi stăteau pe plajă, lângă mal. În fundal se vedea debarcaderul, iar lumina soarelui licărea pe valuri în timp ce ei se uitau unul la altul, din profil. Braţele ei erau în jurul gâtului lui, iar el o ţinea de talie. Din nou, se gândea că el o făcuse mai frumoasă decât era în realitate, dar ceea ce o atrăgea era imaginea lui. Îi studie atent ridurile de la colţurile ochilor şi gropiţa din bărbie; ghici forma umerilor sub materialul lejer al cămăşii. Şi, mai mult decât orice, se minună de expresia pe care el şi-o dăduse în timp ce se uita la ea – aceea a unui bărbat profund îndrăgostit de femeia pe care o ţinea în braţe. Îşi apropie desenul de faţă, întrebându-se dacă el se mai uitase apoi în felul acela la vreo femeie. N-avea de unde să ştie şi, cu toate că o parte din ea îi dorea numai fericire, o altă parte voia să creadă că sentimentele pe care le avuseseră unul pentru altul fuseseră unice.

Puse deoparte şi acest desen. Urma scrisoarea pe care i-o scrisese Tru, cea pe care o găsise în torpedoul maşinii. Hârtia se îngălbenise pe margini, iar în cutele ei erau mici lacrimi; scrisoarea devenise la fel de fragilă ca ea. Gândul acesta îi aduse un nod în gât în timp ce trasa o linie între numele ei de la începutul scrisorii şi al lui, de la sfârşit, legându-i o dată în plus. Citi cuvintele pe care le ştia pe dinafară, fără să obosească vreodată de puterea lor.

Ridicându-se de la masă, Hope se duse la fereastra bucătăriei. Cu mintea rătăcind aiurea, îl văzu pe Tru trecând pe lângă cabană, cu o undiţă pe umăr şi o cutie de scule în mână. Îl privi în timp ce el se întoarse spre ea. Îi făcu semn cu mâna, iar ea îi răspunse, întinzând mâna şi atingând sticla.

„N-am încetat niciodată să te iubesc“, şopti ea, dar sticla era rece şi bucătăria tăcută, iar când clipi, îşi dădu seama că plaja era complet pustie.

*

Încă douăzeci de minute, un singur lucru rămas. Era o copie a scrisorii pe care o scrisese anul trecut. Lăsase originalul la Kindred Spirit în excursia anterioară la mare și, în timp ce desfăcea hârtia, își spunea cât de prostesc fusese gestul. O scrisoare nu înseamnă nimic dacă destinatarul ei nu o primește niciodată, iar Tru n-avea cum să afle de ea. Cu toate acestea, în scrisoare își făcuse o promisiune sieși, una pe care intenționa să o țină. Dacă nu altceva, spera ca măcar să-i dea puterea de care avea nevoie pentru a spune ultimul adio.

Aceasta este o scrisoare către Dumnezeu și Univers.

Am nevoie de ajutorul tău în ceea ce cred că va fi ultima mea încercare de a-mi cere iertare pentru o decizie pe care am luat-o cu mult timp în urmă. Povestea mea este și simplă și complicată. Ca să descriu totul cu fidelitate mi-ar trebui o carte, așa că în loc de asta voi scrie doar esențialul:

În septembrie 1990, în timp ce stăteam la Sunset Beach, am întâlnit un bărbat din Zimbabwe, pe nume Tru Walls. Pe atunci lucra ca ghid de safari într-o tabără din rezervația Hwange. Avea o casă în Bulawayo, dar crescuse la o fermă de lângă Harare. Avea patruzeci și doi de ani, era divorțat și avea un fiu de zece ani, pe nume Andrew. Ne-am cunoscut într-o miercuri dimineață și până joi seara ne-am îndrăgostit.

Poate crezi că e imposibil, că poate confund o pasiune trecătoare cu dragostea. Tot ce pot să spun este că m-am gândit la asta de mii de ori și că am respins această posibilitate. Dacă l-ai întâlni, ai înțelege de ce mi-a răpit inima; dacă ne-ai fi văzut împreună, ai fi știut că sentimentele pe care le aveam unul pentru celălalt erau de netăgăduit. Aș vrea să cred că în scurta perioadă în care am fost împreună am devenit suflete pereche, unite pentru totdeauna. Dar până duminică totul s-a sfârșit. Iar eu am fost cea care i-a pus capăt, din motive pentru care am suferit cumplit zeci de ani.

A fost decizia corectă atunci; dar a fost și decizia greșită. Aș face același lucru din nou, l-aș face complet diferit. Chiar și acum sunt confuză, dar am învățat să accept că nu voi scăpa vreodată de întrebări.

Bineînțeles că decizia mea l-a zdrobit. Sentimentul de vinovăție continuă să mă bântuie. Am ajuns într-un punct din viața mea când repararea greșelilor ori de câte ori este posibil e foarte importantă. Și aici e partea unde Dumnezeu și Universul mă pot ajuta, căci ruga mea e simplă.

Aș vrea să-l văd pe Tru din nou ca să-i pot cere scuze. Am nevoie de iertarea lui, dacă asta se mai poate. În visele mele, sper că asta îmi va aduce liniștea; vreau să înțeleagă cât de mult l-am iubit atunci și cât îl iubesc acum. Și vreau să știe ce rău îmi pare.

Poate că te întrebi de ce n-am încercat să dau de el prin metode mai convenționale. Am făcut-o. Ani buni am încercat să-l găsesc, fără succes. Și nici nu cred că această scrisoare va ajunge la el, dar dacă ajunge, atunci îl voi întreba dacă-și amintește locul în care am mers împreună în acea după-amiază de joi, chiar înainte să înceapă să plouă.

Acolo voi fi pe 16 octombrie 2014. Dacă-și aduce aminte de locul acela cu aceeași venerație cu care-mi amintesc și eu, atunci va ști și în ce moment al zilei voi fi acolo.

Hope

*

Uitându-se la ceas, Hope înțelese că Kindred Spirit o aștepta. Puse totul la loc în cutie și închise capacul definitiv, știind că nu avea să mai urce cutia în pod și nici să mai ducă lucrurile din ea acasă. Cutia însăși va rămâne la cabană, pe polița de deasupra șemineului, iar proprietarul va putea face cu ea orice va dori. În afară de invitația la nuntă, toate celelalte lucruri vor fi lăsate la Kindred Spirit în cursul săptămânii. Avea nevoie de o zi sau două să șteargă numele lor, dar spera ca toți ceilalți vizitatori să se bucure de ele, la fel cum ea și Tru se bucuraseră odată de scrisoarea lui Joe către Lena. Voia ca oamenii să știe că dragostea sălășluiește adesea în așteptare, gata să înflorească atunci când te aștepți mai puțin.

Drumul fu simplu, o rută pe care o știa bine. Traversă podul cel nou de la Sunset Beach, trecu pe lângă debarcader către partea de vest a insulei și găsi un loc de parcare.

Înfofolindu-se, își târî picioarele printre dunele joase, ușurată să vadă că, oricât de mult s-ar fi schimbat insula, plaja rămăsese la fel. Furtunile și uraganele, dar și curenții modificau mereu insulele de-a lungul coastei Carolinei de Nord, dar Sunset Beach părea să nu fi fost afectată, deși auzise în anul precedent că se putea acum ajunge la Bird Island pe jos chiar și când oceanul nu era la reflux.

Nisipul era buretos, făcând-o să gâfâie și să-și simtă picioarele ca de plumb. Când ajunse la marginea de vest a insulei, se uită peste umăr. Nu văzu pe nimeni mergând în aceeași direcție, doar o fâșie de nisip singuratică, lovită de valuri de-a lungul coastei. Un pelican maroniu atinse ușor talazurile, iar ea îl privi până când deveni doar un punct în depărtare.

Adunându-se, începu să înainteze din nou, traversând canalul plin de nisip ce fusese inundat până doar cu câteva ore înainte. Imediat ce ajunse la Bird Island, vântul, care bătuse fără oprire, se domoli, de parcă ar fi întâmpinat-o acasă. Chiar și aerul părea mai rarefiat și mai transparent aici, iar soarele, acum în urcare pe cer, o făcea să mijească ochii, reflectându-se de pe suprafața prismatică a mării. În tăcerea ce se lăsase dintr-odată, Hope înțelese că se mințise încă de când ajunsese acolo. Nu făcea această drumeție ca să-și ia adio. Venise aici pentru că încă voia să creadă în imposibil. Venise pentru că o parte din ea se agăța irațional de credința că la Kindred Spirit se afla cheia viitorului lor. Venise astăzi pentru că voia să creadă, cu fiecare celulă a corpului ei, că Tru aflase cumva de scrisoarea ei și că era acolo, așteptând-o.

Gândind logic, știa cât de nebunesc era să-și dorească așa ceva, dar nu se putea dezbăra de sentimentul că Tru avea să fie acolo. Cu fiecare pas pe care-l făcea, prezența lui părea mai apropiată. Îi auzi vocea din vuietul nesfârșit al oceanului și, în ciuda frigului, simți cum o învăluie căldura. Nisipul o zgâria, înșfăcându-i fiecare pas, dar începu să meargă mai repede. Expira scoțând mici nori de abur; inima începu să-i bată mai tare, dar continuă să meargă.

Rândunicile de mare și pescărușii se adunau în grupuri, în timp ce fugacii țâșneau, intrând și ieșind din valurile ce se spărgeau liniștit de mal. Simți dintr-odată că între ea și ei există un fel de legătură de rudenie, pentru că știa că ei vor fi singurii martori la o reîntâlnire ce se plămădise în decursul a douăzeci și patru de ani. Ei aveau să vadă cum ea îi cade în brațe; ei aveau să-l audă cum îi spune că nu încetase nici o clipă s-o iubească. O va învârti și o va săruta, iar apoi se vor grăbi la cabană, nerăbdători să recâștige terenul pierdut.

O pală de vânt o trezi dintr-odată din reverie. O răbufnire violentă, atât de puternică încât se simți nesigură pe picioare și își spuse: „Pe cine păcălesc?"

Era o naivă care credea în povești cu zâne, înrobită de amintiri care o țineau prizonieră. Nu era nimeni pe malul mării și nici în depărtare. Era singură, iar siguranța pe care o avusese legată de prezența lui Tru se risipi la fel de repede cum apăruse. „N-o să vină", se dojeni singură. Nu putea fi aici, pentru că nu știa nimic de scrisoarea ei.

Respirând adânc, Hope încetini, concentrându-și energia orbește pe a pune un picior în fața celuilalt. Trecură minute. Zece, apoi cincisprezece. Deja simțea că înaintează cu doar câțiva centimetri la fiecare pas. În cele din urmă, reuși să zărească drapelul american în depărtare, fâlfâind în bătaia vântului, și înțelese că era timpul să se îndepărteze de la malul apei.

Chiar după duna de nisip zări cutia poștală și banca, singuratice și abandonate. Se îndreptă spre băncuță, aproape prăbușindu-se pe ea când ajunse.

Tru nu se zărea nicăieri.

Ziua se înseninase și își feri ochii de strălucirea soarelui. Anul trecut, când venise aici, era înnorat, la fel ca în ziua în care fusese cu Tru. Atunci avusese o senzație de déjà-vu, dar acum, soarele strălucitor în sulița cerului părea că o ia peste picior pentru naivitatea ei.

Unghiul dunei de nisip îi bloca vederea către fâșia de plajă pe care tocmai o traversase, așa că își întoarse privirea în cealaltă direcție. Steagul. Valurile. Păsările de pe țărm și ierburile ce se legănau ușor acoperind dunele. Se miră de cât de puțin se schimbase peisajul de când o adusese tatăl ei pentru prima oară acolo, spre deosebire de cât de multe se schimbaseră în ea. Trăise aproape o viață întreagă, dar nu realizase nimic extraordinar. Nu lăsase nici o urmă permanentă în lume și nici nu avea să o facă, dar dacă dragostea era tot ceea ce conta, atunci înțelese că fusese binecuvântată într-un mod aparte.

Se hotărî să se odihnească înainte de a se întoarce. Dar mai întâi avea să verifice cutia poștală. Simți furnicături în degete când o deschise și băgă mâna după teancul de plicuri. Le-a dus la băncuță, folosindu-și eșarfa ca să le țină.

Următoarea jumătate de oră și-o petrecu absorbită de lectura misivelor lăsate de alții. Aproape toate aveau de-a face cu o pierdere, de parcă ar fi urmat o temă comună. Două dintre ele erau de la un tată și o fiică ce îi scriau unei soții și mame care murise cu patru luni în urmă de cancer ovarian. O alta era scrisă de o femeie numită Valentina, care își plângea soțul dispărut; încă una descria pierderea unui nepot ce se dusese prea devreme din cauza unei supradoze de droguri. O scrisoare extrem de bine alcătuită descria fricile asociate pierderii slujbei și pierderea în final a locuinței persoanei respective prin executare silită. Trei dintre ele erau de la proaspete văduve. Și, deși și-ar fi dorit să nu fie așa, toate îi serveau drept memento cum că și Tru dispăruse pentru totdeauna.

Puse deoparte teancul pe care îl citise. Mai erau doar două. Gândindu-se că, dacă tot ajunsese până acolo, putea la fel de bine să le termine, luă următorul plic. Fusese desfăcut și trase repede scrisoarea afară, despăturind-o în lumina soarelui. Era scrisă pe o foaie A4 galbenă și, când se uită la numele din partea de sus, nu-i veni să creadă.

Hope

Clipi, continuând să-și privească numele.

Hope

Nu putea fi adevărat, dar... era. Simți cum o apucă amețeala. Recunoscu scrisul; îl văzuse mai devreme în cursul dimineții, în scrisoarea pe care Tru i-o scrisese cu atâta vreme în urmă. L-ar fi recunoscut oriunde, dar dacă era al lui, unde era el?

De ce nu era acolo?

Mintea îi alerga aiurea și nimic nu mai avea sens, în afară de scrisoarea pe care o ținea în mână. Purta o dată - 2 octombrie, adică cu douăsprezece zile în urmă...

Douăsprezece zile?

Fusese el acolo cu douăsprezece zile mai devreme?

Nu înțelegea, iar confuzia ei duse la și mai multe întrebări. Greșise data? Aflase despre scrisoarea ei sau era o pură coincidență? Chiar era pentru ea scrisoarea? Oare chiar recunoscuse scrisul? Și dacă da...

Unde era el?

Unde era el?

Unde era el?

Mâinile începură să-i tremure și închise ochii, încercând să-și potolească gândurile și cascada de întrebări. Inspiră adânc și prelung de câteva ori, spunându-și că își imagina totul. Când ar fi deschis ochii, avea să fie un alt nume pe scrisoare; când s-ar fi uitat cu atenție la scrisoare, ar fi văzut că scrisul de fapt nu se potrivea deloc.

Când își recăpătă cât de cât autocontrolul, își coborî privirea pe hârtie.

Hope

Își dădu seama că nu se înșelase în ceea ce privește scrisul. Era al lui, al nimănui altcuiva, și simți un nod în gât când începu în sfârșit să citească.

Hope,

Destinul care contează cel mai mult în viață e legat de dragoste.

Scriu aceste cuvinte stând într-o cameră în care locuiesc de mai bine de o lună. E un motel numit Stanley House, aflat în zona istorică din Wilmington. Proprietarii sunt foarte amabili, e liniște în cea mai mare parte a timpului și mâncarea e bună.

Știu că toate aceste detalii pot părea irelevante, dar am emoții, așa că lasă-mă să încep cu ceea ce e evident: am aflat de scrisoarea ta pe 23 august și am venit în Carolina de Nord două zile mai târziu. Știam unde voiai să mă întâlnești și mă gândeam că vei veni la reflux, dar din motive pe care e mai bine să ți le explic mai târziu, nu știam data exactă la care vei fi aici. Aveam doar câteva idei vagi, de aceea am ales să stau la un motel. Dacă urma să rămân în Carolina de Nord mai multă vreme, voiam un loc mai confortabil decât un hotel, dar nu aveam nevoie de bătaia de cap cu închirierea unei locuințe. Nici nu știam cum se face așa ceva într-o țară străină, să-ți spun sincer. Tot ce știam era că trebuie să vin, pentru că îți promisesem că o voi face.

În ciuda lipsei detaliilor, am bănuit că vei alege o dată undeva la sfârșit de septembrie. Până la urmă, atunci ne-am cunoscut. Am mers la Kindred Spirit în fiecare zi în ultima lună. M-am uitat și te-am așteptat fără succes, în tot acest timp întrebându-mă dacă te-am ratat sau dacă te-ai răzgândit. M-am întrebat dacă destinul hotărâse să ne despartă încă o dată. Când am intrat în octombrie, am decis să-ți las o scrisoare, în speranța că vei afla de ea în același mod inexplicabil în care am aflat eu de a ta.

Vezi, am aflat și că voiai să-ți ceri iertare pentru ceea ce s-a întâmplat între noi, pentru decizia pe care ai luat-o cu atâta vreme în urmă. Ți-am spus-o atunci și o cred și acum, nu e nevoie de scuze. Faptul că te-am întâlnit și că m-am îndrăgostit de tine a fost o experiență pe care aș retrăi-o de o mie de ori într-o mie de vieți diferite, dacă mi s-ar da șansa.

Ești și ai fost dintotdeauna iertată.
Tru

După ce termină de citit scrisoarea, Hope rămase cu privirea lipită de hârtie și inima bătându-i puternic în piept. Lumea părea să se închidă, prăbușindu-se din toate părțile. Scrisoarea nu-i spunea nimic despre ce făcuse el, dacă rămăsese sau plecase, nu-i oferea nici o modalitate de a-l contacta dacă se întorsese în Africa...

– Ai plecat? strigă ea tare. Te rog nu-mi spune că ai plecat deja...

Rostind cuvintele, își ridică ochii de pe hârtie și zări un bărbat stând în picioare la mai puțin de trei metri. Era cu spatele în soare, ceea ce făcea ca trăsăturile să-i fie greu de distins, dar ea îi vizualizase imaginea de atâtea mii de ori în decursul anilor, încât îl recunoscu imediat. Gura i se deschise și, în timp ce el pășea ezitant către ea, văzut că începuse să-i zâmbească.

– N-am plecat, spuse Tru. Sunt încă aici.

Reîntâlnirea

Uitându-se la el, Hope se simțea paralizată pe bancă. Nu era posibil să se întâmple - nu se putea ca Tru să fie cu adevărat acolo - și totuși, nu putea stăvili avalanșa de emoții ce se revărsase asupra ei. Uluirea și bucuria se amestecau cu șocul, făcând-o incapabilă să vorbească, iar o parte din ea se temea că dacă ar face-o, iluzia s-ar sfărâma în bucăți.

El era acolo. Îl vedea prea bine. Îl auzise vorbind și, odată cu sunetul vocii lui, toate amintirile timpului petrecut împreună se materializaseră cu o forță plină de viață. Primul ei gând fu că el nu se schimbase prea mult în anii în care nu-l mai văzuse. Era încă suplu, cu umerii lați neîncovoiați de vârstă și, cu toate că părul i se rărise și îi încărunțise, îi rămăsese tot ciufulit, în felul acela pe care ea îl adora. Era îmbrăcat tot ca atunci, cu o cămașă băgată atent în pantaloni și încheiată până sus, cu blugi și cu ghete; își amintea despre el că nu era prea friguros, dar acum purta o geacă ce-i ajungea până pe șolduri, deși nu se obosise să-i închidă fermoarul.

Nu făcu nici un pas spre ea, părând la fel de uluit. Până la urmă, tot el rupse vraja.

– Bună, Hope.

Auzindu-l rostindu-i numele, Hope simți cum inima era gata să-i sară din piept.

– Tru? murmură ea.

El făcu un pas spre ea.

– Văd că ai găsit scrisoarea pe care ți-am lăsat-o.

Abia atunci își dădu seama că încă o ținea în mână.

– Am găsit-o, aprobă ea din cap.

O împături și o puse neglijent în buzunarul jachetei, în vreme ce în minte avea un talmeș-balmeș de imagini frânte, trecute și prezente.

– Erai în spatele meu pe plajă? Nu te-am văzut.

El făcu un gest cu mâna, arătând cu degetul mare peste umăr.

– Am venit pe jos de la Sunset Beach, dar nici eu nu te-am văzut. Nu până n-am zărit cutia poștală, cel puțin. Îmi pare rău dacă te-am speriat.

Ea scutură din cap, ridicându-se de pe bancă.

– Încă nu-mi vine să cred că ești aici... Simt că visez.

– Nu visezi.

– De unde știi?

– Pentru că, îi răspunse el cu blândețe, exact cu accentul pe care și-l amintea ea, pentru că nu se poate ca amândoi să visăm același lucru în același timp. A trecut multă vreme, adăugă el.

– Da, așa este.

– Ești încă frumoasă, îi spuse, cu o umbră de mirare în voce.

Hope simți cum sângele îi năvălește în obraji, o senzație pe care aproape că o uitase.

– Mai deloc... Își ridică ea o șuviță pe care vântul i-o adusese peste față. Dar îți mulțumesc.

El șterse distanța dintre ei și îi luă tandru mâna într-a lui. Căldura strânsorii lui i se răspândi în corp și, deși el era destul de aproape de ea ca s-o sărute, n-o făcu. În loc de asta, își trecu degetul mare pe pielea ei, electrizând-o.

– Ce mai faci? o întrebă.

Fiecare celulă din corpul ei părea să vibreze.

– Sunt... Strânse buzele înainte să continue. De fapt, nu știu ce mai fac. În afară de faptul că sunt absolut șocată.

Ochii lui îi întâlniră pe ai ei, ștergând toți anii pierduți.

– Am atâtea lucruri despre care aș vrea să te întreb, îi spuse el.

– Și eu, șopti ea.

– Mă bucur mult să te revăd.

În timp ce el îi vorbea, viziunea ei începu să se îngusteze, lumea largă concentrându-se până ce ajunse la dimensiunea acelui singur moment. Tru stând dintr-odată lângă ea după atâția ani de despărțire. Și, fără nici un alt cuvânt, porniră împreună. El o înlănțui cu brațele, trăgând-o mai aproape și, instantaneu, ea simți că avea din nou treizeci și șase de ani, dizolvându-se în corpul lui în vreme ce soarele tomnatic își trimitea razele în jurul lor.

Rămaseră așa o bună bucată de vreme, până când ea se trase într-un final înapoi, ca să-l privească. Să-l privească cu adevărat. Cu toate că ridurile îi brăzdaseră adânc fața, gropița din bărbie și culoarea ochilor erau la fel cum și le amintea. Se simți ridicol de ușurată că apucase să-și aranjeze părul de curând și că se îngrijise pe îndelete de înfățișarea ei de dimineață. Ciocnirea dintre amintiri și senzațiile imediate din prezent îi tulbura gândurile și simți cum ochii i se umpleau inexplicabil de lacrimi. Și le șterse, rușinată.

– Ești bine? o întrebă el.

– Da, răspunse ea cu un suspin. Îmi pare rău că plâng, dar eu... eu chiar... eu n-am crezut niciodată cu adevărat că vei fi aici.

El îi zâmbi strâmb.

– Trebuie să recunosc că s-a întâmplat o serie extraordinară de evenimente care m-au condus înapoi la tine.

În ciuda lacrimilor ce-i curgeau, râse de felul în care formulase el fraza. Vorbea ca întotdeauna, ceea ce o ajuta pe ea să-și revină.

– Cum ai găsit scrisoarea mea? se miră ea. Ai fost aici în anul care a trecut?

– Nu, răspunse el. Și de fapt n-am găsit-o și nici măcar n-am citit-o. Cineva mi-a spus de ea. Dar... să lăsăm asta. Cum ești tu? Ce s-a întâmplat cu tine în toți acești ani?

– Sunt bine, răspunse ea automat. Eu...

Se opri dintr-odată, fiindcă nu-i mai venea nimic în minte. Ce poți să-i spui fostului iubit după douăzeci și patru de ani? Când ai visat la momentul acesta încă din clipa în care v-ați spus adio?

– S-au întâmplat multe, spuse, fiindcă era tot ce-i veni în minte.

– Chiar aşa? ridică el sprânceana în glumă, iar ea nu-şi putu reţine un zâmbet.

Întotdeauna se simţiseră în largul lor unul cu celălalt, iar asta nu se schimbase.

– Nici n-aş şti de unde să încep, recunoscu ea.

– Ce-ar fi s-o iei de unde am lăsat-o?

– Nu sunt foarte sigură ce înseamnă asta.

– În regulă. Hai să începem aşa: bănuiesc că ai mers mai departe cu căsătoria.

Trebuie să fi ghicit, căci ea nu îl contactase niciodată. Însă în tonul lui nu era nici tristeţe, nici amărăciune, doar curiozitate.

– Da, recunoscu ea. Eu şi Josh ne-am căsătorit, dar... Se opri, nefiind pregătită să intre în toate detaliile. N-am rezistat. Am divorţat în urmă cu opt ani.

El se uită în jos, la nisip, apoi îşi ridică din nou privirea.

– Trebuie să fi fost foarte greu pentru tine. Îmi pare rău.

– Să nu-ţi pară, îi răspunse ea. Căsnicia şi-a trăit traiul şi era timpul să se termine. Dar tu? Te-ai mai recăsătorit?

– Nu, răspunse el. Lucrurile n-au mers prea bine în direcţia aceea. Sunt doar eu cu mine.

Deşi era un impuls egoist, Hope se simţi uşurată.

– Îl mai ai pe Andrew, nu? Trebuie să fi trecut de treizeci de ani de-acum.

– Are treizeci şi patru de ani, răspunse Tru. Îl văd de câteva ori pe an. Acum locuieşte la Antwerpen.

– S-a căsătorit?

– Da, răspunse Tru. De trei ani.

„Incredibil“, se gândi ea. Era dificil să-şi imagineze aşa ceva.

– Are copii?

– Soţia lui, Annette, este acum însărcinată cu primul lor copil.

– Deci curând vei fi bunic.

– Presupun, admise el. Dar tu? Ai avut copiii pe care ţi i-ai dorit?

– Doi, aprobă ea din cap. Un băiat și o fată. De fapt, cred că sunt un bărbat și o femeie acum. Încă n-au împlinit treizeci de ani. Jacob și Rachel.

El o strânse ușor de mână.

– Sunt fericit pentru tine.

– Mulțumesc. E lucrul de care sunt cel mai mândră, îi spuse ea. Mai lucrezi ca ghid?

– Nu. M-am pensionat acum trei ani.

– Îți lipsește?

– Deloc. M-am obișnuit să dorm până după răsărit, fără să mă întreb dacă voi găsi lei la ușa mea.

Hope știa că era doar o conversație de complezență, tatonând lucrurile numai la suprafață, dar nu era nimic forțat în ea și se derula cu ușurință, la fel ca discuțiile pe care le purta cu cei mai apropiați prieteni. Puteau să treacă luni, uneori ani în care să nu-și vorbească, pentru ca apoi s-o ia exact de unde lăsaseră totul ultima oară când vorbiseră. Nu-și imaginase că va fi la fel cu Tru, dar senzația plăcută că își dădea seama de asta fu întreruptă de o răbufnire polară a vântului. Îi trecu prin haine și ridică nisipul de pe dune. Zări peste umăr cum eșarfa fâlfâia pe bancă, în timp ce marginile scrisorilor de sub ea începură să fluture.

– Stai puțin. Ar trebui să pun scrisorile la loc înainte să le ia vântul.

Se grăbi către cutia poștală. Deși picioarele îi erau moi și nesigure când ajunsese acolo, acum se simțea revitalizată, de parcă timpul mergea înapoi. Ceea ce, într-un fel, se întâmpla.

Închizând capacul cutiei, observă că Tru o urmase.

– Voi păstra scrisoarea pe care mi-ai scris-o, îi spuse. Asta doar dacă tu nu vrei.

– De ce? Am scris-o pentru tine.

Își înfășură eșarfa în jurul gâtului.

– De ce n-ai spus în scrisoare că ești încă aici? Puteai să scrii pur și simplu „Așteaptă-mă".

– Nu eram foarte sigur cât timp urma să mai stau pe-aici. Când ţi-am scris, nu ştiam data la care vei ajunge, iar scrisoarea originală pe care mi-ai scris-o nu mai era în cutie când am ajuns.

– Cât te gândeai să stai? înclină ea din cap.

– Până la sfârşitul anului.

La început, nefiind sigură că auzise bine, nu-i putu răspunde.

– Şi te gândeai să vii aici în fiecare zi până în ianuarie? Şi apoi să te întorci în Africa?

– E corect doar pe jumătate. Plănuiam să rămân până în ianuarie. Dar nu, chiar şi atunci, nu intenţionam să mă întorc în Africa. Nu imediat, în orice caz.

– Şi unde te gândeai să mergi?

– Intenţionam să rămân aici, în State.

– De ce?

Tru părea nedumerit de întrebare.

– Ca să te pot căuta, răspunse într-un final.

Hope deschise gura să-i răspundă, dar, din nou, cuvintele nu voiau să iasă. Nu avea nici un sens, se gândi ea. Nu merita acest devotament. Ea îl părăsise. Îl văzuse prăbuşindu-se şi totuşi continuase să conducă. Alesese să-i distrugă speranţele şi să-şi clădească o viaţă cu Josh.

Şi totuşi, din cum se uita la ea, înţelese că dragostea lui nu se estompase deloc, chiar dacă el încă nu aflase cât de dor îi fusese de el. Sau cât de mult ţinea încă la el. În mintea ei, o voce îi spunea să fie atentă, să fie complet sinceră ca să nu-l rănească din nou. Dar în convulsiile reîntâlnirii lor, vocea părea îndepărtată, un ecou ce se pierdea într-o şoaptă.

– Ce faci în după amiaza asta? îl întrebă.

– Nimic. Ce propui?

În loc de răspuns, îi zâmbi, ştiind exact unde aveau să meargă.

*

O porniră înapoi pe unde veniseră, ajungând în cele din urmă la fâşia de nisip ce despărţea Bird Island de Sunset Beach. În depărtare se zărea silueta debarcaderului, contururile pierzându-i-se în strălucirea apei. Valurile erau blânde, alunecând pe țărm într-un ritm neschimbat. Hope observă că pe plajă erau acum mai mulți oameni, siluete minuscule mișcându-se pe marginea apei. Aerul era tăios, încărcat de miresme de pin, iar vântul răcoros îi aduse furnicături în degete.

Mergeau încet, deși lui Tru nu părea să-i pese. Hope văzu că șchiopăta ușor atunci când pășea, dar suficient de tare cât s-o facă să se întrebe ce i se întâmplase. Poate că nu era nimic - vreun început de artrită sau pur și simplu efectul secundar al unei vieți prea active -, dar îi reamintea că, în ciuda istoriei pe care o împărtășeau, erau, în multe privințe, niște străini. Îi fusese foarte dragă o amintire, dar aceasta nu era neapărat bărbatul care era el astăzi.

Sau poate era?

Pășind alături de el, nu mai era sigură. Tot ceea ce știa era că a fi împreună cu el îi dădea acea stare de încurajare și de firesc ca și atunci și, privindu-l cu coada ochiului, bănuia că și el simțea la fel. Ca și ea, își băgase mâinile în pantaloni, cu obrajii rumeni din cauza frigului, având un aer de mulțumire de sine, ca un om care s-a întors acasă după o călătorie lungă. Pentru că fluxul începuse deja să urce, mergeau chiar pe marginea limbii de nisip întărite, privind amândoi valurile ce le-ar fi putut uda pantofii.

Se lansară într-o conversație, cuvintele curgând nestingherite, ca un vechi obicei redescoperit. Ea vorbi cel mai mult. Îi povesti despre moartea părinților ei, atinse în trecere și subiecte legate de muncă, pe lângă cele legate de căsnicia ei și de divorțul de Josh, dar își dădu seama că îi povestea cel mai mult despre Jacob și Rachel. Îi înșiră nenumărate povești despre copilăria lor și despre adolescență și recunoscu cât de îngrozită fusese atunci când Rachel suferise operația pe cord deschis. De cele mai multe ori citea pe fața lui căldură sau îngrijorare, fiindu-i limpede că simțea totul alături de ea. Nu-și amintea totul, firește; unele detalii se pierduseră, dar simțea că Tru reușea să găsească tiparele și firele trecutului ei. Până când ajunseră dincolo de debarcader, bănuia că nu mai erau multe lucruri legate de viața sa de mamă pe care el să nu le fi aflat deja.

Când ajunseră la nisipul mai fin și o luară spre cărarea ce trecea printre dune, Hope trecu în fața lui, dându-și seama că, spre deosebire de drumul solicitant spre Kindred Spirit, aproape că nici nu observase drumul înapoi. Își simțea degetele calde și flexibile în buzunare și, în ciuda faptului că vorbise atât de mult, nu era epuizată.

După ce ieșiră de pe cărare, ajunseră în stradă, iar ea observă o mașină parcată pe locul de lângă al ei.

– E a ta? îl întrebă, arătând-o cu un gest.

– Închiriată, răspunse el.

Era firesc ca el să fi închiriat o mașină, își spuse ea, dar nu putu să nu observe că automobilele stăteau aproape unul de celălalt, de parcă ar fi fost atrase de niște forțe magice care făcuseră ca Hope și Tru să se întâlnească. Asta i se păru ciudat de înduioșător.

– Ce-ar fi să vii după mine? se oferi ea. E un pic de condus.

– Deschide drumul.

Hope apăsă pe buton să deschidă ușile și se strecură în spatele volanului. Mașina era rece și, după ce porni motorul, dădu căldura la maxim. Văzu pe geam cum Tru intră în mașina lui închiriată. Ea dădu cu spatele, apoi se opri în stradă să-l aștepte. Când și el fu gata, ridică piciorul de pe frână, iar mașina începu să ruleze înainte, spre o după-amiază pe care nu o prevăzuse și spre un viitor pe care nu și-l putea imagina.

Singură în mașină, gândurile începură să-i zboare în timp ce se uita mereu în oglinda retrovizoare ca să fie sigură că Tru nu dispare. Ca să se asigure că nu era o halucinație, pentru că o parte din ea încă nu putea să creadă că el aflase de scrisoarea ei.

„Dar a aflat", își spuse.

El era acolo. Venise înapoi pentru că ea îl dorise. Și încă o mai iubea.

Trase aer în piept, liniștindu-se în vreme ce mașina începuse în sfârșit să se încălzească. Mașina lui o urma, luând curbele și traversând podul. Apoi pe autostradă, unde, din fericire, cele mai multe semafoare erau verzi, și în cele din urmă spre intersecția ce ducea la Carolina Beach. Încă un podulet și, după câteva curbe, trase pe aleea cabanei pe care o închiriase.

Îi făcu loc și mașinii lui, privindu-l până acesta se opri. Ieși, ascultând zgomotul motorului care se răcea. În mașina lui, Tru era întors, căutând ceva pe bancheta din spate, părul cărunt zărindu-i-se prin geam.

În timp ce-l aștepta, fuioare subțiri de nori îi treceau pe deasupra capului, îmblânzind strălucirea orbitoare a soarelui. Vântul bătea încontinuu și, după căldura din mașină, simți cum o ia tremuratul. Încrucișându-și brațele peste piept, auzi glasul unei păsări cardinal într-un copac și, când o văzu, gândul îi zbură către amintirea scrisorii lui Joe către Lena, pe care Tru i-o citise când merseseră la Kindred Spirit, cu multă vreme în urmă. „Cardinalii se împerechează pe viață“, se gândi ea. Ideea o făcu să zâmbească.

Tru ieși din mașină cu mișcări la fel de grațioase ca în trecut. Ținând un șevalet în mână, miji ochii spre cabană.

– Aici stai?

– Am închiriat-o pentru o săptămână.

El studie cabana din nou, apoi se întoarse spre ea.

– Îmi aduce aminte de cabana părinților tăi.

Ea zâmbi, având o senzație de déjà-vu.

– Exact la asta m-am gândit și eu când am văzut-o pentru prima oară.

*

Razele soarelui tomnatic alunecau pe ei când Tru o urmă spre ușa de la intrare. Odată ajunși înăuntru, Hope își puse pălăria, mănușile și eșarfa pe măsuță și își atârnă jacheta în debara. Tru își puse haina alături de a ei. Geanta cu șevaletul ajunse și ea pe măsuță, lângă lucrurile ei. Era ceva liniștitor de familiar în naturalețea cu care intraseră în casă, se gândi ea, de parcă făcuseră asta toată viața.

Hope simțea cum de la ferestre trăgea curentul. Deşi reglase termostatul mai devreme, casa se lupta cu vremea şi ea îşi frecă mâinile una de alta ca să-şi pună sângele în mişcare. Îl privi pe Tru cum se uită în jur şi avu senzația că ochilor lui nu le scăpase nimic.

– Nu pot să cred că eşti aici, spuse ea. Nu m-am gândit nici într-un milion de ani că vei veni.

– Și totuși, mă aşteptai la cutia poştală.

Îi primi comentariul cu un zâmbet timid, trecându-și degetele prin părul răvășit de vânt.

– Eu am tot vorbit. Acum aş vrea să aflu despre tine.

– Viața mea nu a fost așa de interesantă.

– Așa zici tu, răspunse ea sceptică, atingându-i brațul. Îți este foame? Vrei să pregătesc ceva pentru prânz?

– Doar dacă mănânci și tu. Am luat micul dejun târziu, așa că nu mi-e foarte foame.

– Atunci ce zici de un pahar de vin? Cred că se cere să sărbătorim.

– De-acord, răspunse el. Ai nevoie de ajutor?

– Nu, dar ar fi minunat dacă ai porni focul. Trebuie doar să-l deschizi de la întrerupătorul de lângă poliță. E automat. Apoi fă-te confortabil. Vin într-un minut.

Hope se duse în bucătărie și se uită în frigider. Scoțând sticla de vin, turnă în două pahare și se întoarse în cameră. Focul deja ardea, iar Tru era pe canapea. După ce îi dădu paharul, îl puse pe al ei pe măsuța de cafea.

– Vrei o pătură? Chiar și cu focul pornit, mie îmi este încă răcoare.

– Mi-e bine, spuse el.

Ea își luă o păturică de pe patul din dormitor, apoi se așeză pe canapea, potrivindu-și-o în jurul corpului înainte de a se întinde după pahar. Căldura șemineului se prelingea deja în cameră.

– E plăcut, remarcă ea, gândindu-se că el era la fel de chipeş ca atunci când se întâlniseră prima oară. Absolut incredibil, dar plăcut.

El râse, cu un mormăit familiar.

– E mai mult decât plăcut. E miraculos. Ridicându-și paharul, continuă: Pentru... Kindred Spirit.

După ce ciocniră, amândoi luară o înghițitură. Când Tru își puse paharul jos, zâmbi șters.

– Mă mir că nu stai la Sunset Beach.

– Nu mai e la fel, răspunse ea. Și nici n-a mai fost după ce te-am întâlnit, adăugă încet.

– Ai mai fost acolo?

Ea încuviință din cap.

– Aici am venit prima oară după ce m-am despărțit de Josh. Îi povesti apoi un pic despre ce se întâmplase atunci și despre cât de mult o ajutase șederea acolo, apoi continuă:

– Pe atunci, era tot ce puteam să fac pentru a-mi ține sub control toate stările prin care treceam. Dar cât am stat singură aici mi-am dat seama cât de mult sufereau și copiii din cauza divorțului, chiar dacă nu o arătau. Ei chiar aveau nevoie de mine și m-a ajutat să mă concentrez pe asta.

– Vorbești ca o mamă bună.

– Am încercat, ridică ea din umeri. Dar am făcut și greșeli.

– Cred că asta e parte din meserie. Cel puțin când vine vorba de a fi părinte. Eu încă mă întreb dacă ar fi trebuit să petrec mai mult timp cu Andrew.

– Ți-a spus ceva?

– Nu, dar nici n-ar face-o. Și totuși, anii au trecut prea repede. Într-o zi era băiețel, și într-o clipită pleca la Oxford.

– Ai rămas la Hwange până atunci?

– Da.

– Dar apoi ai plecat.

– De unde știi?

– Te-am căutat, îi spuse ea. Înainte să pun scrisoarea în cutie, vreau să zic.

– Când?

– În 2006. După ce am divorțat de Josh, probabil la un an după ce am venit la Carolina Beach. Mi-am adus aminte unde lucrai și i-am contactat. Am vorbit și în alte locuri. Dar nu te-am putut găsi.

Tru părea să studieze problema, cu privirea pierdută pentru câteva secunde. Ea avu senzația că era ceva ce el voia să-i spună, dar nu putea. În loc de asta, după câteva clipe, îi zâmbi tandru.

– Aș vrea să fi știut, spuse el în cele din urmă. Și să fi știut și tu.

„Și eu", se gândi ea.

– Dar ce s-a întâmplat? Am crezut că îți plăcea să lucrezi la Hwange.

– Îmi plăcea, spuse el. Dar eram acolo de prea mult timp și venise vremea să merg înainte.

– De ce?

– S-a schimbat conducerea și mulți alți ghizi au plecat, inclusiv prietenul meu Romy. Se pensionase cu câțiva ani înainte. Tabăra și pensiunea treceau printr-o perioadă de tranziție și, cu Andrew la facultate, nu prea mai era nimic care să mă țină în zonă. M-am gândit că dacă voiam să încep ceva într-un alt loc, era mai bine s-o fac mai devreme decât mai târziu. Așa că mi-am vândut casa din Bulawayo și m-am mutat în Botswana. Am găsit o slujbă la o tabără ce părea interesantă.

„Deci a plecat în Botswana, până la urmă", se gândi ea.

– Mie mi se par toate interesante.

– O mare parte dintre ele chiar sunt, încuviință el. Ai mers până la urmă în safari? Spuneai că îți dorești s-o faci într-o zi.

– Nu, dar încă mai sper. Apoi, întorcându-se la ce spusese el mai devreme și amintindu-și câte locuri contactase, îl întrebă: Ce era așa de interesant la tabăra din Botswana? Era faimoasă?

– Deloc. Era din categoria de mijloc. Cazarea era mai degrabă rustică. Prânzul venea mai mult la pachet decât gătit, ceva de genul ăsta. Și se întâmpla ca animalele să nu iasă prea des. Dar auzisem despre niște lei din regiune. De fapt, de un anumit grup de leoaice.

– Dar vedeai lei tot timpul.

– Așa e, răspunse el. Dar nu ca aceștia. Se zvonea că învățaseră să vâneze și să pună la pământ un elefant.

– Cum pot niște lei să pună la pământ un elefant?

– N-aveam nici o idee și nici nu credeam asta atunci, dar la un moment dat am întâlnit un ghid care lucrase acolo. El mi-a spus că, deși nu văzuse pe viu un atac, dăduse peste o carcasă de elefant în ziua următoare. Și i-a fost limpede că leii se înfruptaseră din ea toată noaptea.

Hope îl privi neîncrezătoare.

– Poate că elefantul era bolnav și leii au dat peste el.

– Așa am crezut și eu inițial. Oamenii spun tot timpul că leul este regele animalelor – până și filmul acela de la Disney, *Regele Leu*, pune în scenă mitologia aceasta –, dar știam din experiență că nu este adevărat. Elefanții au fost și vor fi întotdeauna regii animalelor. Sunt masivi și înfricoșători, cu adevărat dominanți. În sutele de ocazii în care am văzut un elefant apropiindu-se de lei, leii au dat înapoi întotdeauna. Dar dacă ghidul avea dreptate, atunci era ceva ce trebuia să văd cu ochii mei. Gândul la asta a devenit un fel de obsesie. Și, cum Andrew plecase, m-am gândit că de ce nu.

Mai luă o gură de vin înainte să continue.

– Când am început munca acolo, am înțeles că nici unul din ghizi nu văzuse așa ceva, dar cu toții credeau povestea. Pentru că din când în când apărea câte o carcasă. Dacă se întâmpla cu adevărat, era ceva extrem de rar, ceea ce avea sens. Chiar dacă o haită de lei ar putea pune la pământ un elefant, cu siguranță ar prefera o pradă mai ușoară. Și în primii mei ani acolo, cam asta a fost ceea ce am văzut. Principala sursă de hrană pentru haite era ceea ce mai văzusem și în trecut – antilope Impala, porci mistreți, zebre și girafe. Nu am întâlnit nici măcar o singură carcasă. Însă pe la jumătatea celui de-al treilea an al meu acolo, s-a instalat seceta. Una urâtă. A durat luni la rând și multe animale au murit sau au început să migreze spre delta Okavango. Leii rămăseseră și erau din ce în ce mai disperați. Apoi, într-o după-amiază târzie, în timp ce eram într-un safari, mi-a apărut în fața ochilor.

– Chiar așa?

Tru aprobă din cap, retrăgându-se în trecut. Ea îl privi cum învârte paharul înainte să continue.

– Era un elefant mai mic, nu unul dintre masculii uriaşi, iar leii îl separaseră de turmă şi se apucaseră de treabă. Unul câte unul, pe rând, ca într-o operaţiune militară. Unul i-a atacat piciorul, altul i-a sărit în spate, în timp ce ceilalţi l-au înconjurat. Încercau să-l stoarcă de puteri. Dar nu era ceva violent. Era ceva calm, metodic. Haita era precaută şi întregul atac a durat în jur de jumătate de oră. Şi-apoi, când elefantul a început să dea semne de slăbiciune, s-au raliat, atacând din mai multe direcţii odată. Elefantul a căzut şi n-a mai durat mult după aceea.

Ridică din umeri, iar vocea îi deveni mai blândă.

– Ştiu că poate e normal să-ţi pară rău pentru elefant. Dar în final am fost copleşit de admiraţie pentru lei. A fost cu siguranţă una dintre cele mai memorabile experienţe din cariera mea.

– Incredibil, îi spuse ea. Şi erai singur când s-a întâmplat?

– Nu, răspunse el. Erau şase turişti în maşină. Cred că unul dintre ei a vândut în cele din urmă înregistrarea video postului CNN. N-am văzut-o niciodată, dar în anii care au urmat am tot auzit despre ea de la diverşi oameni. Tabăra la care lucram a devenit foarte populară după asta. Dar în cele din urmă au revenit ploile şi seceta s-a sfârşit. Vânatul s-a întors, iar haitele au revenit la prăzile mai uşoare. N-am mai văzut acelaşi lucru întâmplându-se din nou şi nici n-am mai dat peste vreo altă carcasă. Am auzit că s-ar mai fi întâmplat câţiva ani mai târziu, dar deja nu mai eram acolo.

Hope zâmbi.

– Îţi voi spune din nou ceea ce ţi-am spus prima oară când ne-am întâlnit: cu siguranţă ai cea mai interesantă meserie din toţi cei pe care i-am întâlnit vreodată.

– Are momentele ei, ridică el din umeri.

Ea înclină din cap:

– Şi spuneai că Andrew a plecat la Oxford?

Tru încuviinţă.

– Cu siguranţă că a reuşit să ajungă un student mai bun decât mine. Incredibil de inteligent. Era foarte bun la ştiinţele exacte.

– Trebuie să fii foarte mândru de el.

– Sunt. Dar, sincer, a fost mai mult meritul lui – și al lui Kim, bineînțeles – decât cu mine.

– Ea ce mai face? Este căsătorită?

– Da. Și ceilalți copii ai ei au crescut acum. E ironic, dar locuiește lângă mine din nou. După ce m-am instalat în Bantry Bay, ea și soțul ei s-au mutat în Cape Town.

– Am auzit că e frumos acolo.

– Este. Coasta e minunată. Apusuri de soare fantastice.

Ea se uită lung în pahar.

– Nu pot să-ți spun de câte ori m-am trezit întrebându-mă despre tine în toți anii aceștia. Cum îți petreceai zilele, ce mai făcea Andrew.

– O bună bucată de vreme viața mea n-a fost foarte diferită de ceea ce fusese până atunci. Era în general centrată pe muncă și pe Andrew. Mergeam în două, uneori trei safariuri pe zi, cântam la chitară sau desenam seara, când eram în savană. Iar în Bulawayo, îmi priveam fiul crescând. L-am văzut cum devine pasionat de machete de tren într-un an, apoi de skateboard, apoi de chitara electrică, pe urmă de chimie și apoi de fete. În această ordine.

Hope dădu din cap, amintindu-și de fazele prin care trecuseră Jacob și Rachel.

– Și cum au fost anii adolescenței?

– Ca toți adolescenții, deja avea propria lui viață socială. Prieteni, o prietenă timp de un an. A fost o perioadă atunci când m-am simțit ca un fel de hotelier când venea la mine, dar i-am recunoscut dorința de independență și i-am acceptat-o mai mult decât o făcea Kim. Cred că ei i-a fost mai greu să se desprindă de băiețelul care era el odată.

– La fel s-a întâmplat și cu mine, recunoscu Hope. Cred că e ceva specific mamelor.

– Pentru mine, cred că cel mai greu moment a fost când a plecat la universitate. Era departe de casă și nu-l prea puteam vizita. Și nici nu-și dorea asta. Așa că îl vedeam în vacanțe sau între semestre. Dar nu mai era la fel, mai ales când mă întorceam din savană. Mă simțeam agitat în Bulawayo, nu știam ce să fac, așa că atunci când am auzit zvonurile despre lei, am ales și am plecat în Botswana.

– Andrew te-a vizitat acolo?

– Da, dar nu așa de des. Uneori mă gândesc că nu trebuia să vând casa din Bulawayo. El nu știa pe nimeni în Gaborone – aveam un apartament acolo –, iar când era în vacanță, voia să-și vadă prietenii. Bineînțeles, și Kim voia să stea cu el. Uneori mă întorceam în Bulawayo și stăteam la hotel, dar nimic nu mai era la fel. Devenise adult. Era tânăr, dar puteam să văd că își începea propria viață.

– Ce a studiat?

– A ales întâi chimia și spunea că vrea să devină inginer. Dar după ce a absolvit, a devenit interesat de pietre prețioase, mai ales de diamantele colorate. Acum e comisionar de diamante, ceea ce înseamnă că merge adesea la New York și la Beijing. A fost un băiețandru cuminte care s-a transformat într-un tânăr de ispravă.

– Mi-ar plăcea să-l întâlnesc într-o zi.

– Și mie, răspunse el.

– Se mai întoarce și în Zimbabwe?

– Nu prea des. Nici Kim, și nici eu. Zimbabwe trece printr-o perioadă dificilă acum.

– Am citit despre confiscarea terenurilor. Ți-a afectat asta ferma de familie?

Tru dădu din cap că da.

– Da, așa a fost. Trebuie să înțelegi că țara aceasta are o istorie lungă de nelegiuiri comise de oameni ca bunicul meu. Chiar și așa, tranziția a fost brutală. Tatăl meu vitreg cunoștea multă lume din guvern și, credea el, asta avea să-l protejeze. Dar într-o dimineață, un grup de soldați și oficiali ai guvernului au apărut și au înconjurat proprietatea. Oficialii aveau documente legale ce spuneau că ferma era confiscată, cu toate bunurile din ea. Totul. Tatălui meu și fraților mei vitregi le-au fost date douăzeci de minute să-și strângă lucrurile personale și au fost scoși de pe proprietate sub amenințarea armei. Câțiva dintre angajații noștri au protestat și au fost împușcați pe loc. Și uite-așa, ferma și toate pământurile n-au mai fost ale lor. Nu au putut face nimic. Asta se întâmpla în 2002. Eu eram deja în Botswana și mi s-a spus că tatăl meu vitreg a decăzut foarte repede după aceea. A început să bea și s-a sinucis un an mai târziu.

Hope se gândea la istoria familiei lui Tru. Era ca o tragedie întunecată, aproape shakespeariană.

– E groaznic.

– A fost. Și încă mai este, chiar și pentru cei care au primit pământurile. N-au știut ce să facă cu ele, n-au știut cum să întrețină echipamentele sau metodele de irigare și n-au făcut cum trebuie rotația culturilor. Acum nu se mai cultivă nimic. Ferma noastră s-a transformat într-un fel de ghetou și la fel s-a întâmplat peste tot în țară. Mai pune la socoteală și prăbușirea cursului de schimb și...

Când el se opri, Hope încercă să-și imagineze totul.

– Pare că ai plecat chiar la timp.

– Și totuși, mă întristează. Zimbabwe va fi întotdeauna casa mea.

– Ce s-a întâmplat cu frații tăi vitregi?

Tru își goli paharul și îl puse pe masă.

– Amândoi sunt în Tanzania. Amândoi au devenit din nou fermieri, dar nimic nu mai e ca înainte. Nu au mult teren, iar cel pe care îl au nu e nici pe departe la fel de fertil ca la vechea fermă. Iar singurul motiv pentru care știu aceste lucruri este acela că au fost nevoiți să împrumute bani de la mine și nu reușesc întotdeauna să-și plătească datoriile.

– E generos din partea ta. Să-i ajuți, adică.

– N-au avut nici ei mai mult de ales decât mine, când a venit vorba de familia în care să se nască. Și, dincolo de toate, cred că e ceea ce și-ar fi dorit mama mea să fac.

– Și ce s-a întâmplat cu tatăl tău biologic? L-ai mai revăzut?

– Nu, răspunse Tru. Am vorbit la telefon de câteva ori după ce m-am întors în Zimbabwe, dar s-a stins la puțină vreme după aceea.

– Și ceilalți copii ai lui? Te-ai mai răzgândit în ceea ce privește întâlnirea cu ei?

– Nu, răspunse Tru. Şi sunt destul de sigur că nici ei nu voiau să mă cunoască. Scrisoarea de la avocaţi care mă informa despre moartea tatălui meu a fost destul de clară în această privinţă. Nu le cunosc motivele – poate pentru că eu le aminteam că mama lor nu a fost singura femeie pe care tatăl lor a iubit-o sau poate că erau îngrijoraţi în legătură cu moştenirea, dar n-am văzut de ce le-aş fi ignorat dorinţele. Ca şi tatăl meu, erau nişte străini.

– Mă bucur totuşi că ai avut ocazia să-l întâlneşti.

Tru îşi întoarse privirea către foc.

– Și eu. Încă mai am fotografiile şi desenele pe care mi le-a dat. Totul pare aşa de departe, adăugă el.

– A trecut multă vreme, răspunse ea încet.

– Prea multă, spuse el, luându-i mâna, iar Hope ştiu că vorbea despre ea.

Simţi cum se îmbujorează, chiar în clipa în care degetul lui mare îi mângâie pielea, atingerea lui fiindu-i dureros de familiară. Cum era posibil să se fi regăsit? Și ce se întâmpla cu ei acum? El părea neschimbat, era tot bărbatul de care se îndrăgostise, dar asta o făcu să se gândească din nou la cât de diferită era viaţa ei acum. În timp ce el era la fel de chipeş ca întotdeauna, ea simţea trecerea anilor. Iar dacă el se simţea nestingherit în prezenţa ei, atingerea lui îi declanşă un nou val de emoţii. Era copleşitor, aproape de nesuportat. Îl strânse tare de mână înainte de a-i da drumul. Nu era pregătită pentru atâta intimitate încă, dar îi zâmbi încurajator înainte să se îndrepte de spate.

– Stai să văd dacă am înţeles eu bine. Ai fost în Hwange până prin... 1999 sau 2000? Și apoi te-ai mutat în Botswana?

El încuviinţă.

– 1999. Am stat în Botswana cinci ani.

– Și apoi?

– Cred că pentru asta o să mai am nevoie de un pahar de vin.

– Îţi aduc eu.

Luându-i paharul, se duse în bucătărie, revenind un minut mai târziu. Se aşeză confortabil sub pătură din nou, gândindu-se că încăperea se încălzea într-un mod plăcut. Confortabil. În multe privințe, deja fusese o după-amiază perfectă.

- În regulă, spuse ea. În ce an am rămas?

- 2004.

- Ce s-a întâmplat?

- Am suferit un accident, răspunse el. Unul destul de urât.

- Cât de rău?

El luă o înghițitură de vin, privind-o direct în ochi.

- Am murit.

Să-ți dai sufletul

Zăcând în șanțul de pe marginea autostrăzii, Tru simțea cum viața i se scurge din trup. Era doar vag conștient de camionul răsturnat, cu partea din față distrusă, și de felul în care unul dintre cauciucuri se rostogolise până când se oprise de la sine; abia dacă observă oamenii care se grăbeau spre el. Nu știa unde se afla sau ce se întâmplase sau de ce lumea părea încețoșată. Nu înțelegea de ce nu putea să-și miște picioarele sau ce anume îi cauza valurile interminabile de durere din tot corpul.

Și nici atunci când se trezi într-un spital pe care nu-l recunoștea, dintr-o țară străină, nu-și aminti deloc de accident. Își aducea aminte că se întorcea la tabără după ce petrecuse câteva zile în Gaborone, dar află mai târziu de la o asistentă că un camion de aprovizionare ce venea din sens opus trecuse pe neașteptate pe sens invers. Tru nu purta centura de siguranță și în coliziune fusese proiectat prin parbriz, suferind fracturi craniene și aterizând la mai bine de zece metri distanță, ceea ce îi cauză alte optsprezece fracturi, incluzând ambele oase femurale, toate oasele de la mâna dreaptă, trei vertebre și cinci coaste. Niște străini îl puseră într-un căruț cu legume și îl duseră repede la o clinică a unui ONG care făcea vaccinări gratuite într-un sat din apropiere. Nu aveau însă nici echipamentul, nici medicamentele, nici alte stocuri de care Tru ar fi avut nevoie, și nici nu era vreun doctor prezent. Podeaua era murdară și încăperea era plină de copii care învățaseră să ignore muștele ce se plimbau pe fața și pe membrele lor. Asistenta era suedeză, tânără și copleșită, și habar nu avea ce să facă atunci când Tru fu cărat în camera de așteptare. Dar oamenii se așteptau ca ea să facă ceva - orice - așa că se îndreptă spre căruț și îi verifică pulsul. Nu simțea nimic. Verifică artera carotidă. Nimic. Își puse urechea la gura lui Tru și îi verifică respirația. Nu auzi și nu simți nimic. Se repezi la geantă să-și ia stetoscopul. I-l puse pe piept și ascultă cu atenție, încercând să surprindă și cel mai slab murmur, dar nu auzi nimic și până la urmă renunță. Tru era mort.

Proprietarul căruțului ceru ca trupul să fie pus în altă parte, ca să poată să se întoarcă și să-și recupereze legumele înainte să-i fie furate. Se iscă o ceartă cum că ar trebui să aștepte poliția, dar proprietarul strigă cel mai tare și câștigă. El și tatăl unuia dintre copii ridicară corpul din căruț. Oasele îi trosniră, scoțând un zgomot de parcă s-ar fi sfărâmat, în timp ce Tru era așezat pe podea într-un colț și asistenta trăgea o pătură peste el. Oamenii făcură loc pentru cadavru, dar în rest îl ignorară. Proprietarul căruțului dispăru pe stradă, iar asistenta continuă să administreze injecțiile.

După ceva vreme, Tru tuși.

Îl duseră la spitalul din Gaborone, cu camionul cuiva. Din sat, durase mai mult de o oră să ajungă acolo. Când îl internară, doctorul de la urgențe nu crezu că mai poate face mare lucru. Era o minune că rămăsese în viață. Îl lăsară pe targă pe un coridor aglomerat, în timp ce personalul spitalului aștepta să moară. Mai avea câteva minute, se gândiră ei, nu mai mult de jumătate de oră. Soarele deja apusese.

Dar Tru nu muri. Rezistă peste noapte, dar curând apăru o infecție. Spitalul nu avea destule antibiotice și nu voia să le irosească pe cele din stoc. Tru făcu febră mare și creierul începu să i se umfle. Trecură două zile, apoi trei, iar el încă lâncezea între viață și moarte. Între timp, Andrew fusese contactat drept cea mai apropiată rudă și zburase din Anglia ca să fie cu tatăl său. Anunțată de Andrew, veni și Kim din Johannesburg, unde locuia atunci. Un zbor medical de urgență fu pregătit imediat, iar Tru fu dus într-un spital din Africa de Sud. Cumva supraviețui și în timpul zborului și i se administrară masiv antibiotice, în timp ce doctorii îi drenau lichidul de la creier. Fu inconștient timp de opt zile. În cea de-a noua zi, febra cedă și se trezi, văzându-l pe Andrew lângă patul său.

Mai rămase în spital alte șapte săptămâni în timp ce oasele îi fură așezate la loc unul câte unul, puse în ghips și vindecate. Apoi, incapabil încă să meargă, luptându-se cu vederea dublă și amețit încontinuu de vertij, fu mutat într-o instituție de recuperare.

Stătu acolo timp de aproape trei ani.

*

La cabană, lumina focului strălucea în ochii lui Hope ca o lumânare, iar Tru se gândi că era la fel de frumoasă ca atunci, demult. Chiar mai frumoasă. În ridurile fine de lângă ochi îi citea înțelepciunea și o pace câștigată cu greu. Chipul ei era plin de delicatețe.

Știa că anii nu fuseseră ușori pentru ea. Deși nu vorbise mult despre căsnicia cu Josh, bănuia că evita subiectul nu doar pentru a-l scuti de suferință pe el, ci și pe ea însăși.

– Dumnezeule, spuse ea. Este... unul dintre cele mai înfiorătoare lucruri pe care le-am auzit vreodată. Cum ai supraviețuit?

– Nu știu.

– Și chiar ai fost mort?

– Așa mi s-a spus. Am sunat-o pe asistenta de la clinica de vaccinări cam la un an după accident și a jurat că nu aveam nici un semn vital. Mi-a spus că atunci când am tușit, jumătate din pacienții din camera de așteptare au țipat. M-a făcut să râd.

– Încerci să o spui ca pe o glumă, dar nu e nimic comic.

– Nu, recunoscu el. Nu a fost comic, spuse atingându-și tâmpla unde părul îi albise. Am avut o leziune traumatică cerebrală. Niște bucățele din craniu au ajuns în creier și, pentru o bună bucată de timp, toate circuitele au fost date peste cap. Când într-un final m-am trezit, vorbeam cu Andrew sau cu doctorii crezând că le spun ceva, dar de fapt spuneam complet altceva. Credeam că spun „Bună dimineața", iar ceea cea auzeau doctorii era „Prunele plâng în bărci". Era incredibil de frustrant, mai ales că, brațul drept fiindu-mi rupt, nici nu puteam să scriu. În cele din urmă au început să se refacă circuitele. Mergea greu și, chiar și atunci când am reușit să vorbesc cu sens, încă aveam pierderi majore de memorie. Uitam cuvinte, de obicei pentru lucrurile obișnuite. Trebuia să spun „obiectul acela pe care-l folosești ca să mănânci, lingura ascuțită pe care-o ții în mână", în loc de „furculiță". Când a început să se întâmple asta, medicii nu erau siguri nici dacă paralizia mea era temporară sau permanentă. Rămăsesem cu tumefieri pe șira spinării din cauza vertebrelor rupte și, chiar și după ce mi-au introdus tije, a durat multă vreme până când umflăturile s-au retras.

– Ah, Tru... aș vrea să fi știut, spuse ea cu vocea spartă.

– N-ai fi putut face nimic, îi explică el.

– Și totuși, spuse ea trăgându-și genunchii sub pătură. În perioada aceea te căutam, dar nu m-am gândit niciodată să verific și spitalele.

– Știu, răspunse el dând din cap.

– Aș vrea să fi fost acolo pentru tine.

– N-am fost singur, răspunse el. Andrew venea să mă vadă de câte ori putea. Și Kim mă vizita din când în când. Romy a aflat și el cumva ce se întâmplase. I-a luat cinci zile cu autobuzul să ajungă la centrul de recuperare, dar a stat o săptămână. Însă vizitele lor erau dificile pentru mine. Mai ales în primul an. Aveam dureri mari, nu prea puteam comunica și știam că sunt la fel de speriați ca și mine. Știam că își pun aceleași întrebări pe care mi le puneam și eu: Voi mai fi în stare vreodată să merg? Voi mai putea vorbi normal? Voi mai fi capabil să mă îngrijesc singur? Era și-așa destul de greu, fără să mai fie nevoie să simt și îngrijorarea lor.

– Și cât a durat până când lucrurile au început să se îmbunătățească?

– Vederea dublă s-a corectat cam într-o lună, dar încă vreo șase luni după aceea tot nu-mi puteam focaliza bine privirea. Am putut să mă ridic în capul oaselor în pat după trei sau patru luni. Apoi am reușit să-mi mișc degetele de la picioare, dar unele oase de la picioare nu se fixaseră cum trebuie, așa că a fost nevoie să mi le rupă din nou și să le reașeze. Apoi au urmat operațiile pe creier și cea la șira spinării și... a fost o experiență pe care n-aș mai vrea să o repet.

– Când ți-ai dat seama că vei putea merge din nou?

– Mișcarea degetelor de la picioare a fost un început bun, dar a durat o veșnicie până când am putut să-mi mișc și picioarele. Iar de mers nici nu se punea problema, mai ales la început. A trebuit să învăț cum să stau în picioare din nou, dar mușchii mi se atrofiaseră și nervii nu se conectau bine. Aveam dureri intense, ca de cuțit, pe toată traiectoria nervului sciatic. Uneori făceam câte un pas, sprijinit – cu bare de ambele părți –, dar brusc nu mai reușeam să-mi aduc piciorul în față. Ca și cum conexiunea dintre picior și creier fusese dintr-odată întreruptă. Cam după vreun an, am reușit în sfârșit să traversez camera fără sprijin. Nu erau decât vreo trei metri, iar piciorul stâng îmi rămânea în urmă un pic... dar am plâns. Era prima oară când reușeam să văd lumina de la capătul tunelului. Știam că dacă voi munci în continuare, s-ar putea ca într-o zi să părăsesc clinica.

– Trebuie să fi fost un coșmar pentru tine.

– De fapt, îmi amintesc cu greu toate detaliile. Acum pare așa de îndepărtat... zilele și săptămânile și lunile și anii aceia parcă s-au contopit.

Hope îl studie cu atenție.

– Nici n-aș fi ghicit toate astea dacă nu mi le-ai fi povestit. Pari... exact așa cum erai atunci. Am observat un ușor șchiopătat, dar abia se vede...

– Trebuie să fiu activ, ceea ce înseamnă că am un program de exerciții destul de riguros. Merg mult pe jos. Asta mă ajută la dureri.

– Încă mai ai dureri?

– Câteodată, dar exercițiul fizic face o mare diferență.

– Trebuie să fi fost foarte greu pentru Andrew să te vadă așa.

– Încă îi e greu să vorbească despre cum arătam când m-a văzut în spitalul din Botswana. Sau despre cât de îngrijorat a fost în timpul zborului și când aștepta să mă trezesc la spitalul din Africa de Sud. A stat cu mine pe toată durata internării. Trebuie să recunosc că și el, și Kim și-au păstrat mintea limpede. Dacă nu aranjau zborul medical, mă îndoiesc că aș fi supraviețuit. Dar odată ce am intrat în centrul de recuperare, Andrew a fost întotdeauna mult mai optimist decât mine, ori de câte ori venea să mă vadă. Pentru că mă vedea doar o dată la două sau trei luni, observa starea mea îmbunătățindu-se în salturi mari. Pentru mine, evident, totul se simțea diferit.

– Și ai spus că ai stat acolo trei ani?

– În ultimul an n-am mai stat internat. Aveam ore de terapie în fiecare zi, dar mă simțeam de parcă aș fi fost eliberat din închisoare. Afară am mers foarte rar în primii doi ani. Am stat atât de mult în interior, încât și dacă nu mai văd niciodată vreun tub de neon, și tot voi considera că e prea devreme.

– Îmi pare atât de rău pentru ce ți s-a întâmplat!

– Să nu-ți pară, răspunse el. Acum sunt bine. Și poate n-o să-ți vină să crezi, dar am cunoscut niște oameni minunați. Fizioterapeutul, psihologul-logoped, doctorii și asistentele. Au fost ieșiți din comun. Dar îmi amintesc de perioada aceea ca de una ciudată, căci uneori am senzația că am luat o pauză de trei ani de la a-mi trăi efectiv viața. Ceea ce, într-un fel, am și făcut, bănuiesc.

Hope inspiră încet, de parcă ar fi vrut să absoarbă căldura focului. Apoi îi spuse:

– Ești mult mai puternic decât aș fi fost eu, probabil, într-o asemenea situație.

– Nu chiar. Să nu-ți imaginezi nici o secundă că n-am fost tulburat. Am luat antidepresive aproape un an.

– Cred că e de înțeles, răspunse ea. Ai fost traumatizat în toate modurile posibile.

O vreme priviră focul amândoi, Hope ținându-și picioarele ghemuite alături de ale lui, sub pătură. El avea senzația că ea încă încerca să proceseze lucrurile pe care i le spusese și cât de aproape fuseseră de a se pierde unul pe celălalt pentru totdeauna. Aici și acum, ideea i se părea de neînțeles, ca o bombă ce aproape explodase, prea îngrozitoare ca să poată fi înțeleasă pe deplin, dar până la urmă, tot ceea ce se petrecuse azi era de neînțeles. Faptul că stăteau unul lângă altul pe canapea acum părea atât suprarealist, cât și romantic, până când lui Tru îi chiorăi stomacul.

Hope izbucni în râs.

– Trebuie să-ți fie foarte foame! Își aruncă pătura de pe picioare. Și eu aș mânca ceva. Vrei niște salată de pui? Cu legume? Sau, dacă vrei, am și somon și creveți.

– Salata sună foarte bine, răspunse el.

Ea se ridică în picioare.

– Imediat mă apuc.

– Pot să te-ajut? o întrebă întinzându-se.

– Nu am nevoie de prea mare ajutor, dar mi-ar plăcea să-mi ții companie.

Hope întinse pătura pe canapea și amândoi își duseră paharele de vin în bucătărie. Când ea deschise frigiderul, el se sprijini de blat, urmărind-o. Scoase din frigider salată Romaine, roșii cherry și felii de ardei de diverse culori, în timp ce el reflecta la ce-i spusese ea în după-amiaza aceea. Dezamăgirile pe care le trăise nu se întrupaseră nici în furie, nici în amărăciune, ci mai degrabă în acceptarea faptului că viața rareori merge în direcția în care cineva își imaginează că o va face.

Ea părea să simtă ce gândea el, căci îi zâmbi. Deschizând un sertar, scoase un cuțit mic și un tocător.

– Sigur nu te pot ajuta cu nimic? întrebă el.

– N-o să dureze mult, așa că ce-ar fi să scoți farfuriile și tacâmurile? Sunt în bufetul de deasupra chiuvetei.

Urmându-i instrucțiunile, puse farfuriile lângă tocător și o privi cum taie legumele. Hope aruncă apoi salata într-un bol, pregătindu-i un sos din zeamă de lămâie și ulei de măsline, înainte de a pune două porții pe farfurii. La final, adăugă câte o lingură de salată de pui pe fiecare farfurie. În ultimii douăzeci și patru de ani, el își imaginase de o mie de ori cum era să fie într-o bucătărie cu ea, ca acum.

- *Voilà.*

- Arată delicios, spuse el urmând-o la masă.

După ce puse farfuria jos, Hope se îndreptă spre frigider.

- Mai vrei niște vin? îl întrebă.

- Nu, mulțumesc. În ultima vreme mă limitez la două pahare.

- Eu mă opresc mai degrabă la unul, spuse ea, întinzându-se după furculiță. Mai ții minte când am mâncat la Clancy? Și apoi ne-am întors și am băut un pahar de vin la cabana alor mei?

- Cum aș putea uita? spuse el. A fost seara în care ne-am cunoscut. M-ai lăsat fără cuvinte.

Ea dădu din cap, îmbujorându-se ușor. Se aplecă apoi peste farfuria cu salată, iar el făcu la fel.

Tru arătă cu capul înspre cutia gravată de pe masă.

- Ce-i în ea?

- Amintiri, răspunse ea, cu o notă de mister în voce. O să-ți arăt mai târziu, dar hai să mai vorbim despre tine. Cred că am ajuns prin 2007, nu? Ce s-a întâmplat după ce ai terminat recuperarea?

El ezită o clipă, de parcă ar fi încercat să-și dea seama ce să spună.

- Mi-am găsit o slujbă în Namibia. Ghid. O pensiune bine întreținută și o rezervație uriașă, cu una dintre cele mai mari concentrări de gheparzi de pe continent. Iar Namibia e o țară frumoasă. Skeleton Coast și deșertul Sossuvlei sunt... printre cele mai nepământene locuri de pe planetă. Când nu lucram sau nu mergeam în Europa la Andrew, făceam pe turistul, explorând locurile ori de câte ori puteam. Am rămas în tabăra aceea până când am ieșit la pensie și m-am mutat la Cape Town. Sau mai degrabă la Bantry Bay. E la periferie, chiar pe coastă. Am acolo un locșor cu o priveliște spectaculoasă. Și se poate ajunge pe jos la cafenele, librării și la piață. Mi se potrivește.

- Te-ai gândit vreodată să te muți în Europa, să fii mai aproape de Andrew?

El clătină din cap.

– Merg la el din când în când, iar slujba lui îl aduce regulat la Cape Town. Dacă ar putea, s-ar muta la Cape Town, dar Annette nu-l lasă. Aproape toată familia ei locuieşte în Belgia. Africa însă l-a influenţat puternic, la fel ca și pe mine. Dacă nu te-ai născut acolo, e greu să înțelegi.

Privirea ei era plină de uimire.

– Viața ta mi se pare incredibil de romantică. În afară de perioada aceea de trei ani, vreau să spun.

– Am trăit viața pe care mi-am dorit-o. În cea mai mare parte a timpului, cel puțin.

Își trecu o mână prin păr.

– Te-ai gândit vreodată să te recăsătoreşti? După divorț?

– Nu, răspunse ea. Nu mai aveam chef de întâlniri. Mi-am spus că e din cauza copiilor, dar...

– Dar ce?

În loc de răspuns, ea scutură din cap.

– Nu e important. Hai să terminăm cu tine. Acum că eşti la pensie, ce faci toată ziua?

– Nu prea multe. Dar mă bucur că pot să mă plimb fără să car după mine o armă.

Hope zâmbi.

– Ai vreun hobby? îl întrebă, sprijinindu-și bărbia în palmă, cu o atitudine de fetişcană, în timp ce se concentra asupra lui. În afară de desen și chitară?

– Merg la o sală de gimnastică aproape în fiecare dimineață, timp de o oră. Iar apoi fac o plimbare lungă sau o excursie. Citesc mult. Probabil că am citit mai multe cărți în ultimii trei ani decât am făcut-o în toți ceilalți şaizeci și trei în total. Încă n-am cedat și nu mi-am cumpărat calculator, dar Andrew insistă că trebuie să fiu în pas cu vremea.

– Nu ai calculator?

– Și ce-aş face cu el? îi răspunse el părând realmente amuzat.

– Nu ştiu... să citeşti ziarele online, să comanzi ceva ce îți trebuie, să trimiți emailuri. Să fii conectat cu lumea?

– Poate într-o zi. Încă prefer să citesc ziarul pe hârtie, am tot ce-mi trebuie și n-am pe nimeni căruia să vreau să-i trimit un email.

– Știi ce-i ăla Facebook?

– Am auzit de el, a mărturisit Tru. Cum ți-am zis, citesc ziarele.

– Am avut un cont de Facebook câțiva ani. În caz că m-ai fi contactat.

Nu-i răspunse imediat. În loc de asta, o privi, întrebându-se cât de mult să-i spună, știind că încă nu era pregătit să-i destăinuie totul.

– M-am gândit să încerc să dau de tine, începu el în cele din urmă. De mai multe ori decât îți poți imagina. Dar nu știam dacă mai ești căsătorită sau dacă te-ai recăsătorit sau dacă mai voiai să auzi de mine. Nu voiam să-ți tulbur viața. Și oricum nu știu cât de bine m-aș descurca cu un calculator. Sau cu Facebook. Cum spun americanii? „Nu poți învăța un câine bătrân giumbușlucuri noi“? zâmbi el ștrengărește. Pentru mine a fost un mare pas înainte să-mi iau telefon mobil. Și am făcut-o doar pentru ca Andrew să mă poată găsi când are nevoie de mine.

– N-ai avut telefon mobil?

– N-am simțit nevoia până de curând. Nu există semnal în savană și, pe lângă asta, singurul care mă sună este Andrew.

– Dar Kim? Nu mai vorbești cu ea?

– Nu așa de des, în ultima vreme. Andrew a crescut, așa că nu avem prea multe motive să mai vorbim. Dar tu? Mai vorbești cu Josh?

– Uneori, răspunse ea. Poate prea des.

Pe chipul lui Tru se citea nedumerirea.

– Cu câteva luni în urmă mi-a sugerat să mai încercăm o dată. El și cu mine, adică.

– Și nu te-a interesat?

– Nici pe departe, răspunse ea. Și chiar am fost șocată că a avut tupeul să aducă așa ceva în discuție.

– De ce?

În timp ce-și terminau salata, Hope îi mai împărtăși câteva detalii despre Josh. Despre aventurile lui și lupta de la divorț și despre prețul pe care viața i-l ceruse. Tru ascultă, auzind doar o fracțiune din suferința pe care faptele lui Josh i-o cauzaseră, gândindu-se în sinea lui că Josh fusese un prost. Faptul că ea reușise cumva să-l ierte i se păru absolut remarcabil, dar acesta era până la urmă doar unul din multele lucruri pe care le admira la ea.

Zăboviră la masă, umplând golurile și răspunzând întrebărilor despre trecutul fiecăruia. Când într-un final duseră vasele la chiuvetă, Hope deschise radioul, lăsând muzica să plutească afară din bucătărie, în timp ce ei se întorceau pe canapea. Focul încă ardea, aruncând o strălucire gălbuie în cameră. Tru o privi cum se așază și cum își strânge pătura în jurul ei, gândindu-se că nu voia ca ziua să se termine vreodată.

Până când aflase că ea pusese o scrisoare în cutia poștală de la Kindred Spirit, Tru se gândise uneori că în viața lui murise nu o dată, ci de două ori.

La întoarcerea în Zimbabwe, în 1990, își petrecuse timpul cu Andrew, dar își amintea că se simțea absent, chiar și atunci când juca fotbal sau gătea sau se uita la televizor cu fiul său. Când se întorcea în savană, munca cu turiștii reprezenta o distragere, dar nu reușea niciodată să fugă de gândurile despre ea. Când oprea Jeepul în timpul unui safari pentru ca turiștii să poată face fotografii animalelor pe care le vedeau, își imagina uneori că ea stă pe locul din față lângă el, minunându-se de această lume la fel cum el se minunase de lumea în care locuiseră împreună pentru scurt timp.

Serile erau cele mai grele. Nu se putea concentra suficient nici ca să deseneze, nici ca să cânte la chitară. Nici nu socializa cu ceilalți ghizi; în loc de asta, stătea în pat cu ochii în tavan. Până la urmă, prietenul lui, Romy, se îngrijoră suficient de tare ca să aducă vorba de asta, dar dură multă vreme până când Tru putu să se adune ca să rostească numele lui Hope.

Îi luă luni de zile să se reîntoarcă la vechile obiceiuri, dar chiar și atunci știa că nu mai era în totalitate el însuși. Înainte s-o cunoască pe Hope, se mai întâlnise din când în când cu diverse femei, dar după aceea, își pierdu cu totul interesul. Și nici acel sentiment nu se mai schimbă. Era ca și cum acea parte din el, dorința de a avea o companie feminină sau scânteia ce declanșează atracția umană, rămăsese undeva pe plajele nisipoase din Sunset Beach, Carolina de Nord.

Cel care reuși să-l readucă spre desen fu Andrew. Într-una dintre vizitele lui Tru la Bulawayo, fiul său îl întrebă dacă este supărat pe el. Când Tru se lăsă pe vine ca să-l întrebe de ce i-a venit așa ceva în minte, Andrew mormăi că nu mai primise nici un desen de luni de zile. Tru îi promise că va începe să deseneze din nou, dar în cele mai multe seri, când punea creionul pe hârtie, o desena pe Hope. De obicei recrea din memorie câte ceva din timpul petrecut împreună: imaginea ei privindu-l lung cum îl ținea pe Scottie în acea primă zi pe plajă sau cât de răvășitor de frumoasă era în seara de dinaintea repetiției pentru petrecerea de nuntă. Abia după ce făcea progrese cu desenul lui Hope reușea să-și îndrepte atenția către ceva ce bănuia că i-ar fi plăcut lui Andrew.

Îi luă săptămâni să termine desenele cu Hope, nu zile. Apăruse în el o nouă dorință de a le potrivi perfect cu amintirile, de a capta acele imagini cu precizie și grijă. Când era în cele din urmă satisfăcut, punea deoparte desenul și trecea la următorul. De-a lungul anilor, proiectul acesta deveni un fel de obicei obsesiv, hrănind o convingere inconștientă, poate, că recrearea perfectă a unei copii a lui Hope i-o va aduce pe ea cumva înapoi. Făcu mai mult de cincizeci de schițe în detaliu, fiecare dintre ele ilustrând o altă amintire. Când le termină, le puse în ordine, ca o cronică a timpului petrecut împreună. În acel moment, începu să deseneze schițele corespondente ale lui sau cum își imagina că îl văzuse ea în acele momente. La final, le legă sub formă de carte – cu desenele înfățișându-l pe el pe paginile din stânga și cele înfățișând-o pe Hope pe paginile din dreapta –, dar n-o arătase nimănui. O termină în anul care urmă plecării lui Andrew la facultate. Îi luă aproape nouă ani s-o termine.

Acesta era un alt motiv pentru care își pierduse sentimentul de a avea un scop viață, în timp ce secolul se încheia. Se plimba prin casă neavând nimic de făcut, răsfoia o carte în fiecare seară și stăruia asupra faptului că toți cei care contaseră în viața lui dispăruseră. Mama. Bunicul. Kim, iar acum Andrew. Hope. Era singur, se gândea, și avea să rămână singur. A fost o perioadă dificilă, poate la fel de dificilă cum avea să fie recuperarea după accident, dar într-un alt mod.

Botswana și căutarea leilor, așa cum o numea atunci, îi prinseseră bine; dar întotdeauna își ținea aproape cartea cu schițe, printre lucrurile cele mai valoroase. După accident, cartea fusese singurul lucru pe care și-l dorise, dar nu voia să-l roage pe Andrew să i-o aducă. Nu-i vorbise niciodată despre asta și nu voia să-l mintă pe el și nici pe Kim. În loc de asta, o rugă pe fosta lui soție să aranjeze ca toate lucrurile lui din Botswana să fie împachetate și depozitate. Ea îi îndeplini dorința, însă el își petrecu mult din următorii doi ani cu grija că acea carte fusese cumva pierdută sau distrusă. Primul lucru pe care îl făcu după ieșirea din centrul de recuperare fu o scurtă excursie în Botswana. Angajă niște tineri să-l ajute să deschidă cutie după cutie, până când cartea fu găsită. În afară de faptul că era prăfuită, era într-o stare perfectă.

Dar obsesia de a retrăi în imagini zilele pe care le petrecuseră împreună începu să se stingă la puțină vreme după aceea. Pentru binele lui, știa că nu putea visa la nesfârșit că într-o zi vor fi împreună din nou. Nu avea habar că aproximativ în aceeași perioadă, Hope încercase să-l găsească.

Dacă ar fi știut, în ciuda rănilor pe care încă le avea, își spunea că ar fi mutat și munții din loc ca să meargă la ea. Și existase un moment când ajunsese foarte aproape de a face exact acest lucru.

*

Apusul se lăsa cu blândețe peste Carolina Beach.

Hope și Tru stăteau pe canapea atingându-se uneori cu picioarele, continuând să vorbească, fără să bage în seamă lumina ce începea să scadă în vreme ce ei se afundau din ce în ce mai adânc unul în viața celuilalt. Paharele de vin, de mult golite, făcură loc ceștilor de ceai, iar generalitățile se transformară în detalii intime. Privindu-i profilul în umbrele prelungi, Tru reușea cu greu să înțeleagă că Hope era de fapt acolo. Ea era, și fusese întotdeauna, visul lui.

– Trebuie să-ți mărturisesc ceva, începu el în cele din urmă. Este ceva ce nu ți-am spus. Ceva ce s-a întâmplat înainte să-mi găsesc slujba din Namibia. Am vrut să-ți spun mai devreme, dar când am auzit că ai încercat să mă găsești...

– Ce este?

El se uită îndelung în pahar.

– Aproape că am venit înapoi în Carolina de Nord. Ca să te caut. Era imediat după ce-mi terminasem recuperarea. Am cumpărat un bilet, mi-am făcut bagajele și am ajuns până la aeroport. Dar când a venit momentul să trec de porțile de securitate... n-am putut s-o fac, înghiți el în sec, amintindu-și parcă de momentul acela de paralizie. Mi-e rușine să recunosc că în cele din urmă am... mers înapoi la mașină.

Îi trebuiră câteva clipe să înțeleagă.

– Vrei să spui că, atunci când eu te căutam, și tu încercai să mă găsești?

El dădu din cap, conștient de senzația de uscăciune din gât, știind că ea se gândea la anii pe care îi pierduseră – nu o dată, ci de două ori.

– Nu știu ce să spun, răspunse ea încet.

– Nu cred că sunt prea multe de spus, în afară de faptul că mi se frânge inima.

– Ah, Tru, îi răspunse ea cu ochii umezi. De ce n-ai urcat în avionul acela?

– Nu știam dacă te voi găsi, scutură el din cap. Adevărul este că mi-a fost teamă de ce s-ar fi întâmplat dacă o făceam. Îmi imaginam că te zăresc într-un restaurant sau pe stradă sau poate în grădina ta. Și te țineai de mână cu un alt bărbat sau râdeai cu copiii tăi și, după tot ce suferisem, o parte din mine știa că n-aș fi putut să îndur asta. Nu însemna că nu voiam să fii fericită, pentru că voiam. Mi-am dorit asta pentru tine în fiecare zi din ultimii douăzeci şi patru de ani, chiar şi numai pentru că ştiam că eu nu eram fericit. Simţeam că o parte din mine lipseşte şi aşa urma să rămână. Dar îmi era prea frică să fac ceva în privinţa asta, iar acum – aflând despre viaţa ta – nu mă pot gândi decât că ar fi trebuit să am mai mult curaj atunci când a contat cel mai mult. Pentru că ar fi însemnat să nu pierd ultimii opt ani.

Când el termină, Hope îşi întoarse privirea, înainte de a-şi da jos pătura de pe ea. Ridicându-se de pe canapea, merse la fereastra din faţă. Chipul îi era ascuns în umbră, dar el îi văzut obrajii lucind de lacrimi în lumina lunii.

– De ce pare soarta să conspire mereu împotriva noastră? întrebă ea, întorcându-se să-l privească peste umăr. Crezi că undeva există un plan mai măreţ, unul despre care nici nu visăm?

– Nu ştiu, îi răspunse el răguşit.

Umerii îi căzură abia perceptibil, iar ea se întoarse din nou. Se uită pe fereastră fără să vorbească, până când, într-un final, trase adânc aer în piept. Întorcându-se pe canapea, se aşeză lângă el.

De aproape, se gândi el, chipul ei arăta la fel ca în toate desenele pe care i le făcuse.

– Îmi pare rău, Hope. Mai rău decât ție.

Ea își șterse obrajii.

– Și mie.

– Și-acum, ce facem? Ai nevoie să fii singură o vreme?

– Nu. E ultimul lucru pe care mi-l doresc.

– Pot să fac ceva pentru tine?

În loc de răspuns, Hope se cuibări mai aproape şi îşi rearanjă pătura peste picioare. Îi luă mâna, iar el o legănă, bucurându-se de moliciunea pielii ei. Îi urmări oasele delicate, ca ale unei păsări, minunându-se că ultima oară când ținuse mâna unei femei fusese a ei.

– Vreau să-mi spui cum ai aflat de scrisoarea mea, spuse ea. Cea pe care am lăsat-o la Kindred Spirit. Acel lucru care ne-a ajutat să ne regăsim.

Tru închise ochii pentru o clipă.

– E greu de explicat într-un fel care să aibă sens, chiar și pentru mine.

– Cum adică?

– Pentru că, spuse el, a început cu un vis.

– Ai visat ceva legat de scrisoare?

– Nu, răspunse el. Am visat ceva despre un loc – o cafenea... un loc real, la o aruncătură de băț de unde locuiesc, zâmbi el melancolic. Merg acolo când am chef să fiu printre oameni, și mai are și o priveliște extraordinară asupra coastei. De obicei îmi iau o carte cu mine și petrec câteva ore după-amiaza. Patronul mă cunoaște și nu-l interesează cât timp stau. Se apleacă în față, sprijinindu-și coatele pe genunchi. În fine, m-am trezit într-o dimineață conștient de faptul că visasem acel loc, dar, spre deosebire de alte vise, imaginile nu se estompau. Mă tot vedeam stând la o masă, ca și cum mă uitam la un film cu mine. Aveam o carte, iar pe masă era un pahar cu ceai cu gheață, ambele fiind lucruri obișnuite din viața mea. Era după-amiază și soarele strălucea, și asta fiind tot ceva obișnuit. Dar în vis, mi-am amintit că observasem un cuplu care a intrat și s-a așezat la o masă din apropiere. Imaginea le era ciudat de neclară și nu le auzeam conversația, dar am simțit această nevoie stringentă de a le vorbi. Știam că aveau ceva important să-mi spună, așa că m-am ridicat de la masă și m-am apropiat, dar cu fiecare pas pe care-l făceam, masa lor se îndepărta tot mai mult. Îmi amintesc că am simțit cum mă cuprinde panica – trebuia să le vorbesc – și chiar în acel moment m-am trezit. Nu a fost un coșmar, dar toată ziua am fost tulburat. O săptămână mai târziu, m-am dus la cafenea.

– Din cauza visului?

– Nu, răspunse el. Deja aproape că uitasem de el, cum spuneam, mănânc acolo destul de des. Am luat prânzul și sorbeam ceai cu gheață dintr-un pahar, citind o carte despre Războiul Burilor*. În acel moment, în restaurant a intrat un cuplu. Aproape toate mesele erau libere, dar ei s-au așezat lângă a mea.

---

* Conflict între Marea Britanie și coloniștii de origine olandeză (buri) din Africa de Sud (1899–1902)

– Aproape ca în vis, spuse ea.

– Nu, răspunse el scuturând din cap. Totul în acel moment era exact ca în vis.

Hope se aplecă în faţă, cu trăsăturile îmblânzite de lumina focului. Afară, noaptea se lăsa adunându-şi întunericul pe la ferestre, iar Tru îşi continuă povestea.

*

Ca toată lumea, şi Tru mai avusese momente de déjà-vu în trecut, dar în momentul în care îşi ridică privirea din carte, simţi cum visul din săptămâna precedentă se întorsese cu o limpezime necruţătoare. Pentru o clipă, lumea păru să plutească în jur, de parcă ar fi fost din nou în vis.

Totuşi, spre deosebire de visul său, îi putea vedea clar pe cei doi. Femeia era blondă şi subţire, atractivă, undeva pe la patruzeci de ani; bărbatul ce stătea în faţa ei era cu câţiva ani mai mare, înalt, cu părul de culoare închisă şi cu un ceas de aur ce sclipea în lumina soarelui. Îşi dădu seama că îi putea şi auzi şi se gândi că probabil percepuse fără să vrea bucăţi din conversaţia lor, ceea ce îl făcu să-şi ridice ochii din carte, înainte de toate. Vorbeau despre safariurile în care urmau să meargă şi îi auzi menţionând că plănuiau să viziteze nu doar Kruger – o rezervaţie întinsă din Africa de Sud –, dar şi pensiunile Mombo şi Jack, ambele aflându-se în Botswana. Îşi dădeau cu părerea referitor la cazare şi la animalele pe care le vor putea vedea, subiecte pe care le mai auzise discutate de mii de ori în ultimii patruzeci de ani.

Tru nu-i recunoştea. Avusese întotdeauna o bună memorie vizuală, dar aceşti oameni îi erau străini. Nu mai avea nici un motiv de interes în ceea ce-i privea şi totuşi nu-şi putea dezlipi privirea de ei. Nu din cauza visului. Era altceva şi nu-şi dădu seama ce anume până când nu reuşi să-şi îndrepte atenţia direct asupra accentului uşor nazal al femeii, care făcu senzaţia de déjà-vu să-l năpădească din nou, chiar dacă era amestecată cu amintirile lui despre un alt timp şi un alt loc.

„Hope", se gândi el imediat. Femeia vorbea exact ca Hope.

În anii de după vizita la Sunset Beach, întâlnise mii de turiști. Câțiva dintre ei erau din Carolina de Nord și era ceva special legat de accentul lor, comparativ cu alte state din sud, un fel de rulare mai blândă a vocalelor, probabil.

Cei doi aveau ceva important să-i transmită.

Înainte să-și dea seama ce face, se ridicase deja din scaun și era la masa lor. În mod normal, nu s-ar fi gândit vreodată să întrerupă niște străini în timpul prânzului, dar, ca o păpușă pe o sfoară, simți că nu avea de ales.

– Iertați-mă, începu Tru. Îmi cer scuze că vă întrerup, dar se întâmplă cumva să fiți din Carolina de Nord? îi întrebă el.

Dacă vreunul dintre ei fu deranjat de apariția lui bruscă la masă, nu o arătară.

– De fapt, da, de-acolo suntem, răspunse femeia cu un zâmbet întrebător. Ne cunoaștem?

– Nu cred.

– Și-atunci cum știți de unde suntem?

– Am recunoscut accentul, răspunse Tru.

– Dar cu siguranță nu sunteți de pe-acolo.

– Nu, răspunse el. Sunt originar din Zimbabwe. Dar am petrecut ceva timp în Sunset Beach o dată.

– Ce mică e lumea! exclamă femeia. Avem o casă acolo. Când ați fost în vizită?

– În 1990, răspunse Tru.

– Era cu mult înainte să ne mutăm noi, spuse ea. Noi am cumpărat casa acum doi ani. Eu sunt Sharon Wheddon, iar acesta este soțul meu, Bill.

Bill îi strânse mâna.

– Tru Walls, răspunse el. V-am auzit vorbind despre pensiunile Mombo și Jack. Înainte să mă pensionez, am lucrat ca ghid de safari și pot să vă asigur că amândouă sunt excepționale. Veți vedea multe animale la Mombo. Dar pensiunile sunt diferite. Jack este în Kalahari și e unul dintre cele mai bune locuri din lume dacă vrei să vezi suricate.

În timp ce vorbea, femeia se uită la el, cu capul ușor înclinat într-o parte și cu o urmă de concentrare pe chip. Gura i se deschise și apoi se închise, înainte ca ea să se aplece peste masă.

– Ați spus că vă cheamă Tru Walls și că sunteți din Zimbabwe? Și că ați lucrat ca ghid?

– Da.

Sharon se întoarse de la Tru spre Bill.

– Mai ții minte ce-am găsit primăvara trecută? Când stăteam la casa de pe plajă și am făcut plimbarea aceea lungă? Și eu am glumit, pentru că urma să plecăm în Africa.

În timp ce ea vorbea, Bill începu să dea din cap.

– Acum îmi aduc aminte.

Sharon se întoarse spre Tru cu o expresie de încântare pe chip.

– Ați auzit vreodată de Kindred Spirit?

Auzindu-i întrebarea, pe Tru îl cuprinse amețeala. Cât trecuse de când auzise pe cineva pomenind de acea cutie poștală? Deși era un loc pe care Tru și-l amintise de mii de ori de-a lungul anilor, până acum fusese ceva ce știa și despre care simțea că este doar al lui și al lui Hope.

– Vorbiți despre cutia poștală? murmură el.

– Da! strigă Sharon. Nu pot să cred! Dragule, ție-ți vine să crezi?

Bill scutură din cap, părând la fel de uimit ca și ea, în vreme ce Sharon bătea din palme de surescitare.

– Când ați fost la Sunset Beach, ați întâlnit o femeie pe nume... Helen? Hannah? se încruntă ea. Nu! Hope – asta era, nu-i așa?

Lumea de dincolo de masa lor se încețoșă, iar podeaua deveni dintr-odată nesigură.

– Așa este, îngăimă, dar cred că nu înțeleg prea bine...

– Poate că ar trebui să stați jos, îi spuse Sharon. Era o scrisoare la Kindred Spirit despre care trebuie să vă vorbesc.

*

Când el își termină povestea, întunericul împresurase casa, iar focul rămăsese singura sursă de lumină. Abia mai auzea acordurile slabe ale muzicii venind dinspre bucătărie. Ochii lui Hope sclipeau în lumina focului.

– Două zile mai târziu eram aici, în Carolina de Nord. Evident, nu-și aminteau totul legat de scrisoare – cel mai important, data sau măcar luna în care urma să fii aici –, dar numele și detaliile despre mine au fost suficiente ca să-și amintească esențialul.

– De ce n-ai început să mă cauți imediat ce-ai ajuns aici?

El rămase tăcut câteva clipe.

– Ți-ai dat seama că în săptămâna pe care-am petrecut-o împreună nu mi-ai spus niciodată numele de familie al lui Josh?

– Ba cu siguranță ți l-am spus, răspunse ea. Trebuie s-o fi făcut.

– Nu, zise el cu un zâmbet aproape trist. N-ai făcut-o. Iar eu n-am întrebat niciodată. Și nici nu știam cum le cheamă pe surorile tale. Nu mi-am dat seama de asta până ce-am ajuns înapoi în Africa, dar nici n-a contat prea mult atunci, bineînțeles. Iar după douăzeci și patru de ani, fără nume de familie, nu aveam prea multe puncte de pornire. Îți știam numele de fată, dar am aflat că Anderson e un nume destul de comun, chiar și în Carolina de Nord. Și, pe lângă asta, habar n-aveam unde locuiești sau dacă ai rămas în Carolina de Nord. Mi-am amintit că Josh era chirurg ortoped și cred că am sunat la toate cabinetele de ortopedie și la toate spitalele până în Greensboro, întrebând de doctori numiți Josh, dar n-am ajuns nicăieri.

Hope strânse din buze.

– Și cum m-ai fi găsit oare cu ani în urmă? Atunci când aproape te-ai urcat în avion?

– Atunci n-am gândit așa de departe. Bănuiesc că aș fi angajat un detectiv particular. Și dacă nu te-aș fi găsit până la sfârșitul anului, asta intenționam să fac. Dar... zâmbi el. Știam că vei veni. Știam că te voi găsi la Kindred Spirit pentru că acolo ai spus că vei fi. În fiecare zi din septembrie m-am trezit gândindu-mă că azi e ziua cea mare.

– Și fiecare zi a fost o dezamăgire.

– Da, spuse el. Dar asta făcea mai probabil ca următoarea zi să fie ziua cea mare.

– Și dacă mă hotăram să vin în iulie sau august? Nu te temeai că m-ai ratat?

– Nu chiar, răspunse el. Nu credeam că vei vrea să mă întâlnești vara, din cauza tuturor celor veniți în vacanță. Bănuiam că vei alege o zi apropiată de cea în care am fost la cutia poștală, când am fi putut avea puțină intimitate. Toamna sau iarna păreau mai probabile.

Hope surâse cu mâhnire.

– Întotdeauna m-ai cunoscut, nu-i așa?

Ca răspuns, Tru îi ridică mâna și i-o sărută.

– Am crezut în noi.

Ea simți cum se îmbujorează din nou.

– Vrei să citești scrisoarea?

– Încă o mai ai?

– Am o copie, răspunse ea. E în cutia de pe masă.

Când ea dădu să se ridice, Tru ridică mâna s-o oprească. Se ridică el de pe canapea și aduse cutia gravată din bucătărie. Era gata s-o pună pe măsuța de cafea când Hope scutură din cap.

– Nu, îi spuse ea. Pune-o pe canapea. Între noi.

– E grea, observă el așezându-se din nou.

– E din Zimbabwe, spuse ea. Deschide-o. Scrisoarea e pe fundul ei.

Tru ridică atunci capacul. Deasupra, văzu invitația la nuntă și o atinse cu o privire întrebătoare; sub ea erau desenele și scrisoarea pe care el i-o scrisese ei. Sub toate acestea era un plic, simplu și fără adresă. Se simțea afectat într-un mod bizar la vederea desenelor și a scrisorii.

– Le-ai păstrat, murmură el, nevenindu-i să creadă.

– Firește, răspunse ea.

– De ce?

– Nu știi? îi atinse ea brațul ușor. Chiar și când m-am căsătorit cu Josh, încă te iubeam. Știam asta când mi-am spus jurămintele. Sentimentele mele pentru tine erau pline de pasiune, dar... liniștite. Pentru că așa m-ai făcut să mă simt în săptămâna pe care am petrecut-o împreună. Liniștită. Să fiu cu tine era ca și cum mă întorceam acasă.

Tru înghiți cu noduri.

– La fel a fost și pentru mine, spuse uitându-se la scrisoare. Când te-am pierdut, am simțit că-mi fuge pământul de sub picioare.

– Citește, spuse ea făcându-i un semn din cap către scrisoare. E scurtă.

Tru puse celelalte lucruri înapoi în cutie înainte să scoată scrisoarea din plic. O citi încet, rostogolindu-și cuvintele în minte, auzindu-i vocea în fiecare rând. Pieptul i se umplu, dând pe dinafară de emoții nerostite. Voia s-o sărute atunci, dar n-o făcu.

– Am ceva să-ți dau.

Se ridică și se duse la măsuța de lângă ușă. Scotocind prin rucsac, scoase cartea cu desenele pe care le făcuse. Revenind pe canapea, i-o dădu lui Hope. Kindred Spirit scria pe copertă, cu litere aurii.

Hope privi mai întâi spre el, apoi spre carte, plină de curiozitate. Tru se instală lângă ea, în timp ce ea își trecea degetele peste cuvinte.

– Aproape că mi-e teamă să văd ce e.

– Să nu-ți fie, o îndemnă el când ea deschise în sfârșit cartea.

Pe prima pagină era un portret de-al lui Hope la marginea debarcaderului, un loc unde el n-o văzuse niciodată. Era o schiță ce părea să capteze totul despre ea, dar pentru că nu avea nici un rol în povestea lor, o văzuse ca pe un fel de pagină de titlu.

Tru rămase tăcut când Hope dădu pagina, studiind în stânga o imagine de-a lui plimbându-se pe plajă, iar în dreapta, pe ea venind din urmă, la ceva depărtare. Se vedea și Scottie alergând spre nisip.

Următoarea pagină îi arăta pe ei doi în prima dimineață în care vorbiseră; în schițe, el îl ținea pe Scottie, iar îngrijorarea ei era evidentă din fizionomie. Următoarele două pagini îi înfățișau mergând spre cabană; erau urmate de desenele cu ei doi bând cafea pe terasa din spate. Imaginile fuzionau ca o serie de scene dintr-un film. Hope zăbovi pe îndelete până să ajungă la final. Când o făcu în cele din urmă, el îi observă urma unei lacrimi pe obraz.

– Ai surprins totul, spuse ea.

– Da, răspunse el. Cel puțin am încercat. E pentru tine.

– Nu, spuse ea. E o operă de artă.

– Suntem noi, zise el.

– Când ai...?

– Mi-a luat ani întregi, răspunse el.

Hope trecu cu mâna peste copertă din nou.

– Nu știu ce să spun. Dar în nici un caz nu mi-o poți da mie. E... o comoară.

– Pot oricând să mai fac una. Și, de când am terminat-o, am visat la ziua în care te voi revedea, ca să-ți arăt cum ai trăit în sufletul meu.

Ea ținea în continuare cartea în brațe, strângând-o de parcă n-ar mai fi vrut să-i dea drumul.

– Ai adăugat chiar și momentul acela de pe plajă, după ce ți-am spus că Josh mă ceruse în căsătorie, când m-ai ținut...

O așteptă să-și găsească cuvintele.

– Nu pot să-ți spun de câte ori m-am gândit la asta, spuse ea încet. În timp ce ne plimbam, mă gândeam la o modalitate de a-ți spune și eram atât de confuză și de speriată. Simțeam golul începând deja să se formeze căci știam că urma să ne luăm adio. Dar voiam să fie în condițiile impuse de noi, indiferent ce însemna asta, și simțeam că Josh îmi furase acest lucru.

Tru îi auzea rugămintea din voce.

– Credeam că am înțeles cât de mult te-am rănit în acea zi, dar să văd desenul cu tine din acel moment este devastator. Expresia de pe fața ta – felul în care te-ai desenat...

Vocea îi tremura când se opri. Tru înghiți în sec, acceptând adevărul spuselor ei. Fusese una dintre cele mai dureroase reprezentări din întreaga carte, una de care trebuise să se îndepărteze nu o dată.

– Și știi ce-ai făcut? Nu te-ai certat, nu te-ai înfuriat și nu mi-ai cerut nimic. În loc de asta, primul tău instinct a fost să mă ții în brațe. Să mă consolezi tu pe mine, când ar fi trebuit să fie invers. Nu o meritam, dar ai știut că era ceva de care aveam nevoie.

Hope încerca să-și mențină calmul:

– Asta am simțit că pierd atunci când m-am căsătorit cu Josh – să am pe cineva care să mă mângâie atunci când lucrurile ajung cel mai jos. Iar azi, la cutia poștală, când eram în șoc și nu știam ce să spun sau ce să fac, m-ai luat în brațe din nou. Pentru că știai că mă simțeam de parcă aș fi căzut de pe o stâncă și aveam nevoie de tine ca să mă prinzi, a scuturat ea din cap cu tristețe. Nu știu dacă Josh m-a ținut vreodată în brațe în felul acesta – cu o empatie perfectă. M-a făcut să mă gândesc din nou la cât de multe am renunțat când am plecat mai departe în acea zi.

El o privi fără să se miște, apoi luă cutia și o așeză pe masă. Își puse mâna pe cartea de schițe pe care o crease, luând-o din strânsoarea ei, și o așeză lângă cutie, punându-și apoi brațele în jurul ei. Hope se sprijini de el. Tru îi sărută părul cu blândețe, așa cum o făcuse și odinioară.

– Sunt aici acum, șopti el. Ne iubeam, dar momentul nu era propice. Și nici toată dragostea din lumea nu se poate lupta cu momentul nepotrivit.

– Știu, spuse ea, dar cred că ne-ar fi fost bine împreună. Cred că ne-am fi putut face fericiți unul pe altul...

El o privi cum închide ochii, doar pentru a-i redeschide încet.

– Și-acum e prea târziu, spuse ea cu o voce deznădăjduită.

Tru îi ridică bărbia cu un deget. Ea îl privi în ochi, mai frumoasă decât orice femeie pe care o văzuse el vreodată. El se aplecă mai aproape, iar buzele li se întâlniră. Gura ei era caldă și plină de dorință.

– Nu e niciodată prea târziu să te țin în brațe, murmură el.

Ridicându-se de pe canapea, îi luă mâna. Luna răsărise, aruncând o rază argintie prin fereastră, spre a întregi strălucirea topită a focului. Ea se ridică încet, iar el îi sărută mâna. O trase spre el cu dor. Își încolăci brațele în jurul ei, simțindu-i mâinile împreunate după gâtul lui. Ea își rezemă capul pe umărul lui, cu răsuflarea vibrându-i pe claviculă, iar Tru se gândi că asta era tot ce-și dorise vreodată. Ea era tot ce el își dorise vreodată. Știuse că ea era aleasa din clipa în care o întâlnise; știuse de atunci că nu va mai exista o alta.

Gura ei se deschise sub a lui, iar limba ei i-o atinse pe a lui. Era fierbinte și umedă, o senzație neschimbată după tot acest timp, fără vârstă și elementară. Își strânse brațele în jurul ei, unindu-i trupul cu al lui. Mâna îi străbătu spatele și părul, apoi îi mângâie din nou spatele. Așteptase atât de mult acest moment, retrăindu-l în atâtea nopți pline de singurătate. Când sărutul se sfârși, Hope își așeză capul pe pieptul lui și începu să tremure din tot corpul.

O auzi suspinând și, îngrijorat, își dădu seama că plângea. Când se trase în spate, ea refuză să-i întâlnească privirea. În loc de asta, își ținu fața îngropată la pieptul lui.

– Ce s-a întâmplat? întrebă el.

– Îmi pare rău, răspunse ea. Îmi pare atât de rău! Îmi doresc să nu te fi părăsit niciodată. Îmi doresc să te fi regăsit mai curând, îmi doresc să te fi urcat în acel avion...

Era ceva în vocea ei, o teamă la care el nu se așteptase.

– Sunt aici acum, spuse el, și nu plec nicăieri.

– E prea târziu, răspunse ea cu vocea frântă. Îmi pare rău, dar e prea târziu acum. Nu pot să-ți fac asta.

– E în regulă, șopti el, simțind prima împunsătură de panică.

Nu știa ce se întâmplase; nu știa ce făcuse ca să o supere.

– Am înțeles de ce a trebuit să pleci. Și ai doi copii minunați... Hope, este în regulă. Am înțeles alegerea pe care a trebuit s-o faci.

– Nu, nu e asta, scutură ea din cap, cu o sfârșeală ce atârna greu în cuvinte. Dar tot e târziu.

– Despre ce vorbești? strigă el, prinzând-o de brațe și trăgându-se înapoi. Nu înțeleg ce încerci să-mi spui. Vorbește cu mine, Hope, te rog.

Disperat, încercă s-o privească în ochi.

– Mă tem... și nu am ideea ce să le spun copiilor...

– Nu are de ce să-ți fie frică. Sunt sigur că vor înțelege.

– N-au cum, răspunse ea. Îmi amintesc ce greu mi-a fost mie.

Tru simți cum îl trece un fior. Se forță să respire adânc.

- Nu înțeleg.

Hope începu să plângă mai tare, suspinând atât de puternic, încât trebui să se sprijine de el.

- Sunt pe moarte, spuse ea în cele din urmă. Am scleroză laterală amiotrofică, la fel ca tatăl meu, iar acum sunt pe moarte.

Odată cu cuvintele ei, mintea lui Tru se goli și singurul lucru la care se putu gândi fură umbrele aruncate de foc și felul în care păreau aproape vii. Cuvintele ei păreau să ricoșeze în interiorul lui... „Am scleroză laterală amiotrofică, la fel ca tatăl meu, iar acum sunt pe moarte."

Închise ochii, încercând să-i ofere putere, dar îl lăsau și pe el puterile. Ea îl strânse tare, șoptindu-i:

- Of, Tru... Îmi pare atât de rău... E doar vina mea...

Tru simți o tensiune în mijlocul frunții la auzul vocii ei.

„Sunt pe moarte..." Îi povestise cât de sfâșietoare fusese decăderea tatălui ei; că pierduse atât de mult în greutate în ultimele luni, încât Hope trebuise să-l care în pat. Era o boală necruțătoare și de neoprit, care îi furase în cele din urmă chiar și răsuflarea. Tru nu știa ce să spună în timp ce Hope se legăna și suspina lângă el și tot ce putu face fu să rămână în picioare.

Dincolo de ferestre, lumea era neagră. O noapte rece, dar Tru se simțea și mai înfrigurat. O așteptase o viață întreagă pe Hope și o găsise, dar avea să-i fie luată din nou, prea devreme. Gândurile îi zburau și totul în el îl durea. Își aminti din nou de ultimul rând din scrisoarea pe care i-o scrisese atunci când ea îl invitase la Kindred Spirit pentru prima oară.

„Mă aștept la surprize cu tine pe post de ghid."

Nu știa de ce îi veniseră în minte acele cuvinte sau ce însemnau ele acum, și nici nu păreau să aibă vreun sens. Hope era visul lui, tot ceea ce el își dorise vreodată, iar ea îi spusese că era pe moarte. Tru se simțea aproape zdrobit când se îmbrățișară și plânseră, sunetele înăbușindu-se în coconul casei tăcute.

Zi după zi

– Știam că sunt bolnavă, chiar înainte de primele analize, spuse Hope.

Îi luase ceva vreme să se poată opri din plâns, iar când lacrimile i se domoliră în cele din urmă, Tru își șterse și el obrazul. Se dusese în bucătărie să mai facă ceai și îi adusese încă o ceașcă și ei, pe canapea. Genunchii îi erau trași la piept, înveliți în pătură.

Apucând cana cu ambele mâini, ea zise:

– Mi-am amintit ce mi-a spus tata despre cum e chiar la început. Doar această senzație generală de cădere, ca o răceală, doar că nu mai trecea. Eu am fost cea care i-a sugerat diagnosticul doctoriței, dar ea a fost foarte sceptică. Pentru că scleroza nu este de obicei ereditară. Doar într-unul din zece cazuri există un istoric de familie. Dar când mi-am făcut analizele și rezultatele întârziau să vină, am știut.

– Când ai aflat?

– În iulie anul trecut. Deci de mai puțin de un an și jumătate. Mă pensionasem doar de vreo șase luni și așteptam cu nerăbdare să-mi încep noua viață.

Apoi, știind care avea să fie următoarea lui întrebare, adăugă:

– Tata a rezistat aproape șapte ani. Și cred că o duc ceva mai bine decât el, cel puțin până acum. Ce vreau să spun e că am impresia că progresează mai lent decât la el, dar pot să afirm că e mai rău acum decât atunci când am descoperit-o. M-am luptat să ajung la Kindred Spirit azi-dimineață.

– Nu-mi pot imagina ce înseamnă să lupți cu asta, Hope.

– E îngrozitor, recunoscu ea. Și încă nu știu cum să le spun copiilor. Erau atât de mici când a murit tata, nu și-l mai amintesc bine. La fel cum nu-și amintesc nici prețul plătit de familie. Știu că atunci când le voi spune, vor reacționa la fel cum am făcut-o și eu. Vor fi îngroziți și își vor petrece timpul pe lângă mine, dar eu nu vreau ca ei să-și suspende viețile pentru mine. Aveam treizeci și șase de ani când am aflat, dar ei sunt abia la început. Nu vreau asta – vreau ca ei să-și trăiască viețile. Însă odată ce vor afla, va fi imposibil. Singurul motiv pentru care n-am cedat când tata era bolnav a fost acela că ei erau mici și aveau nevoie de atenția mea. N-am avut de ales. Dar ți-am spus cum a fost cu tata... cât de greu a fost să-l văd murind.

– Da, aprobă el din cap.

– Acesta a fost unul dintre motivele pentru care am pus scrisoarea în cutia poștală anul trecut. Pentru că mi-am dat seama că...

Când ea se opri, Tru îi luă mâna:

– Ți-ai dat seama că...?

– Pentru că mi-am dat seama că deși era prea târziu pentru noi, poate nu era încă prea târziu să-mi cer iertare, și aveam nevoie de asta. Pentru că te-am văzut rămas în picioare în mijlocul drumului și eu am continuat să conduc. A trebuit să trăiesc cu imaginea aceea, ceea ce putea fi o pedeapsă suficientă, dar... o parte din mine voia și iertarea ta.

– Ai avut-o întotdeauna, spuse el, îmbrățișând-o și cu cealaltă mână, ținând-o ca pe o pasăre rănită. Ți-am scris în scrisoare – să te întâlnesc a fost ceva ce-aș mai fi făcut încă de o mie de ori, dacă mi s-ar fi oferit șansa, chiar dacă știam că urma să se termine. N-am fost niciodată furios pe tine pentru alegerile pe care le-ai făcut.

– Dar te-am rănit.

El se trase mai aproape și ridică o mână să-i atingă obrazul.

– Durerea este întotdeauna prețul pe care-l plătim pentru dragoste, îi spuse. Am învățat asta cu mama și atunci când Andrew a plecat. Stă în firea lucrurilor.

Hope nu spunea nimic, gândindu-se. Își ridică privirea către el:

– Știi care e cea mai proastă parte? îi spuse cu voce stinsă. Despre faptul că știi că ești pe moarte?

– N-am nici o idee.

– Și visele încep să-ți moară. Când am primit diagnosticul, unul dintre primele lucruri care mi-au trecut prin minte a fost că probabil îmi e scris să nu fiu bunică. Să legăn un bebeluș ca să adoarmă sau să fac o pictură pe numere la o masă de picnic sau să le fac băiță. Lucruri mici, lucruri care nici măcar nu s-au întâmplat și care s-ar putea să nu se întâmple niciodată păreau să fie ceea ce îmi lipsea cel mai mult. Și recunosc, e absurd, dar nu mă pot abține.

Tru tăcea, reflectând la spusele ei.

– Când eram în spital, răspunse el în cele din urmă, am simțit același lucru. Visam să merg în excursii în Europa sau să mă apuc de pictură, iar apoi cădeam în depresii grave când îmi dădeam seama că s-ar putea să nu fiu în stare să le fac. Dar partea stupidă este că atunci când m-am făcut bine, nici excursiile și nici pictura nu m-au mai interesat. Cred că stă în firea omului să-și dorească lucruri pe care nu le poate avea.

– Știu că ai dreptate, dar totuși... abia așteptam să devin bunică, reuși ea să râdă pierit. Presupunând că Jacob și Rachel se căsătoresc, bineînțeles. Ceea ce mă îndoiesc că se va întâmpla curând. Par să se bucure de independența lor.

El zâmbi:

– Știu că ai spus că plimbarea din dimineața aceasta a fost grea, dar păreai în regulă pe drumul de întoarcere.

– Mă simțeam bine, recunoscu ea. Așa e uneori. Iar fizic mă simt bine în majoritatea timpului, atâta vreme cât nu exagerez. Nu cred că au fost prea multe schimbări în ultima vreme. Vreau să cred că m-am împăcat cu ideea. E edificator, pentru că mă face să iau deciziile mult mai ușor legat de ce e important pentru mine și ce nu. Știu cum vreau să-mi petrec timpul și ce vreau să evit. Dar încă mai am zile când sunt speriată sau tristă. Mai ales pentru copiii mei.

– Și eu aș fi la fel. Când eram în spital, expresia terifiată a lui Andrew când stătea cu mine îmi frângea sufletul.

– De aceea am ținut totul secret până acum, spuse ea. Nici surorile mele nu știu. Și nici prietenii.

El se aplecă și își lipi fruntea de a ei.

– Sunt onorat că ai împărtășit asta cu mine, îi șopti.

– M-am gândit să-ți spun mai devreme, se destăinui ea. După ce mi-ai povestit despre accidentul tău. Dar mă simțeam așa de bine că nu voiam să se termine.

– Încă nu s-a terminat, spuse el. Prefer să fiu aici cu tine decât oriunde altundeva. Și în ciuda a ceea ce mi-ai spus, a fost una dintre cele mai reușite zile din viața mea.

– Ești un om foarte drăguț, Tru, îi zâmbi ea trist. Întotdeauna ai fost.

Se aplecă spre el ca să-l sărute tandru, iar atingerea aspră a perciunilor lui îi declanșă o senzație de déjà-vu.

– Știu că mi-ai spus că te rezumi la două pahare de vin, dar cred că eu aș mai vrea unul. N-ai vrea să mi te alături? Mai este o sticlă în frigider.

– O aduc eu, spuse el.

În timp ce el era în bucătărie, Hope își frecă obrajii cu forță, nevenindu-i să creadă că își destăinuise secretul. Detestase ideea de a-i spune lui Tru, dar odată ce rostise cuvintele, știa că va fi în stare să le rostească din nou. Lui Jacob și Rachel și surorilor ei. Prietenilor. Chiar și lui Josh. Dar nici unul dintre ei nu avea să reacționeze ca Tru, care reușise să-i alunge fricile, chiar și numai pentru o clipă.

Tru se întoarse din bucătărie cu două pahare și îi dădu ei unul. De îndată ce se așeză, își ridică brațul, iar ea se cuibări în îmbrățișarea lui. O vreme stătură în tăcere, privind focul. În mintea lui Hope se derulau toate evenimentele acelei zile: întoarcerea lui Tru, cartea cu schițe, destăinuirea ei. Era aproape prea mult de procesat.

– Trebuia să urc în avionul acela, spuse Tru rupând tăcerea. Trebuia să încerc mai mult să te găsesc.

– Și eu simt că trebuia să mă străduiesc mai tare, aprobă ea. Dar știind acum că te-ai gândit la mine în toți acești ani înseamnă totul.

– Și pentru mine. O zi ca cea de astăzi... e tot ce am visat.

– Dar sunt pe moarte.

– Cred că îți trăiești viața, spuse el cu o surprinzătoare fermitate. Și zi de zi, asta e tot ce poate face oricare dintre noi. Nu pot să garantez că voi fi în viață peste un an sau peste o lună. Nici măcar mâine.

Ea își lăsă capul să-i cadă pe brațul lui.

– Așa spun oamenii și știu că este un adevăr în asta. Dar e diferit când știi sigur că mai ai doar atât de trăit. Dacă mă iau după tatăl meu, mai am cinci, poate cinci ani și jumătate. Iar ultimul an nu e prea grozav.

– În patru ani și jumătate o să am șaptezeci de ani.

– Și?

– Nu știu. Orice se poate întâmpla, asta vreau să spun. Ceea ce știu este că mi-am petrecut ultimii douăzeci și patru de ani visând la tine. Dorind să te țin de mână și să-ți vorbesc și să te ascult și să-ți gătesc cina și să stau lângă tine în pat noaptea. N-am avut viața pe care ai avut-o tu. Am fost singur, iar când am aflat de scrisoarea ta, mi-am dat seama că eram singur pentru că te așteptam pe tine. Te iubesc, Hope.

– Și eu te iubesc.

– Atunci hai să nu mai pierdem și mai mult timp. A venit în sfârșit vremea noastră. A ta și a mea. Indiferent de ce ne rezervă viitorul.

– Ce vrei să spui?

El o sărută ușor pe gât, iar ea simți cum sângele îi năvălește în stomac, așa cum se întâmplase și odinioară. Aranjându-i niște șuvițe de păr după ureche, el îi murmură:

– Căsătorește-te cu mine. Sau n-o face, dar rămâi cu mine. Mă voi muta în Carolina de Nord și putem locui oriunde vei dori. Putem călători, dar nu trebuie să o facem. Putem găti împreună sau să mâncăm în oraș de fiecare dată. Pentru mine nu are importanță. Vreau doar să te țin în brațe și să te iubesc, cu fiecare răsuflare. Nu îmi pasă cât va dura și nu îmi pasă cât de bolnavă vei fi. Te doresc și atât. Faci asta pentru mine?

Hope îl privi uluită, înainte de a schița un zâmbet.

– Tu chiar vorbești serios?

– Fac orice dorești, spuse el. Atâta vreme cât sunt cu tine.

Fără nici un cuvânt, ea îl luă de mână. Ridicându-se de pe canapea, îl conduse în dormitor, iar în noaptea aceea se redescoperiră, trupurile lor întorcându-se într-o amintire din altă vreme, familiară și totuși tandră și imposibil de nouă. Când terminară, ea stătea întinsă lângă Tru, uitându-se la el cu aceeași mulțumire deplină pe care o văzuse în ochii lui. Era o expresie de care-i fusese dor toată viața.

– Mi-ar plăcea, șopti ea într-un final.

– Ce ți-ar plăcea? întrebă el.

Ea se trase mai aproape, sărutându-l pe nas, apoi pe buze.

– Mi-ar plăcea, șopti, să mă căsătoresc cu tine.

Epilog

M-am luptat cu finalul poveştii lui Tru şi Hope. N-am vrut să inventariez lupta prelungă a lui Hope cu scleroza laterală amiotrofică sau nenumăratele moduri în care Tru a încercat să-i uşureze declinul. Am scris însă un capitol adiţional despre săptămâna pe care Hope şi Tru şi-au petrecut-o la Carolina Beach şi despre conversaţiile pe care Hope le-a purtat cu copiii ei, despre nunta lor din februarie următor şi despre safariul de care s-au bucurat în luna de miere. Am încheiat capitolul cu o descriere a excursiei lor anuale la Kindred Spirit, unde au lăsat un plic cartonat pentru ca alţii să le împărtăşească povestea. Până la urmă însă am renunţat la paginile scrise – în discuţiile mele cu ei era limpede că povestea pe care voiau s-o împărtăşească era una simplă: s-au îndrăgostit, au fost despărţiţi ani întregi, dar au găsit o cale de a se reîntâlni, în parte datorită magiei care înconjura Kindred Spirit. N-am vrut să mă abat de la calitatea aproape legendară a poveştii lor.

Cu toate acestea, povestea lor nu mi se părea completă. Scriitorul din mine nu putea să nu simtă că exista o ruptură în viaţa lui Tru de dinainte de reîntâlnirea cu Hope. Din acest motiv, în lunile imediat următoare publicării, l-am sunat pe Tru ca să-i obţin acordul pentru o nouă călătorie în Zimbabwe. Voiam să-l întâlnesc pe Romy, bărbatul care a jucat un rol minor, aproape neimportant în povestea de iubire dintre Tru şi Hope.

Romy se pensionase într-un sătuc din districtul Chegutu din nordul țării, iar călătoria a fost ea însăși o poveste în sine. Armele erau la tot pasul în partea aceea a țării și m-am temut să nu fiu răpit, dar șoferul pe care-l angajasem părea să aibă legături cu triburile care controlau zona și m-a dus în siguranță. Scriu asta doar ca un memento al anarhiei care domnește acum într-o țară pe care eu o consider totuși unul dintre cele mai remarcabile locuri de pe pământ.

Romy era slab și cărunt, cu pielea mai închisă decât a majorității localnicilor. Îi lipsea un dinte din față, dar, la fel ca Tru, se mișca cu o surprinzătoare agilitate. Am vorbit stând pe o băncuță făcută din bolțari și din ceea ce fusese odată bena unui camion de tractare. După ce m-am prezentat, i-am spus despre cartea pe care o scrisesem și i-am explicat că speram să-mi dea mai multe informații despre prietenul lui, Tru Walls.

Pe chip îi apăru un zâmbet leneș.

– Deci a găsit-o, nu?

– Cred că s-au găsit.

Romy se aplecă în față și culese un băț de pe jos.

– De câte ori ai fost în Zimbabwe?

– E a doua mea excursie aici.

– Știi ce se întâmplă cu copacii, după ce elefanții îi pun la pământ? De ce nu vezi copaci căzuți la tot pasul?

Am scuturat din cap, intrigat.

– Termitele, răspunse el. Mănâncă tot, până când nu mai rămâne nimic. E bine pentru savană, dar rău pentru orice e făcut din lemn. De-aia băncuța asta e făcută din bolțari și metal. Pentru că termitele mănâncă și mănâncă și nu se mai opresc.

– Nu înțeleg exact ce vrei să-mi spui.

Romy își sprijini coatele pe genunchii săi colțuroși și se aplecă spre mine, ținând încă bățul în mână.

– Așa era Tru după ce s-a întors din America... de parcă ar fi fost mâncat dinăuntru. Întotdeauna i-a plăcut să fie mai singuratic, dar acum era și mai și... era întotdeauna singur. Stătea în camera lui, desenând, dar nu mi-a mai arătat desenele. O bună bucată de vreme n-am știut ce era cu el, dar în fiecare an în septembrie începea să fie cuprins de tristețe din nou. Rupse bățul în două și lăsă bucățile să cadă pe pământ. Apoi, într-o noapte de septembrie – la vreo cinci sau șase ani după călătoria în America –, l-am văzut stând afară. Bea. Eu fumam o țigară și m-am dus să-i țin companie. S-a întors către mine, iar fața lui... nu l-am văzut arătând așa niciodată. L-am întrebat: „Ce mai faci?“, dar nu mi-a răspuns nimic. Nu mi-a spus nici să plec, așa că m-am așezat lângă el. După o vreme, mi-a oferit ceva de băut. Întotdeauna avea whisky bun. Familia lui era bogată, înțelegi.

Am dat din cap.

– După încă ceva vreme, m-a întrebat care era cel mai greu lucru pe care a trebuit să-l fac vreodată. I-am spus că nu știu, viața e plină de lucruri grele. De ce voia să știe? A spus că el știe care a fost cel mai greu lucru pe care a trebuit să-l facă și că nimic nu va fi vreodată mai chinuitor decât asta. Romy a dat aerul afară cu un șuierat, înainte de a continua. Nu era vorba de cuvinte... era felul în care le spusese. Cu atâta tristețe, cu atâta durere, ca termitele acelea care i-au mâncat sufletul. Apoi mi-a povestit despre călătoria în America... și despre femeie. Hope.

Se întoarse cu fața la mine.

– Am iubit și eu câteva femei la viața mea, spuse el zâmbind, dar apoi zâmbetul i se șterse. Când mi-a vorbit, am înțeles că nu iubisem niciodată pe nimeni așa. Iar când mi-a spus că și-a luat adio... A privit în pământ. A plâns, ca un om sfârșit. Și i-am simțit durerea din suflet în sufletul meu, scutură el din cap. După aceea, ori de câte ori îl vedeam, mă gândeam că încă suferă, doar că își ascunde durerea.

Romy tăcu și o vreme am stat împreună și ne-am uitat cum soarele apunea peste sat.

– N-a mai vorbit despre asta. M-am pensionat apoi și nu l-am mai văzut multă vreme, până când a avut accidentul acela îngrozitor. M-am dus să-l văd la spital. Știi de asta?

– Da, i-am răspuns.

– Arăta groaznic, absolut înfiorător. Iar doctorii spuneau că era mult mai bine decât înainte! Amesteca cuvintele de cele mai multe ori, așa că mai mult am vorbit eu. Și, încercând să fiu optimist, să fac glume, l-am întrebat dacă l-a văzut pe Iisus sau pe Dumnezeu când a murit. Mi-a zâmbit cu tristețe, un zâmbet care mi-a frânt inima. „Nu“, mi-a spus el. „Am văzut-o pe Hope“.

*

Când m-am întors din Zimbabwe, am mers cu mașina la plaja unde Tru și Hope locuiesc acum. Îmi luase aproape un an să mă documentez și să scriu cartea și nu mai voiam să-i deranjez mai mult. Cu toate acestea, m-am trezit că mă plimb pe malul apei, pe lângă cabana lor. Nu i-am văzut.

Era după-amiază. Am continuat să merg pe plajă, ajungând în cele din urmă la debarcader. Am mers până la capătul lui. Erau câțiva oameni care pescuiau, dar am găsit un loc liber într-un colț. Am privit oceanul, simțind briza în păr, știind că scrierea poveștii lor mă schimbase.

Nu-i mai văzusem pe nici unul dintre ei de luni bune și îmi era dor. M-am consolat la gândul că sunt împreună, așa cum trebuiau să fie. Mai târziu, când am trecut din nou pe lângă cabană pe drumul de întoarcere, privirea mi-a fost atrasă automat de casa lor. Nici urmă de ei.

Deja se însera, iar cerul se colorase într-un amestec de tonuri de violet, albastru și gri, în timp ce la orizont luna începuse să se ridice din mare, de parcă și-ar fi petrecut ziua ascunzându-se pe fundul oceanului.

Seara se lăsa tot mai mult și m-am trezit scrutând plaja din nou. Le vedeam casa în depărtare și, deși plaja aproape se golise, am văzut cum Tru și Hope ieșiseră să se bucure de seară. Mi-a tresăltat inima la vederea lor și m-am gândit din nou la anii pe care trebuiseră să-i petreacă despărțiți. M-am gândit la viitorul lor, la plimbările pe care le vor rata și la aventurile pe care nu le vor avea. M-am gândit la sacrificiu și miracole. Și m-am gândit şi la dragostea pe care şi-au purtat-o unul altuia – ca stelele pe cerul amiezii, nevăzute, dar întotdeauna acolo.

Erau la marginea rampei, cea pe care Tru o construia când l-am întâlnit prima oară. Hope era în scaunul cu rotile, cu o pătură peste picioare. Tru stătea lângă ea, cu mâna sprijinită blând pe umărul ei. Era o viaţă întreagă de iubire în acel gest şi am simţit cum mi se pune un nod în gât. Am continuat să-i privesc, iar el probabil că mi-a simţit prezenţa în depărtare, căci s-a întors în direcţia mea.

Mi-a făcut cu mâna. Deşi i-am răspuns în acelaşi fel, ştiam că era un fel de adio. Cu toate că îi consideram prieteni, mă îndoiam că vom mai vorbi vreodată.

Venise vremea lor, în sfârşit.

Nota autorului

Dragă cititorule,

Deși romanele mele se conformează de obicei anumitor norme previzibile (acțiunea are loc în general în Carolina de Nord, se focalizează pe o poveste de dragoste etc.), încerc să variez temele, personajele sau tehnicile în moduri interesante, cu fiecare nouă carte. Întotdeauna mi-a plăcut tehnica literară de „inserare a eului auctorial", în care autorul însuși apare într-o operă de ficțiune – uneori ca un narator autobiografic de-abia ascuns, ca în *Abatorul 5* de Vonnegut, sau pur și simplu accidental, ca în personajul lui Stephen King din *Turnul întunecat*, volumul VI, al cărui jurnal complet fictional joacă un rol în poveste (și a cărui moarte este menționată în roman ca având loc în 1997). Unul dintre romancierii mei preferați, Herman Wouk, a scris un roman la vârsta de nouăzeci și șapte de ani, *The Lawgiver* (Legiuitorul), în care se implică fictional într-o încercare dezastruoasă de a face un film la Hollywood, în ciuda presimțirilor soției sale din viața reală, Betty. Această tehnică de „poveste în poveste" pe niveluri, implicându-l pe autor, m-a intrigat întotdeauna: echivalentul romanesc al pictorilor renascentiști care se inserau obraznici în tablourile lor. Sper că vei fi de acord că finalurile de cărți pe care le scriu din perspectiva mea adaugă o dimensiune interesantă la ceea ce este de altfel o poveste clasică a unor iubiți cărora li se refuză dragostea.

În timp ce „descoperirea" poveștii lui Tru și a lui Hope este în întregime ficțională, inspirația pentru fundalul romanului mi-a venit direct din propria experiență. Am mers pentru prima oară în Africa în 2010 și în acea excursie m-am îndrăgostit până peste cap de țări pe care am fost suficient de norocos să le pot vizita – peisajele fantastic de spectaculoase, culturile fascinante și diverse, istoria politică turbulentă și un sentiment bizar că timpul s-a oprit în loc, pe care l-am avut acolo. M-am întors în Africa de câteva ori de atunci, de fiecare dată explorând zone diferite și vizitând un mediu natural ce dispare sub ochii noștri. Aceste excursii mi-au schimbat pe deplin viața, lărgindu-mi conștiința faptului că există locuri extrem de îndepărtate de existența mea așezată din micul oraș din Carolina de Nord. În fiecare dintre aceste călătorii am cunoscut zeci de ghizi de safari ale căror cunoștințe bogate și povești de viață fascinante mi-au oferit apă pentru moara creativității mele și în cele din urmă m-au inspirat să creez un personaj a cărui soartă să se întrepătrundă cu și să fie guvernată de viața lui din Africa.

Și Carolina Beach are un loc special în inima mea, pentru că m-am retras în plăcerile ei simple și tonice de multe ori când simțeam nevoia de introspecție sau de vindecare. Mai ales în afara sezonului, plajele ei bătute de vânturi și rezidenții sociabili de peste an oferă antidotul perfect pentru stresul vieții: plimbări lungi pe fâșii de nisip părăsite, mese nesofisticate în localuri fără pretenții și nesfârșitul vuiet al valurilor oceanului. O recomand oricui caută o alternativă mai liniștită față de stațiunile tipice de vacanță.

Și în cele din urmă, Kindred Spirit: există cu adevărat în rezervația naturală din Bird Island, lângă Sunset Beach, Carolina de Nord. Ca scriitor de scrisori cu o lungă experiență, m-am simțit imediat atras de cutia poștală singuratică ce servește drept punct central în povestea mea. Poate într-o zi, și tu vei găsi o cale să vizitezi această destinație pitorească și să îți împărtășești gândurile și poveștile...

Nicholas Sparks

Mulțumiri

Pentru mine, crearea oricărui roman este cam așa cum îmi imaginez că ar fi nașterea: un proces de anticipare, groază, epuizare teribilă, și, în cele din urmă, o bucurie imensă... o experiență pe care mă bucur că nu trebuie să o îndur singur. Alături de mine, la fiecare pas al drumului, de la perioada de sarcină până la urletul nașterii, se află, de o lungă perioadă de timp, agentul meu literar, Theresa Park, care este nu numai incredibil de talentată și inteligentă, dar a fost prietena mea cea mai apropiată în ultimul sfert de secol. Echipa de la Park Literary & Media este cea mai întreprinzătoare, informată și vizionară din domeniu: Abigail Koons și Blair Wilson sunt artizanii carierei mele internaționale; Andrea Mai găsește modalități inovatoare pentru a mă asocia cu distribuitori precum Target, Walmart, Amazon și Barnes & Noble; Emily Sweet îmi gestionează numeroasele conturi de social media, licențierea și eforturile în crearea parteneriatelor de brand; Alexandra Greene îmi oferă sprijin juridic și strategic esențial; iar Pete Knapp și Emily Clagett se asigură că munca mea rămâne relevantă pentru cititorii care evoluează permanent.

În echipa editorului care a contribuit la debutul fiecăreia dintre cărțile mele începând cu *Jurnalul*, au fost multe schimbări de-a lungul deceniilor, dar în ultimii câțiva ani am fost recunoscător pentru faptul că munca mea a fost susținută de Michael Pietsch, directorul executiv al Hachette Book Group. Ben Sevier, editor la Grand Central Publishing (GCP), și redactorul-șef Karen Kosztolnyik s-au alăturat echipei recent, dar venirea lor a fost bine-venită, aducând idei noi și energie proaspătă. Îmi va lipsi Dave Epstein VP-ul de vânzări cu amănuntul al GCP, care împreună cu șeful său Chris Murphy și Andrea Mai din echipa de PLM au ajutat la modelarea strategiei de retail pentru ultimele mele cărți. Dave, îți doresc multe zile liniștite de pescuit la pensie. Drapel și Anne Twomey, voi aduceți magie și dați clasă fiecărei coperți de carte, an de an. Lui Brian McLendon și publicistului meu extrem de răbdător, Caitlyn Mulrooney-Lyski, vă mulțumesc pentru păstorirea campaniilor de marketing și publicității cărților mele cu o asemenea grijă; iar Amandei Pritzker îi spun că îi apreciez foarte mult atenția și colaborarea eficientă cu echipa de la Park Literary.

Publicistului meu de multă vreme de la PMK-BNC, Catherine Olim, protectorul meu neînfricat și consilierul cu o abordare foarte directă, al cărei sfat îl prețuiesc. Experților în social media social media Laquishe „Q“ Wright și Mollie Smith, care mă ajută să rămân în contact zilnic cu fanii mei și m-au încurajat să-mi găsesc propria voce în această lume în continuă schimbare a comunicării virtuale; vă sunt recunoscător pentru loialitatea și îndrumarea voastră de-a lungul anilor.

În proiectele mele de film și TV, am avut aceeași echipă remarcabilă de peste 20 de ani: Howie Sanders (acum la Anonymous Content), Keya Khayatian la UTA și avocatului meu de divertisment Scott Schwimer. (Scottie, sper să îți placă numele pe care ți l-am dat în această carte!) Orice autor s-ar putea considera norocos să-și aibă proiectele pentru Hollywood conduse de această Echipă de Vis.

Și în cele din urmă, echipei mele de acasă: Jeannie Armentrout; asistenta mea, Tia Scott; Michael Smith; fratele meu, Micah Sparks; Christie Bonacci; Eric Collins; Todd Lanman; Jonathan și Stephanie Arnold; Austin și Holly Butler; Micah Simon; Gray Zurbruegg; David Stroud; Dwight Carlomom; David Wang; contabililor mei, Pam Pope și Oscara Stevick; Andy Sommers; Hannah

Mensch; David Geffen; Jeff Van Wie; Jim Tyler; David Shara; Pat și Billy Mills; Mike și Kristie McAden; prieteni de-o viață, inclusiv Chris Matteo, Paul DuVair, Bob Jacob, Rick Muench, Pete DeCler și Joe Westermeyer; familia mea extinsă, împreună cu Monty, Gail, Dianne, Chuck, Dan, Sandy, Jack, Mike, Parnell și toți verii mei, nepoții și nepoatele mele; și nu în cele din urmă, copiilor mei, Miles, Ryan, Landon, Lexie și Savannah vă adresez o rugăciune de mulțumire pentru prezența voastră în viața mea, în fiecare zi și cu fiecare răsuflare a mea.